生活的隐喻

SHENGHUO DE YINYU

王春永　徐华峰　著

东北林业大学出版社
Northeast Forestry University Press

·哈尔滨·

图书在版编目（CIP）数据

生活的隐喻／王春永，徐华峰著．—哈尔滨：
东北林业大学出版社，2016.12（2024.8重印）

　ISBN 978－7－5674－1005－3

　Ⅰ．①生… Ⅱ．①王… ②徐… Ⅲ．①随笔—作品集—
中国—当代 Ⅳ．①I267.1

　中国版本图书馆 CIP 数据核字（2017）第 015597 号

责任编辑：赵　侠　任兴华
封面设计：宗彦辉
出版发行：东北林业大学出版社
　　　　　　（哈尔滨市香坊区哈平六道街 6 号　邮编：150040）
印　　装：三河市天润建兴印务有限公司
开　　本：710 mm×1 000 mm　1/16
印　　张：14.25
字　　数：238 千字
版　　次：2017 年 9 月第 1 版
印　　次：2024 年 8 月第 3 次印刷
定　　价：49.80 元

序

　　三月的一天，我接到了春永的一封邮件，信旦说他的随笔要结集出版，希望我能为他的新书写序。可能春永担心我记不起他来吧，信件末尾附了一张他的近照。

　　当然，春永多虑了，我还是记得他的。由于我们学校课程安排的原因，我的课上往往学生很多，再加上我记人方面也不在行，许多同学结课后我仍不熟悉。但春永属于"存在感"较强的一类学生。在我的印象中，他好学深思，能够对课堂上讲授的内容举一反三。下课之后，春永也常常留下来主动与老师讨论问题。我当时就知道，春永来自安徽宿州，不知为什么，我总以为他是山东人。后来学院人事变动，我到新成立的数字出版系任教，我们之间的联系渐渐少了。2012 年，春永毕业离校，我也就很久没有春永的消息了。

　　春永来信后，我通过电话和电子邮件了解了他的一些近况。他告诉我，几经周折，他现在在浙江嘉兴工作。嘉兴为东南人文荟萃之地，这里是张元济和张乐平的故乡，文化气息浓厚。春永在此，如鱼得水，非常享受恬淡闲适的日常生活，经常骑着车子去钱塘江口看潮涨潮落、浪花拍岸。读书之余有所思有所感，即笔之于书，日积月累，遂成此集。

　　翻看春永的文集——《生活的隐喻》，不禁想起马修·连恩的《布列瑟侬》，这首歌曲涌动着舒缓而稍显低沉的旋律，有一种富有沧桑感的男性式的哀伤。即使你完全不懂英文，也能体会到作者的深意和深情。春永自己说，"之所以写下这些东西，是为了给自己留下对于过去的某种形式的纪念"。我心里明白，春永是希望用这种方式记录他的所思所感。与《布列瑟侬》不同的是，马修用的是音乐，春永用的是文字，但其中对于经历的回顾与留恋，对于岁月流逝的淡淡哀愁应该是一致的。"去日如歌"是一种诗意的言说。是的，我们只是凡夫，我们留不住曾经心动的美好，留不住那些春花秋月的美丽，但我们用文字记录了那些生命的瞬间，将那些美丽化作我们的吟唱，作为我们生命的证明。

用文字记录下生命的美丽和美好无疑是一件幸运的事情。我还记得初次读白居易的《夜雨》，心中那种难以言表的震撼："我有所念人，隔在远远乡；我有所感事，结在深深肠。乡远去不得，无日不瞻望；肠深解不得，无夕不思量。况此残灯夜，独宿在空堂。秋天殊未晓，风雨正苍苍。不学头陀法，前心安可忘。"通篇娓娓道来，就像平日聊天，直白、大气而又饱含深情，浑然天成。白居易用他的诗歌和他的心灵，把我们的思绪拉回到一千多年前那个风雨交加的秋夜。今天，春永也用平实的文字，诉说他的情感和心灵，如同山间溪水，让我们为之动容，为之沉思。不管怎样，我们都在路上。路上的风景，化作我们笔底的文字，这是我们鲜活生命的一部分，值得我们永久珍藏。

尽管已许久未见，我仍然能够记起春永旧日的一些点滴。现在，我也愿意为春永祝福，祝春永永远生活在幸福的春天里，也祝春永有更多更新的美好体验和感悟，为大家奉献更多清新隽永的文字。

是为序。

北京印刷学院新闻出版学院教授　王京山

目 录

成长·记忆

故乡与童年 / 003

活在那片永恒的土地上 / 005

我与植物 / 008

昨日的屋 / 011

澡堂趣事 / 014

沿着溪流 / 017

迅羽 / 020

天惠 / 022

五月杂感 / 025

对你的好，有时无法表达 / 028

曲终人散 / 031

性情中人 / 033

安放好自己的生活 / 036

怀念那只可爱的兔子 / 039

两个平凡的夜晚 / 040

随记 / 044

周六行记 / 045

难舍的时光 / 047

父子之困 / 050

静坐在窗前 / 052

归途 / 055

琐碎的幸福 / 057

生活常存不安 / 060

归乡 / 062

短暂的年 / 064

失去了你，整个世界从此陌生不安 / 066

当爱如静水，低沉而下 / 069

旅途之间 / 072

三地书 / 075

乡愁，欲说还休 / 078

游走于别处的日夜 / 081

遇见三次的陌生人 / 083

南方生活记 / 085

菱 / 089

一次相遇 / 090

上海之行 / 093

往日 / 95

琪琪和我的旅程 / 98

宿州之行 / 100

灿烂之日 / 103

随想 / 105

断片的记忆 / 108

相遇的时光 / 111

当你离开时，你会带走什么 / 115

养蜂人 / 116

追寻陌生的旅程 / 119

梅溪 / 121

荒，一个过程与结局 / 127

小雅 / 133

竹林听雨 / 147

维西亚的一年
——在灿烂的阳光下活着 / 156

平湖姑娘 / 162

以舟之名 / 167

晓霏 / 174

断面人生 / 189

成长·记忆

故乡与童年

故乡与童年

　　我写了许多关于儿时的零碎记忆，以及在家的短暂日子里所经历的一些看起来并不成熟的事情。毕业以后，在一段闲暇的日子里，我得以用一种特别的心境去回想多年以前发生的事情。

　　对于故乡的眷恋，其实并不是那样说不清楚，很多时候还是个人的心境影响着自己对于许多人和事的看法。无论过去了多少年，经历过多少不尽如人意的事情，我仍旧会以理解的、冷静的心态去看待所有的一切。有人的地方，就会有温情与冷漠、理解与隔阂。而伴随着一代人的离开、一代人的变老，以及一代人的成长，许多的人和事也就变得不那么重要了。最终我们所能想起来的，更多的还是那些难忘的片段、童年的欢乐无忧、父辈的艰辛与忙碌，以及寒冷与炎热交替的时光。

　　每个人都有自己的童年，不管那时候是许多人在一起玩耍还是独自一人长大，只要忆起时感到充实淡然就好。过去对于现在的意义有时候也只是停留在记忆里，没有许多实实在在的影响。我的童年里，陪伴着我的是许多同龄的孩子，有的比我稍大一些，有十几个之多。在不用上学的日子里，一年四季都有许多好玩的地方，每当想起，都感到那么丰富多彩。如今身处高楼广厦之间，是无法体会到脚踏在熟悉而坚实的土地上的那种自在的感觉的。

　　有时候，看到那个熟悉的童年里的环境消失不在，以及对童年的感觉的消失，在某种程度上代表着承载一个人生命深处的希望从此不在，那毕竟是我们生命初始的地方，也可能是一生中度过的最快乐的时光，让我们有生活下去的勇气。随着它的消失，许多时候我们或许已经不知道自己是从哪里来，要往哪里去了。童年在某种程度上也是我们整个人生的写照，我们的一生，大致都呈现出与童年阶段相似的情形，有开心快乐，有嫉妒焦虑，也有偶然的甚至无缘无故的痛苦，以及童年淡淡而纯真的情感。我们最初的记忆，也许会相伴一生。当我们回首往事的时候，会发现，还是童年那段时光是最快乐和最无忧无虑的，不需要承担什么，只是在点滴的生活中慢慢地长大，然后做我们父母的角色，为自己的孩子撑起一片天，让他们像我们儿时一样，单纯、快乐地成长。

活在那片永恒的土地上

不知不觉已经到了五月，春天已渐渐远去，天气一天天热起来，晚上睡觉也能听到蚊子"嗡嗡"叫了。忽然想起，家里的麦子也差不多由青色变成金灿灿的颜色了，再过上一段时间，就该收割了。

对我来说，参加工作以后，就没有一年四季的感觉了。尤其在南方，四季不是很分明，也很难见到地上的落叶，只有冷和热的感觉，让你觉得季节变了。而小时候在家里，一年四季的界限比较分明，每个季节都有要忙的农活，年年如此。对于劳动的人来说，一年到头总会有事情做，闲不下来。我们兄弟三人，我和哥哥干活最多，很早就下地忙农活了，弟弟没赶上那个时代，等他大了以后，已经基本没有什么活可以做了。当然他会觉得这是一种解脱，不用那么累，而对我来说，农忙的季节给我留下了很多美好的回忆，童年里要是没有这些，那将是多么单调的事情。

从春天开始说起，过年以后，地上的小麦还只是麦苗儿，一眼望去，遍地郁郁葱葱，样子就像平常我们吃的韭菜。万物复苏的季节，小草开始长出新叶，白杨树和柳树开始发出嫩芽儿，这个时候，我们没有什么农活做，地里的杂草也很少，可以自由自在地生长，不像现在这样，地里杂草很多，还要打除草剂。我们去田里放风筝，扯柳枝编帽子玩游戏，对我们来说，春季是悠闲的季节。

到了春末夏初，也就是六、七月的时候，地里的麦子长得很快，就像是一夜之间从青转黄似的。到了收割的季节，家家户户都开始忙碌起来，那时候不像现在，什么都用机械来做，不需要人下地忙。小时候收割麦子都是用镰刀，大人小孩齐上阵，一两亩地的麦子一天下来就所剩无几了，但是刚开始去的时候，土地一眼望不到边，心里直发颤，滋味儿不好受。闻着麦子成熟时候独有的味道，夹杂着扬起的尘土，着实不好受。割完麦子要用几根麦条儿当绳子把麦子捆成一捆，然后放在平板车上，拉到麦场上去，就像水稻一样，需要将粮食与壳分离开来。开始的时候，用牛拉着石磙反复地碾压，然后用工具用力捶打，后来又有了拖拉机，再也不用让牛这么累了。后来又有了脱粒机，直接将收割回来的麦子放进去，就可以变成粮食，更方便了。我印象很深的一次，是晚上在场上忙到很晚，麦场离家很远，也没有接上电，要是没有月亮，早就伸手不见五指了，我们几个孩子累了，就在旁边的床上打盹儿，真的是困得不行了，直到忙完以后，爸妈才带着我们回家洗洗睡觉了。

收完麦子以后，还要耕种玉米及大豆，比收麦子累多了。随着夏天的到来，天气一天比一天热，尤其是到了种玉米的时候，可以算得上是高温了。那时候，我们一家人带着一瓶开水和简单的早餐，就去地里忙了，一忙就是一天，中午饭都来不及吃。虽然我们几个孩子早就喊饿了，可是没办法，为了早点种好，饿肚子也在所难免。记得有一次天气很热，我看到爸爸光膀子，于是我也脱了上衣，结果因为小孩子皮肤太嫩，经毒辣的太阳一晒，感觉背上像火烧一样疼，后来妈妈一看，啊，原来是被太阳晒得脱皮了，到学校上课的时候老师看到我这个样子，也很心疼。

玉米种下不久，就到暑假了，我一直觉得暑假是最有趣的时候，真正的无忧无虑，虽然偶尔还有事情要做，也当成是出去玩了。比如我家的那头牛，在我的童年一直陪伴着我。夏天的时候我会带它去河里洗澡，天气太热，牛虻盯着它喝血，弄得牛儿不停地甩动尾巴。我们也会帮它捉身上的牛虻，然后扯掉一个翅膀，看着牛虻在地上来回快速地转圈，特别好玩。也正因为如此，牛儿一旦下水，就怎么也不愿意上岸。小时候，我们力气很小，和牛儿比劲儿肯定不占上风，所以每次都费很大的劲才把它拉上来。有时候带着牛去树林边吃草，这样就不用提着篮子割草了，原汁原味的草，牛吃起来更舒服。有时候，几个孩子到地里玩耍，狭窄的小路两边，都是一望无际的玉米地，玉米长高以后，比我们还高很多，置身于这样的地方，周围尽是绿色的植物，感觉就像在童话里一样。那些年的记忆，并不是感到害怕，反而觉得会有很多新鲜好玩的东西等着我们去寻找。尤其是玉米地深处无人的地方忽然出现一汪水，真是一种意外的惊喜，可以在水里游泳捉鱼，虽然我捉鱼的本领很差，很少能捉到鱼。

记得湖里一处田地里有一口枯井，我们常常去那里，潜到井里。有一次，在井里看到一窝可爱的刺猬，以前我们从来没有见过刺猬，所以特别开心，小心翼翼地把它们带出井，看着小刺猬在地上慢慢地爬，可爱极了。可惜的是，妈妈不让我们将小刺猬养在家里，我只好把刺猬放到前面的竹林里了。不知道后来怎么样了，要是刺猬被人带走杀死了，那就真的是杀生了，是我们好奇，才把它们带回来的，当时想到这些，心里感到很不安。

　　快入秋的时候，玉米穗开始长出来了，我们常常到地里掰玉米烤着吃，那味道真的很香。有时候也会煮着吃，虽然现在街市上都有卖煮玉米的，但味道没有自己家里的好。南方的玉米不如北方的糖分高，这也是没有办法的事情，现在也很难回到家里吃自己家的玉米了。中秋节前后，便到了收玉米的时节，用角铲将一株株玉米砍起来，或者先掰掉玉米棒子，然后砍掉秸秆，看着一颗颗金黄的玉米穗儿，颗粒饱满，别提多开心了。然后一家人一起搓玉米粒。后来有了玉米脱粒机，就不用手搓了。

　　收完玉米，便种下麦子，等待来年。整个冬天，我们都不用做什么事情，家家都忙着做好吃的，忙了大半年，该是好好犒劳自己的时候了。临近年关，大家都忙着蒸包子和馒头。小孩子经常这里转转，那里溜溜，品尝别人家里的包子和豆沙馒头的味道。地里收获的很多白菜、土豆和萝卜之类，都成了我们的家常菜，白菜炒粉条是我们经常吃的菜。那时候家里很穷，只有到过年的时候才能吃到肉，所以嘴馋得不行。最喜欢的事就是过年了，有肉吃，也有鞭炮可以放，还可以用零花钱买点好吃的或喜欢的玩具。遇到天冷的时节，河面结冰，还可以穿着厚厚的衣服去滑冰。有的人搬来椅子，在椅子上拴上绳子玩冰车，人多也热闹。

　　就这样，年复一年，周而复始；就这样，春夏秋冬，寒来暑往。我们一年一年地长大，但对于土地的眷恋仍旧很深，那是我们生命开始的地方，即使过去很多年，仍旧记忆犹新，现在我还清楚地记得跟在外婆后面一起拾麦穗的情形。如今过去了多年，外婆去世后也埋在了那块我小时候拾麦穗的土地里，每次去扫墓，看到这些，都感慨万千。

　　随着时间的流逝，我们再不用像以前那样累了，机械在很大程度上解放了我们的身体，但是我仍旧怀念那时的一点一滴，也很庆幸生命中有过那样一段时光。在坚实的土地上生活，大地给予了我们艰苦但也甜蜜的记忆。父母赐予了我们生命，而大地给了我们生活所需，当我们老去，最终也将与这土地融为一体。

我与植物

生活在这个世界上，无论在哪里，身边总会有这样或那样的植物，尤其是花儿，虽然我认识的不多，只是觉得很美而已。我生活的足迹，从家乡到北京，从北京到杭州，再从杭州到嘉兴，随处都有花花草草，令人心旷神怡。

与植物结缘，大概是源自童年的记忆。小时候在外婆家长大，村前屋后，都是茂密的树林。外婆家附近生长更多的是槐树，上面有一些刺，所以轻易不敢爬上去。不过每年春天槐花盛开的美景，真的让人怀念不已，空气中飘散着槐花的甜香味儿，白色纯洁的小花瓣随风飘下来，落在温润的黑土地上，点缀成一处美景。外婆家的屋子建在很高的地方，像是山坡一般，往屋后看就是一望无际的田野了。外公经常带着我到屋后放羊，有一条小路通向田野里。小时候，那条路实在很长很长，远得望不见尽头似的，因而每次跟着外婆去远处的地里，都会感到很累。

记得外婆家门前有几棵枣树，其中一棵很奇特，分开三个树杈，而且像是永远长不高似的。我学会爬树，大概是这棵小枣树的功劳。夏天的时候爬上去，枝叶茂密，躲在里面别提多凉快了。旁边有两个很粗壮的枣树，每年夏秋时分，枣子成熟的时候，许多人来外婆家门口捡枣子吃，舅舅有时候爬上去打枣子。我看着圆溜溜的青白皮的枣子，上面还有深红色的斑点，许许多多落下来，落到下面的大袋子上，总会感到很开心。据说因为要修路的原因，那两棵枣树被砍掉了，但最后还是没有看到修路的迹象，让人心痛不已。旁边的那个小枣树还在那里，还是原来的样子，多年未变，只是再也没人上去玩耍了，多年前的那个小男孩如今也已不知身在何处。

自从外公外婆搬到舅舅家以后，土房子便逐渐荒废了。一年又一年，风吹雨打，如今只剩下几面墙立在那里，上面长满了野草，门口也因为无人打理而荒草丛生。生活在这片土地上，童年里好玩的东西并不是那么丰富，更多的是田野里的花花草草，我见到一种，就会问起它的名字，而外婆就像是一个植物学家一样，似乎田间地头的花草她都十分熟悉。

面条菜、野葵花、荠菜、蒲公英、牛筋草……那时候，见到一种草，便大概知道它的名字，而今过去了许多年，我只能记得几种花草的名字，也因这些年里，许多以前常见到的草已经看不到了。童年时候，每天从田野边的小路去上学，春夏时分，花草生长起来，大地渐渐铺上了一层绿，遇上淡红色的野花点缀，更添几分美丽。周末的时候，我们十几个小孩子一起到田野里玩耍，用柳条编成漂亮的帽子，或是摘草丛里的小花，如果幸运，会遇到蝴蝶，我们会小心翼翼地靠近，往往能捉得到。当然了，我们更喜欢狗尾巴草，尤其喜欢搞恶作剧，趁别人睡着的时候，用一棵狗尾巴草挠痒痒，这招百试不厌。

即使在放学的时候，我们也不会忘记跑到油菜花地里捉蜜蜂，听说蜜蜂身上有蜂蜜可以吃，但是我们捉了很多蜜蜂，都不知道蜂蜜到底在哪里，这件事直到现在都没有弄明白。那些花花草草，有一些是可以食用的，比如面条菜，顾名思义，形状是长长的，嚼起来有点劲道，一般都是放在面条里面吃。还有马齿苋，年纪大的人会把马齿苋腌制起来，放上麻油，真的很怀念那种味道。

长大以后，到了别处，接触到更多的是精致的花儿，植物园里有很多我说不出名字的花，后来才知道是月季、玫瑰、百合、郁金香等。它们自有一种独特的美，有的雍容华贵，有的朴实无华，充满清香。那时候面对的只是一种单纯的审美和感觉。后来，到了南方的江浙地区，温润的气候造就了这里百花竞相盛开的情景，尤其是杭州，春夏之交就像一座花城，游人驻足，流连往返于那些美丽的花花草草之间。

即使在海盐这里，也会有意外的惊喜。春天的时候，山坡上，路两旁都是绿色的三叶草，它的花朵很像一朵白莲花。大桥旁边，种满了五颜六色的紫花野菊，风一吹过，无数朵红色、紫色、白色、黄色的菊花随风摇曳，像海浪一般，令人赏心悦目。秋季的时候，山坡上悄悄冒出许多彼岸花，长而弯的火红色花条向四边散开，象征着旺盛的生命。

下班后我会骑着自行车在周围的村子、田野里闲逛，去找寻没有见过的花花草草。见到了很多种从未见过的花草，实在是很让人欣喜的事情。有的花草说不出名字来，我便问周围的人，他们会告诉我这些花草的名字。绯云、节节花、夜开花、定风草等，许许多多，还有一些别人也说不出名字的花，毕竟我们每个人所知道的都有限，还有许多需要去学习的东西。在一个多月的时间里，我走遍了周围相邻的四个村子，遇到了好几种很漂亮的花草，也因而结识了几个可爱的小孩子，常常带着他们一起去拍照，把照片洗出来送给他们。我自己，似乎对于花草植物有种特别的感情。我觉得花草与人的生命是相通的，也经历着生与死。

在我的眼中，每一棵小草、每一朵花都是让人尊敬的生命，春夏秋冬，随着季节不断地生长、绽放、枯萎，周而复始。我们的生命也经历着不同的季节，由少年、青年、壮年到老年，有点悲伤的是我们只有一次生命，不会再有循环，这虽然有些伤感，但也有值得欣慰的地方。毕竟我们有着丰富多彩的人生，可以做出许多选择，过着自己想要的生活，有一双眼睛可以看到世界的美丽。

所以应当趁着大好年华，多欣赏这个世界的美好，那些花花草草惹人怜爱。现在，我不会轻易去摘一朵花、一棵草，哪怕是送给喜欢的人。因为它们也是大千世界里的生命体，值得我们敬畏。对美的感觉在于欣赏的境界，而不是占有，一眼掠过的美，这就够了。满世界的花花草草都是我的植物园，存在于我的生命之中。

昨日的屋

　　现在回想起故乡的样子，大概是一处处看起来有些相似的房子，散落在高大的白杨树之间。童年的时候，故乡还没有楼房，甚至单层的红砖房子也不是很多。记忆里更多的是土房子，我曾经见过修筑土房子的情形。

　　土房子也有土房子的好处，冬暖夏凉，不过我只是听人们说是这样子，自己却没有什么印象了，毕竟在土房子里住的时候不多。但在外婆家，住的都是土房子，只是那个时候年纪尚小，已不大记得是怎样的情形了。北方的农村，大都是这样，随便到周围的村子里看看，房子都极为相似，就像南方的乡村，即使走了很远，看到的房子也还是差不多，两三层，瓷砖贴得都很相似，像是复制的一样。在北方，造这样的房子，很重要的一步便是土砖了，制作土砖不是那么复杂的，只需要土、麦子壳（和稻谷的壳差不多）和水，放在一起和泥，我经常看到大人们直接用脚在里面踏来踏去。我在想，在泥里的感觉应该是很奇怪的吧，黏黏的，一脚踩进去，被牢牢地缠住，要费很大的力气才能拔出脚来。我没有去试过，只在一旁好奇地看。

　　泥和得比较均匀，硬度也合适了，就开始在模子里浇筑了，做成长方体，厚度大约 20 厘米，长度大约 80 厘米，有的更长一些，并没有特别的标准，主要是看手里的模子规格。一块块摸起来还有点软软的土砖被立起来，放在空地上，接受阳光的照射，凝固起来，就变成偏白色的很结实的土砖了。感觉有些沉，小时候要抱起一块土砖，还是很费力的。

　　记得小时候外婆家很大，有堂屋、偏屋、前屋，中间有个小院子，不是很开阔，大都放着一些农具之类的东西。靠着前屋的那个房子里，朝南的墙面上摆着许多书，由东到西，全摆满了。外公说那是三外公以前上学时候留下的书，以及后来几个舅舅读书时留下的书，都在里面，我记得还找到过妈妈读小学时留下的数学书，后来每次去外婆家，外公都给我好些书带回家。前屋主要用作厨房，西边烧菜，东边留出过道，旁边放着案桌，做好的饭菜直接就端到桌子上，我还记得许多个日子里，外公、外婆和我坐在桌前吃饭的情景。后来外公外婆搬到二舅家，还是土房子，大概是风吹雨淋的缘故，土房子的寿命十分有限，住不了几年就要修葺一番。在后来的许多年里，他们一直住在二舅家的老房子里，直到外公去世。

二舅家的房子旁边，有个很小的房子，我说很小，是因为长大以后，每次进去都会碰到头。小房子太小了，往往都是撞了头才意识到，不经意间自己已经长大了。记得小时候经常跑到这个小房子里，看着外公和外婆做饭，尤其是外婆炒菜的时候，闻着菜的香味儿，很惬意。外公好像没有做过菜，记忆中都是在灶台边烧火。许多年过去了，我生命中最亲的两个人已故去数年，土房子还在，那个小房子经历了多年风雨后，房顶已经有坍塌的迹象，孑然地立在那里，而主人早已不在。房子旁边的花草，一年四季地经历着繁盛与枯萎，可是再也无人驻足了。堂屋还有许多东西，是外婆外公生前用过的农具之类，还有那些陈旧的箱子，用了几十年的。

记忆中的土房子是东西向的，而邻居的房子都是南北向的，土房子门口很开阔，下午经常有许多人来这里聊天，小孩子们也喜欢在门口玩耍。夏天的时候，蜻蜓成群飞舞，我们几个孩子会拿起大扫帚捕蜻蜓，捕到后放在自己的蚊帐里，让它们帮我们捉蚊子。第二天，总会有蜻蜓死去。现在想起来，是有点残忍的，蜻蜓也是生命，虽然我们没有恶意地撕扯它们脆弱的身体，折断它们轻盈的翅膀。

我的家以前也住土房子，不过我没有住多久，能记起的，是橙红色的砖房子。家里养了一头牛，晚上爸爸就把牛牵到后面的土房子里，他也睡在那里，看着牛儿。后来，土房子就拆掉了，不记得那时候我帮了家里什么忙。

后来的许多年里，村里逐渐盖上了砖房子，最早的几户人家，用的是青灰色的砖头，青瓦白墙，看起来挺漂亮的。多年以后，我第一次到南方，经过南京附近，第一次看到青绿色的群山中隐约藏着青瓦白墙的房子，在濛濛的小雨中，显得雅致、洁净。江南烟雨中的青瓦白墙，那一刻我这么想。

不过还是会有年纪比较大的人住在以前的土房子里，前几年我回村的时候似乎见到过。现在家家都住上了楼房，比较普遍的是两层的楼，单层的红砖房子已经所剩无几。儿时的那些风景渐渐离我远去，只停留在模糊的记忆中。童年所生长的环境、所居住的房子、所熟识的人逐渐消失了，我们不可避免地要长大，但童年的美妙，让人一生魂牵梦萦。

澡堂趣事

我们家在北方,小时候印象很深的便是冬天很冷,但是下雪、结冰是一件令人开心的事情,我们往往因为贪玩都忘记了有多么冷,有时候还会热得流汗。

北方的农村,那个时候还比较落后,没有专门的浴室,自然也就没有每天洗澡的习惯。夏季当然可以每天都冲澡,在院子里,端上一盆水就可以了,有的时候是烧开的,更多的时候我们是借助太阳的恩赐,上午的时候打上一盆凉水,放在院子里,等到下午,经过烈日的晒烤,已经是热水了。这样就不用妈妈辛苦烧开水了,每次烧锅的时候我们都会弄得满身是汗,很不舒服。夏天我们最喜欢的事就是去河里游泳,洗澡根本就不是什么问题。对于我们来说,夏天的时候洗澡,就是一种无比美妙的享受。

到了冬天,洗澡的频率由每天一次渐渐改为每周一次,甚至两周一次。我妈妈爱干净,所以经常让我们洗澡。在家里的时候,一般会用一种叫作澡罩的东西,那是一种塑料薄膜,圆圆的,正好盖住洗澡盆,这样里面就会保持温度。我们家经常用澡罩洗澡,尤其是冬天阳光好的时候,午后最暖和的时候,妈妈在走廊底下烧上开水,给我们洗澡。每次妈妈都会很忙,烧很多的热水,因为我们兄弟三个都要洗澡。当然我们都会争着先洗,因为热气随着时间会慢慢消失的,变成水汽,从澡罩上面慢慢往下流,一道一道的,真是好看。

最怕的时候,便是洗完澡出来的那一刻,我不会想到美人出浴之类的那种美妙,富有艺术感,我唯一记得的除了冷,还是冷,甚至冷得要哭出来了。所以赶快穿上衣服,慢慢地,开始暖和起来。关于寒冷的记忆,很多时候是洗完澡以后所感受到的。

后来,我们便开始到街上的澡堂洗澡,也就是公共澡堂了。那时候澡堂也是刚刚兴起不久，去那里洗澡的人特别多，有老人、中年人，还有孩子，几乎每次都是拥挤不堪。我记得上小学的时候澡堂和我们学校合作，发给我们每个人几张澡票，可以免费去洗澡，就是红色的很薄的纸，印着五角、一元之类的。所以每周我们都会去澡堂洗澡，终于不用在家里受那份罪了，那个时候真的是这样想，因为在澡堂里基本不会怎么受冻。

我记得那个时候，一般到了周末，我和哥哥、弟弟还有爸爸会一起去澡堂洗个澡，尤其是下雪天里，踩着雪地，一只脚一只脚地往前走，会听到"簌簌"的声音，很喜欢那种感觉。澡堂离我家不是很远，不过那时候还小，走过去好像总是感觉很远。路上有时候很滑，不小心就会摔一跤，不过我们都穿着厚厚的棉衣，摔到地上也不会感到疼。

澡堂里人特别多，有时候连储存柜都会被用完，我们只好把衣服放在旁边的台子上，幸好那个时候身上也没有钱包什么的，不需要担心丢东西。里面人头攒动，像赶集似的热闹，老人、大人和小孩，你说我嚷的，都不知道在和谁说话，看不见人，只好大声喊叫。有的人怕孩子找不到，就大声喊着孩子的名字，片刻间这边就有一个孩子的回应声。

我们脱下衣服以后，身上光溜溜的，就跟着爸爸进去洗澡了，里面都是水蒸气，一片雾茫茫的，能见度基本为零，我们就一点一点往前走，害怕撞着别人。澡堂里有两个水池，一个是热的，一个是温的，大人们都喜欢热的水池，泡着很舒服，我们有的时候会看到他们身上都烫得红红的，也不知道他们疼不疼，好像很舒服的样子。可是我们都是小孩子，皮肤很嫩，害怕热水，所以都想去温水的水池，可是大人们一般都不允许去，很多时候都是硬拉着我们下水，在里面总是会听到孩子的哭叫声。我们也会去，但不是一下子就进去的，而是一点一点往里面走，首先用手去测一下到底有多烫，然后两只小脚从脚尖开始一点一点往水里去。等到脚在水里慢慢适应温度以后，再开始小心翼翼地将腿一点点放进去，生怕被烫到。

在澡堂里，一般都会有窒息的感觉，毕竟里面很闷，不过我还好，不至于晕倒，不过要完全适应还是有点困难的，所以最舒服的便是洗完澡出来以后，呼吸到更多的新鲜空气，那种感觉简直像从鬼门关侥幸逃出来似的，别提有多舒服了。

在澡堂洗澡，我们最怕的就是爸爸给我们搓灰了，就是用一种有皱纹的手套，用力在身上搓来搓去，这个时候身上会有很多像毛毛虫的灰泥掉下来，那个时候都是这样想的，来洗澡肯定就是要把身上的灰洗掉的。不过我们很害怕，因为这样会很痛，有时候我们都会大喊"疼，疼，轻一点，轻一点"。爸爸都不管，只顾用力地搓啊，搓啊，好像不用力，身上的灰就不会掉似的。洗完以后出来，感觉不像在外面的时候那么冷了，而且走在路上还觉得身上很舒服，好像有一种活力，让我们精神倍增，再也不是冷得缩手缩脚的样子了。

长大以后，每年到了冬天的时候，要是在家里，还是会去澡堂洗澡，只是大多数时候已经都是一个人去了，偶尔能和弟弟一起去，一个人给自己搓灰，不过也懒得搓灰了，就是轻轻地过一遍，然后就上来了。澡堂里还是很闷，有点头晕。到了那里，我已经是个大人，看到小孩子洗澡的情形，仿佛看到了自己儿时的影子。在澡堂的时光里，看到了自己长大的情形，也终有一天会变成老头儿，在里面慢慢地脱着衣服，在热水里泡上很久。

沿着溪流

此时此刻，我和小家伙在不知道什么村子正在修建的涵洞底下，我们似乎是沿着河一直往东行走，大约过了两个村子之后，已经不知道是什么地方了。在桥的另一侧，风沿着涵洞一刻不停地往这边吹来，里面有些漆黑，而头顶上，是明媚的阳光。

小家伙问我，我们去干吗，我说，我们这是去冒险呢。他不知道冒险是什么意思，我说就是去玩儿。早上吃完饭，我便带着他出发，身上穿着厚厚的衣服，背着电脑包，拎着一个水壶。

其实我开始也不知道去哪儿，只是家里在装修，比较吵，也不想在家里待着。醒来的时候，太阳刚刚冒出头，那不是往日的光色，有些泛白，刺得人眼睛受不了，有一种眩晕的感觉。尽管风呼呼地刮着，似乎还不小，但也难得有这么好的天气，于是便出去走走看，也不是什么坏事儿。

我们经过小学门口，他便想去找他的同学李奥，他们一直是很要好的朋友，在幼儿园天天黏在一起，放学后他也会去李奥家玩。可是现在刚过八点，那个孩子应该还没有起床呢。我们继续往教堂的方向前行。

结果没有去教堂，而是往教堂旁边的河的方向走去。雨后初晴的小路，满是落叶，踩在上面，感觉松松软软的，很舒服，这是一片很大的树林，一眼望不到边，沿着河流分布着。

开始的时候经过的是一片公墓，小家伙问我这是什么，我说这是坟墓，人死了之后，就埋在这里面。他又问我，是不是在里面看书写字啊，我差点儿没笑蒙了，我说，人死了之后，就会在火里面烧成灰，然后放在里面的，死人是不能看书写字的。他年纪尚小，不能理解死亡意味着什么，仅仅以为变成了妖怪，在里面住着，这也是我经常给他讲的故事的版本。他时不时地问我，妖怪住在哪里、是什么样子、平时吃什么之类的问题，让我怀疑自己是不是不应该给他讲这些有些恐怖的问题，他反而对所谓的妖怪一点儿没感到什么害怕，还嚷嚷着要和妖怪打架。

应该是深秋了，一场大雨过后，河水涨了许多，并不很深的水，淹没了很多河边的树林。很多单独的一棵棵树，由于旁边的土被人挖走作盖房子的材料，被水淹没之后，变成了水中的一个个小洲，河水随着风稳步地前行，掀起的波纹在风的吹动下，在清晨阳光的照映下，穿过一个一个小洲。水要往哪儿去，它们去那儿干什么呢？小家伙忽然问我这样的问题，让我不知道怎么回答。

我们继续前行，穿过丛丛树林，偶尔会遇到路忽然走不通的情况，就沿着狭窄的小路走，觉得这应该是有人走过的痕迹。所见到的情形，更多的是感到隐约的不安，好好的河岸，已经被刨出了许多大的深坑，这些本属于公共资源，却被人们所争抢。河岸变成这个样子，让人痛惜。

我们沿着河岸走，岸边干枯的水草，散发出一种淡淡的腥味儿。水草堆积在岸边，厚厚的一层，很软，踩上去会渗出水来，弄湿鞋子。

有的人家，在岸边种上了小麦，他们真懂得利用土地资源，可是万一河水涨起来怎么办呢，岂不荒废了功夫？我确实看到浅水处立着一棵棵豆枝，只剩下了豆壳儿，应该没有人来收割，成熟的豆子都炸开了，落到了水里。

我想，大自然说不上有什么神秘，而大自然距我们如此之近，只要稍稍留意，便能随时随处地感悟到所谓的自然规律。河水的涨落便是如此，懂得了这些，会省去很多不必要的麻烦。

大约走了一个多小时，我们终于碰到了一座桥。路已泥泞不堪，这里的土质是淤土，很黏的那种土，只要一下雨，便需要很长时间才能完全变干。到了这里，在某种程度上可以说是河的一个结束点了，河水被人为地截留，用土垫起了一条平坦的路，向东望去，仍旧是绵延不断。让我不解的是，既然有了桥，为何还要断河呢？一条路已经足够来往的人行走，况且这个地方远离人群，走的人也不会很多。

东边的一条高速公路正在修建中，我们走过去，站在被车碾压过的路上，大约有几十米宽，占用了那么多土地，让人痛心。这里的土地虽然没有那么珍贵，但并不代表这片土地没有用处，能够被随意处置。在这里修建高速公路，不知道会有什么用处。

　　我认同一个朋友对于乡村看法，也许正是由于乡村相对贫穷，很多东西才得以保存下来，但人们的贪婪之心无尽，如不加遏制，便没有归路。很多人宣称，现代化、城市化势不可挡，很多旧的东西必然被新的事物替代，但让我质疑的是，很多新的东西，仅仅是外在的装饰变得更花哨而徒有其表，就像清朝的灭亡，对于绝大多数人来说，仅仅是脑后的辫子被强制剪去而已，也正像清朝入关时，强制人们留辫子一样。根本上的进步，应是现代化的观念和思想，剪掉人们内心深处"无形的辫子"。

　　令人愉快的是，那是一条很开阔的河，水是如此的蓝，清澈见底，明年夏天，我还会来这里。

迅 羽

因为摔伤的缘故，我到医院检查，拍完片后，便到儿童输液室中等待结果。

输液室里的电视播放着《倒霉熊》，我忽然记起，我是看过那只可爱的白熊的。那时候在幼儿园带着十几个孩子一起观看，他们还小，我在一旁解说，屋子里笑声不断，孩子们开心地指着电视，纷纷喊着"倒霉熊、倒霉熊"。午后的阳光从窗口映照进来，轻洒在孩子们欢喜而稚嫩的脸庞、头发上。电视画面不断变换：美丽的海岛、沙漠、草原、城市街道以及群山。终于会有一天，他们能亲眼见到这美妙而丰富的一切，那时候我这样想。

这让我想起了可爱的迅羽，我认识的一位姑娘的姐姐的孩子。记得那年我遇到那个姑娘的时候，她的姐姐、姐夫与父亲都去了遥远的重庆做生意，只有她与母亲以及三岁的侄女迅羽一起生活。她不喜欢孩子，只沉浸在一个人的世界里，于是每次去看她的时候，常常是我带着孩子玩耍。记得那次，中午我为她们做了美味的午餐，吃完后躺在床上一边玩耍一边看着《倒霉熊》，阳光从窗户照进来，很令人温暖。

每次辛苦奔忙，来到这里，只是为了陪她度过一天短暂的时光，而我知道，这段记忆也终究不会被长大后的她记起。对我来说，能与她度过那段短暂的时光已经感到无比欣慰了。我并没有感到失望过，即使有过许多期待，最后也不免落空。从一开始我便想过，不久以后再也见不到她可爱的脸庞，终有一天她会长大，变成一位亭亭玉立的女孩，会与这个世界一起变老，直到我再也认不出来。

我的脑海中常常浮现出她穿着红色的连衣裙，上面点缀着许多白色斑点，在我面前随性地跳着舞的情形，还有我们隔着透明的玻璃门相互对着脸庞，做着搞怪的表情，引得对方大笑。或是不厌其烦地躲藏在棕色窗帘后，旋转着，缠绕在其中，然后让对方去寻找。

那段时间，我经常在周末两天去陪孩子，也想不起和一个姑娘出去约会。我会牵着她的小手去远处的公园，一路上给她指着眼前看见的东西，房屋、狗儿、蔬菜和车子。她累的时候我会抱着她走，即使累得胳膊酸疼，也坚持走下去，大概只有在这样的时刻，才让我深切地意识到我不仅仅沉浸在自己的世界里，不与别人分享快乐与幸福，她像是我生命的一部分。在更为长久的生活中，我习惯了一个人占据着所有，无法从心底接受另一个人走进来，面对周遭的境况，我没有遗憾，也没有怨言。

或许会一个人生活到最后，或许会有自己的孩子，而眼前的光景一如往常，只是关于一个人的欣喜，无法描述它的味道，就像此刻饱餐过后，站在街口等车的时候，凉风习习，而回味不久前的美食，却总记不得是一种怎样的甘美。

天　惠

　　其实，我心里知道，那个时候她自己也是一个需要别人照顾的小姑娘，而在尝试着照顾我的日子里慢慢地长大，我们何尝不是如此？当我面对着孩子们，面对着比我小的姑娘，我也无意识地像个大人一样，很多事情带着自己的主见，更全心全意地照顾着对方，让她们安下心来。

——题记

　　天惠的名字在我的心里，即使过去了好几年，两个人已经没有什么联系，但想起她来，内心里仍旧感到温暖不已，虽然也带着一丝不安与迟悔的心境。好多时候，我感觉遇到的那些人，对我那么好，而我会无意中伤害到她们的内心。直到后来明白过来，才发现自己过去的那些想法和做法如此不适合，但已经无法挽回了，没有什么告别，就在一天天的日子里悄然离开了。

　　她叫董天惠，一个留着齐刘海儿、脸上常常带着微笑的小姑娘，有着大大的眼睛，虽然比我大两岁，可给我的感觉像和我差不多大。我刚认识她的时候，就没有想过称呼她姐姐或学姐之类的，而是直接喊天惠，她并不在意。我现在仍旧在脑海里听得见她喊着我的名字的那种声音，很好听，这也是为数不多的关于她的记忆了吧。她在校园里常常喊我"春永——春永"的情形，我们或许无法用任何东西去保存这样的记忆，只能凭借着回忆去找寻，渐而忘却。

　　我认识她的情形，现在还记得很清楚。在一个周末，教学楼 103 教室里，我那时候刚刚上大学不久，周末还是坚持学习，因为想不到有什么地方可去。我坐在教室后面学习英语，看到坐在我前面的姑娘，穿着红色的毛衣，认真地在那里学习。她的头发很整齐，不时地蹭到我的书上，我现在也不记得那时候到底是什么心思想去认识她，并不是因为被她迷住了，而是一种很奇怪的心境。我至今都想不出究竟是什么缘由，让我有种冲动想去和她打声招呼。其实那个英语单词我是认识的，可是我忍不住拍了她的肩膀，于是她转过头来看着我，我便问了她一个单词什么意思，她告诉我了。于是我便问她是大几的学生，这样来来回回聊天以后，我们便认识了。

我记得后来的很多日子里，周末她不回家，我们常常会在一个教室里自习，开始慢慢熟悉起来。她对我很好，在生活中很照顾我，我们两个人就像天真、单纯的孩子一样，不计较地相互关心。

我记得很多这样的日子，我们两个人在一个教室里，窗外的阳光照进来，给人一种很温暖的感觉，我坐在离她不远的地方，看着阳光照在她的脸庞上，她认真看书的样子，是那么可爱。平时的日子里，我们晚上学习到很晚，基本上到熄灯的时候。我知道她会在8号的教室里，我总能预计到能遇到她似的，然后一起下楼去，一边走一边聊着天，我会送她到女生宿舍门口，自己才回去。我记得有一次她和我说着话儿，其实我知道她是想拍我的头的，可是她不好意思，所以拍了拍我的肩膀，现在想来，当时说了什么我记不清了，但她拍我的肩膀的情形我仍旧记得那么清楚，她大多时候穿着那件很长的紫色的羽绒服，脸上浅浅的酒窝，给我很深的印象。

我们在一起的时候多了，难免会被认识的人看到，好像我们俩是男女朋友似的。有一次，我们俩去食堂吃完饭回来，正好在树底下看到好多我的同学，这个时候他们冲着我们大笑，然后开我的玩笑说："王春永，你有女朋友了？"我赶忙澄清，而她低着头在笑，很害羞的样子。

我们有时候去体育馆打羽毛球，在球场上，我可是一点儿都不让着她的，常常让她跑来跑去的，那时候我也不懂什么规则，反正就是进攻。最后我满身的汗水，打完球就去吃饭了。

她对我很照顾，有一次我感冒了，和她说了一下，她让我多喝水，注意休息，等到周末在教室里见面的时候，她给我带了感冒药，还有一袋子很大很红的苹果，我说我吃一个就好了，她说都吃完。我的内心深处好像很听她的话，不知道怎么拒绝才好。有时候她会装作严肃起来，像我的姐姐一样，虽然我没有姐姐，但是那种感觉却很像。平时一起吃饭的时候，我们俩面对面坐着，她会把菜往我的盘子里夹，她说你们男孩子能吃，饭量大，要多吃一点儿。我感觉除了亲人以外，她是对我最好的人了，那时候对她的依恋渐渐形成了，她在我的生活中不可或缺。这种依恋有时候很难去控制得好，我们心里都清楚，尤其是那个时候天真得要命，一点都不懂依恋一个人也会伤害到一个人，感情也并不都是愈多愈好。就像刺猬一样，靠得太近了，会弄伤对方。我有时候觉得，这是成长的路上所要经历的一种不舍的痛，有时候并不是很完美的结局。可感情的事想要做到适可而止是如此之难，要么走得更近，要么走到尽头。我们互相都不属于对方，我那时候却不懂得，别人也有自己的时间，自己的事情。就这样，渐渐联系得少了，是一个不知不觉的过程，见面少了，我心里感到难受，会问她，她说忙起来了，可我那时候并不理解，反而在心里纠结。偶尔碰到面也只是打声招呼，或者没有话，只是一个微笑。有时候看到她和一个男生一起吃饭，我后来认识了那个男生，当时心里面很有醋意，却不知道什么原因。后来想想自己度量好小，总是不想让认识的女孩子和别的男孩子说话，心里有种嫉妒的感觉，虽然知道自己并不是喜欢这个姑娘，但不希望她与别的男生接触。太重感情并不是好事情，会让人失了本心，不再优雅。

某种感情，过去了，便再也找不到最初的感觉，大概就像我们活着的时候一样，一步一个脚印往前走，而每一步都踏出了不一样的形状和颜色的脚印，无法重复，就像我们偶遇到的人，永远无法再第二次遇见，陌生人只能认识一次，只有一个剧本，一个故事。永远无法有同一个版本的相同的人，我们不应太过伤感，每一段路，每一个遇到的人，虽很短暂，却是永恒。

五月杂感

　　最近听到邓正来因病离世的消息，有种说不出的感觉，触动着我那一根根敏感而脆弱的神经。在人生这样的黄金时期——正值事业的收获期却戛然而止，让人感到痛惜。也是在那天晚上，我几乎彻夜未眠，因为即将关电脑睡觉的时候看到一条很短的消息：邓正来医治无效，离世。整个一天里，莫名地，我就像之前的许许多多的日子里一样，死亡的意识忽然变得如此强烈，而我也陷入了对于死亡这个似乎永远参不透的事的沉思之中，也大多都以泪水告终，然后沉沉睡去。仿佛这个事在我心里会待上一辈子，形影不离，直到我真正老去。

　　经历了高华、朱维铮，到今天的邓正来，真正让我感受到死亡的气息之重。即使我还处在人生的青春时期，而死亡的影子和恐惧早在我年幼之时就埋在心底，再经历身边人的离去，对我的触动越来越深，至于现在，我则很难走出这个阴影。不过想起来，这种经历给我带来的也是两个方面：一方面则是直观的、可以想象的恐惧感，曾真的使我在无数个夜里一个人独自难过不已；另一方面则是深深地影响了我的一些观念，尤其是对于生活和生命的想法。我内心经历的最大的变化莫过于对人生中许多值得追求的事物，尤其是人们看重的那些事物，变得淡然、平静，甚至没有了追逐的欲望，这也是我身边的人所难以理解的。之前的我多少有些争强好胜、嫉妒、心胸狭隘，回想起来，那个时候是多么奇怪啊。曾经在一个星光灿烂的夜里，和一个刚认识的女生坐在空旷无人的操场聊天，谈及我的这些想法，那时候我有很多想法，很多想要做的事情。还有就是对死亡的恐惧感，因为这样，常常让我感到说不出的不舒服，这并不像身体上的痛感。过去了一年半载，我仍旧记得当时的情形，这是我和别人唯一说起的时候。有时候，我觉得很难分得清所追求的事物的真正意义在什么地方，是诚心追求，还是为了满足个人的欲望，或是一种空虚的填充物。凡事就怕"认真"二字，我对此体味深刻，有时候真的是难以分清事物的界限。

到如今，我走上工作岗位，虽然不能完全适应下来，但做好自己的本职工作对我来说并不是一件难事儿。只是对于未来的想法和打算有些模糊，自己究竟要得到什么、放弃什么，也许这些都需要时间的积淀才能看得清，认识自己即使用一辈子的时间也显得短暂。我隐约地感觉到，自己仍旧在试图追求那些事物，那些关于生活的真切存在的感觉及其意义，关心人生的诸多命题，这些总是时时刻刻地缠绕着我。但转念一想，自己终究只是一个凡俗之人，只是比其他人多了几分认真而已，自己身上亦有许多缺陷，即使照顾好自己的生活这样的事情，也是要花上一辈子的时间和精力的，就像我祖祖辈辈的先民们那样，一代一代，像蜉蝣一般短暂的生命轨迹，往来于这个既熟悉又陌生，既深爱又留有遗恨的世界。曾经看到过一首《蜉蝣》的诗："它的恩赐只有一天，悲伤的一天，喜悦的一天。啊，让它生，让它舞，直到敲响幕钟。一天的光阴，那是它的宿命，黄昏的飞翔，才是它的天堂。"朋友和我说，能照顾好自己的生活，就是对这个世界最大的贡献了，不要想得太多。看看这个社会的人，过着勉强的生活，为衣食住行忙得疲惫不已，在这个平庸的时代，人们都有着安分守己、得过且过的心理，都怕认真和执着。对此，又能说什么呢？历史都是这么过来的，除非遇到特殊的情形，战乱的年代，身不由己。今天的这个时代，更多的是平庸和狭隘的气息，崇尚形而下的人生理念深深植根于绝大多数人的内心。过好自己的生活就好，这是我的理解，看起来是很在理的，很朴实，但同时也会意味着失去很多东西，虽然你说不出来这些是什么，或者说有什么作用，而对我来说，一个完满的、充实的人生，没有这些事物的存在是没有意义的，我也不大可能真正幸福和快乐起来。虽然平常的日子里会过得很舒心、很快乐，但很多时候，真正让内心愉悦的并不是在这里，而是来自另一个世界的事物，和我的生活紧紧相连，大多数时候我自己还是察觉得到两者之间的紧密的联系。

对我来说，在我的生活里，有很多事情，似乎根本无法追寻，而有时候也是过于执着，只是因为自己的意念，脑海里闪过昙花一现的冲动，对于身边的人来说，实在难以理解。有人说，人不仅为自己而活，更多的是为身边的人而活，为这个社会、这个国家而活，好好地生活下去，这一辈子，无求其他。这是在很现实的世界里的现实想法和做法，没有任何值得批评的地方，我自己也找不出漏洞。看起来一点儿也不奇怪，是我自己的想法和人们千百年来所形成的习俗和精神状态有所不同而已。我亦不愿背离这样的习惯，既然生活在这个环境里，即使你觉得积习难改，难以完全接受。

　　我惧怕死亡，而只有死亡能陪我到最后，我骨子里是一个孤独的人，或许因为我大多只欣赏了我自己，即使有的时候思念别人，亦是短暂的。我渴望找寻心仪的人，也常常对生活满怀着感恩之情。对我自己来说，是孤芳自赏也好，是顾影自怜也罢，已无关紧要了。

对你的好，有时无法表达

我们认识一个人，从开始接触到慢慢了解，更多的是相互表达，在去了解和知悉对方的同时，也让别人对自己有所了解。我们都有着自己独特的语言风格，时不时带着自己的口头语，而对于表达有障碍的人心存同情，对于向周围的人表达自己情感的方式，很多时候我们往往茫然无措，这让我们知道，这个世界上还有不同于语言或肢体的交流方式。人与人之间的交流，看起来再简单不过，你说一句，我说一句，在高速的大脑处理中实现了比较顺利的沟通与表达，我们得以明白对方看待人与事物的方式，渐而对这个人的性格有了自己的某种判断，我们也时时刻刻地表达着对别人的喜欢、讨厌、淡漠或是憎恶。

和我接触的人，大都会觉得，即使是第一次遇见，也感到我是一个健谈的人，某种程度上甚至可以说像是话痨一般。有时候会觉得，哦，也许是没有说到重点，就像我写的文章那样，使人疑惑不解，到底他想表达什么意思呢？而更多的时候我倒觉得，也许是自己总会倾向于将自己过往的经历、遇见的人或事物，放到自己此刻的表达中，不管是为了佐证某种见解还是仅仅在讲故事。没有过去的所有记忆，我真不知道自己还能和对方如何表达与交流。也许有时候我担忧的是，说了那么多事情，到底会让对方形成怎样的印象，虽然本意并不是想随便聊聊，也不是炫耀自己如此健谈，而是用心在表达自己。

在某种程度上，我觉得自己有表达障碍，这不是说我面对着一个人不知道说什么好，而是自己想要说的那个意思因为胆怯而无法顺利表达出来。

在表达情感的过程中，我意识到自己如此艰辛，不知所措，甚至将自己的真正想法边缘化了。在这些年里，对于异性，我从未鼓起勇气说出类似于"我喜欢你"这样的话。所有我遇到的姑娘，大都成了我很要好的朋友，其中也有着为数不多的知己，即使其中有我所喜欢的人。在内心深处，我仍旧无法接受这样的存在，为何在那个灯火璀璨的夜里，在树底下对着一个姑娘，想要说"我喜欢你"，最后却呆呆地站在那里好久，无法开口，直到对方说知道你的意思了。不管我心里多么矛盾，在喜欢和不喜欢之间多么纠结，去表达那个想法会有多么困难，说出那句话其实也并不是一件不可能的事情。也许是内心一直在纠结说出来那些话意义如何，对方也许从来就没有那样的感觉或想法，或者担忧从此两个人很随性的关系变得不再那么自然了，会失去一个如此谈得来的人呢。

有时候，我在与别人的相处中，说的话很少，反而感到如此自然。我遇到的一个姑娘，性格有些过于孤僻，说的话少得可怜，一天下来没有几句话。第一次遇到她的时候，我就像朋友一样和她说话，她却一整天一句话都未对我说过，开始还以为是听不懂我说话的缘故，直到后来再次遇见，在一个午后，我们两个人谈了许多事情，我感到无比疑惑。得知她似乎是第一次和一个男孩子说了那么多的话，让我感到许多不可思议的地方，为什么不喜欢说话呢。当我们接触久了以后，我才明白，她的心里不是没有什么想要表达的东西，而是不情愿对周围的人表达，更多的时候，她把自己想说的话都放在了心底，有时候往往让别人感到不知所措。而我平常在大多数时候，在她的身边，也很少听到她说话的声音，或多或少这种情形也是我心里觉得她声音如此吸引我的缘故吧。她的声音给人一种很温柔的感觉，让我的内心感到温暖，甚至让我开始有点喜欢上她了，即使我知道她沉浸在自己的那个小小的世界里难以自拔，对外面的世界与周围的人没有多少感觉，似乎周围的人对她的爱与关怀没有什么意义。我尝试过许多次，仍旧还是那个样子，所以也渐渐适应了这样沉默一天的相处，更多的是给她做一些她喜欢吃的饭菜，和她一起做她喜欢做的事情，而心里明白即使两个人出去玩的时候，也难得知悉她内心的想法，大多时候应该是一种愉悦的心情吧。她不大会表达出自己的喜悦之情，更难得见到她的微笑，似乎微笑天生就不属于她，也很难看到她发脾气的样子，虽然这两种情形我都碰到过。第一次聊天与后来的一次逛街聊得很开心的时候，看到她难得的笑容。还有她内心生气的情形，我至今仍心有余悸，她当时虽然并没有表露出来，但我很真切地体会到她心底的颤抖。

我渐渐习惯了不去表达什么，而更多地用行动去表达自己的想法，即使我知道这样有时候作用不是那么明显。更多的时候，我与身边的人交流，还是用语言去表达更直接一些，这也许是一种我们都能理解的最好的方式了。表达得太多或太少都不好，而每个人在和别人的接触中慢慢地去掌握了那个适当的节奏，谁不喜欢这样愉快轻松地交流呢？尽管有时候我们似乎有着表达的焦虑，内心多么希望通过一次聊天让对方看到自己是怎样的一个人，让对方产生某种感觉，至少是不讨厌也好。而实际上我们也都想这样就能了解到对方的情形，而不是期待来日方长，慢慢相处，慢慢交流，来真正了解一个人的外在及内心。所以有时候也许是因为不知道如何去表达更能让你了解我此刻内心的想法，多么期望能给你更多的关心与爱，毕竟横亘在两个人之间的距离不仅仅是真实的物理上的相隔，而是不能看到对方的表情，也就难以判断和洞察对方内心的感受。我们的内心是如何不希望被对方解读成一种漠不关心或者毫无感觉，因为缺少了交流与表达，所以有时候难以判断对方的真正感受，忽视了，淡忘了，不管到底是看作一个损失或是本来就应如此。如果承认了我们表达的无力与焦虑，没有了语言的表达，就很难让两个人产生某种真切的感觉。

面对着所有我认识的人，我努力去表达自己，尽管有时候效果甚微，也不愿这样保持某种沉默，也许有时候我应该多写一些文字，至少在我心底觉得文字是我表达自己的最好方式，而绝大多数人，都不愿也不习惯用文字和别人交流，去表达自己，可能是因为这看起来已经是一种古老而落后的方式了，不如语言来得更直接一些。古人哀叹鱼雁难寄，相思难知，而今即便相隔千里，寥寥数字信号，便能够让两个人直观地交流。而我想这种情形的变化，大概其中得失也早已无人问津了吧。

曲终人散

但凡一部作品，无非写人、观事、赏景、谈情而已，但总想去说人与人之间的故事，这是最广的表达范畴，总有说不完的幸福与悲伤。人的存在有着丰富无比的意义，我们所有的情感，有着太多的悲伤、嫉妒、嘲讽、喜悦、迷茫与无助等。作家手中的笔，让我们看到了一幕幕再熟悉不过的生活场景，从中给我们某种启示，看到别人生活的情形，在某种程度上折射出了我们现实生活本身，那些看起来荒谬无比的故事，多多少少在我们身上也发生过。至于故事的场景，可宽可窄，有的跨越国度，有的忽略地域，有的浓缩在一个生活场景内，譬如办公室——我们工作的地方，在这里我们度过了人生的大部分时间，因而也是我们生命中几乎所有情绪与感情所产生的地方。我们相互接触，在这个小小的世界里，彼此了解，在某种程度上像是彼此再熟悉不过的存在了。

在这种形式的生活方式中，我们表达着所有的情感，本身产生的或是从别处带来的，所有的不快、喜悦与悲伤都瞒不过周围人的眼睛。更多我们看到的，是我们不断在思考的，如何面对别人，进而面对自己。看到了太多人的脆弱，我们试图表达我们的同情和怜悯，却往往适得其反，被视作笑话一样。即使我们都不是那种对别人的遭遇感到庆幸的人，在生活中，我们感到如此无力，终究不能去分担别人的痛苦，那抱以同情究竟有多少意义呢？我们都自觉或不自觉地将别人的际遇当作谈话的素材，并时不时调侃一番还感到意犹未尽，这种看起来令人感到不安与反感的情形，其实每个人何尝没有遇到过呢？我们聚在一起生活，并没有隔断我们来自哪里这样的事实，我们所背负的幸福与苦难，到底还是需要自己一个人独自前行，去面对。

我们因为这种生活而感到不安与麻木，渴望有所改变却又日日沉浸在种种纠结中难以自拔，任由时间一年年过去，最终什么也没有改变，这看起来是多么悲哀的事情，难道生命就这样不堪一击、如此庸俗么？我们不想去承受这样冷酷的事实，因而内心深处陷入一种更持久的不安之中。

和我们的存在一样，我们的相遇也最终不免曲终人散，各自回到属于自己的场景里，再去演绎不同的剧目。我们曾经熟悉的人，也看不到他们的样子了，只是偶尔会想起一起度过的那些时光，心里有所感触。要说人在生命中能留下什么，除了年龄，唯有记忆的片断而已，这些看起来虚幻的过往，却构成了我们的整个生命。虽然看起来过去的记忆并不能给现在的生活带来什么，还是一点一点为生活疲于奔命，直到死去的那一天，但偶然回忆起来的时候，心里会感到一丝温暖，或是感到一丝趣味，这也是过去仅存的作用了。

也许有人会说，这样的观点和评论有些过于悲观了，至于我为何这么写，大概也与我的思想与经历有关，我们每个人毕竟视野有限，只能看到整个世界中极其狭小的一部分，而我也看到生活中存在很多的快乐，我自己也深有体会，而大概是看到结局从来没有让人坦然接受的情形，以至于以为既然最后仍旧不得不接受痛苦的到来，那么为何要用这么长的过程去陪衬和铺垫呢？所不同的便在于，你最关注的，眼里看到的，是想着每个故事的结局，还是享受每个故事的过程，这最终构成了你整个人生的基调。

性情中人

第一次听到马悦然这个名字，是因为诺贝尔文学奖，据说他是诺贝尔文学奖评审委员会的一位成员，对中国文学及传统文化有浓厚的兴趣，除此以外，我对他一无所知，也没有专门去查关于他的其他资料。这几天读完他的《另一种乡愁》一书后，才发现，原来他也是性情中人，一个可爱的老头儿。只因自始至终我也没有把他当成多么著名的人，只是把他当成一位喜欢中国并且娶了一位中国夫人的普普通通的瑞典人而已，想必他自己也不希望读者把自己视作高高在上的人。

《另一种乡愁》这本书中大多是简短的小文章，讲述马悦然在中国的许多经历，大半时间是在四川那里调查中国的方言，有意思的是，他在书中许多地方不知不觉就说出了四川土话，让人感到亲近，比如"莫得"之类，常在文中的括号中写着：四川土话又来了。每每读到此处，顿时给人一种特别的喜感，多么幽默风趣的老头儿。

马悦然大概是一个很随性的人，20 世纪 40 年代来到四川，在寺庙生活，写了许多有趣的场景，有点像日记似的，随意写之，想到哪里便写到哪里，恰因如此，许多场景读起来如身临其境一般，好像自己回到了几十年前，在山脚下的寺庙中生活的情景。他写了身边的人们生活的情景，文笔细腻而不失风雅，带着追忆的心境写了过去的一些人：僧人、作家、诗人等，也看到了后来的世事变迁中人们各自的遭遇，像一个个不同的故事充满奇遇，有的温馨动人，有的难言其悲苦的意味，最后都有了各自的结局。其中我尤为感触的是他对沈从文的描写，通过对沈从文的心境及后来遭遇的描写，可以看出他感情细腻、敏感，也是一个至情至性的人，终生用孩童般纯真的眼神来看这个芜杂的世界。当掌权者不让他写作品时，他就像画家被夺走了手中的画笔一样，余下的几十年忙碌于民俗研究中，虽然总算善终，但人们无不为此感到惋惜，感慨这世上又少了多少经典的文学佳作。

作者从欧阳修写到北岛，他本人也写得一手极佳的古体诗，不输文采。不过我更感兴趣的是他写的自己的人生经历——与宁祖的爱情故事。他离开瑞典来到中国的前一天，已经和高中的女同学订了婚，两个人谈了几年的恋爱，家人、朋友也都觉得两个人一定会走到一起，步入婚姻的殿堂。未婚妻去了旧金山留学，他则到了中国，两个人经常通信，但随着时间的推移，信件越来越少，也越来越短，这大概是再正常不过的事情了，地理位置的距离不免会加深内心深处的隔阂。后来他住在一个教授的家里，也就是宁祖家，恰好她的母亲想找个人教宁祖英语，于是一天里两个人大约有一个小时的相处时间，渐渐地，两个人熟悉起来。

两个人出去逛书店，在有名的饭馆吃饭，也去电影院看电影，第二次看完电影出来的时候，宁祖让他拉着她的手。在马悦然的心中，宁祖是个很好的姑娘，弹得一手好钢琴，民歌也唱得很妙。有一天，两个人在花园中散步，相对无言，宁祖知道他有未婚妻，两个人在一起不大可能，甚至永远也没有机会再见面了，那一刻他有很多话要说，却怎么也说不出口。

后来他走了，到了香港，给未婚妻发了电报，却得到这样的消息：她爱上了一个美国人，因此愿意结束两个人的关系。于是马悦然立刻给宁祖的父亲发了电报向宁祖求婚，那时候邮局停业，邮局的人告诉他发回来的那堆数字说的是：宁祖愿意跟他结婚！后来我们知道，两个人一直相敬如宾，度过了几十年的美好时光，直到宁祖去世。物是人非，对于一个年迈的老人来说，不啻为一个沉重的打击。

到了晚年，老人更多的是追忆过往的时光，这时候他就像一个孩子，天真可爱，为自己曾经做过的略带遗憾的小事情而感到追悔：因为忙于学术研究而没有抽出许多时间陪父亲和孩子；有时候显得不耐烦，也在自己学术研究的路上走了许多弯路。为白白耗费了数年的时光而感到遗憾，以及后悔没有学习日文，因为日本的汉学水平之高，令人难以企及。甚至在酒馆看到原住民买了一瓶酒不小心掉在地上摔碎的时候，为没有掏钱给可怜的原住民买瓶酒而一直追悔不已，这已经是好几十年前的事情了。他的一生经历了许多快乐之事、遗憾之事，在记忆的长河里，绵绵无尽，到头来都成了珍贵无比的回忆，一生丰富多彩，也是难得之事。

我印象最深的，也深有同感的是其中的一篇——《永久的刹那》，在欣赏美的事物之时，往往在一刹那感到生命的颤动。"忽然感觉时间像是停止了一样，那种感觉又惊又怕，仿佛时间停止，人的生命也就结束了，给人一种活不下去的感觉。"

生命中难得经历这般"永久的霎时感"，有的时候并不会感到害怕，而是温暖，内心为之一动的感觉。比如作者回忆到 60 多年前的时候，在公交车上正对面坐着一位和他年纪相仿、非常美丽的姑娘，美得让人非得看一眼不可："她同时也正对着我的眼睛看着我，霎时间感到我的眼光穿进她的心里，她的眼光也穿进我的心里。"忽觉得两个人不仅是一体，好像与四海之内，一切众生都成了一体。这不是一见倾心的感觉，而是一种非常强烈的但又与情欲的满足毫无关系的感觉，以后再也没见过她，可是现在还清清楚楚地记着她的外貌和体态。

其实在我们的生命中某一刻何尝没有经历过那样的情形呢？一个春末的午后，在空旷的广场上，见到那位姑娘的瞬间，忽然感到似乎周围的一切都静止了。她的花色长裙在风中微微飘动，头发齐整，那双美丽无比的眼睛，即使隔着眼镜也逃不脱我的目光。那一刻，面对着她，说着随意的话，眼睛盯着她的眼睛，但又怕她看到我这样看着她的尴尬情形，她被身后的蓝天白云所映衬，如天使一般美。

说得远了，其实自己并不太想去多说，我们的生命，是一种怎样的精彩与丰富，而幸运的是，我们无意中在世界的某一处看到，有某个人的性情，有对于生活的经历与感悟，与自己有几分相似，由此感到一种共鸣。知物，知人，知己，如此足矣。

安放好自己的生活

昨天，同事开车送我去不远处的小区，我在那里牵一辆自行车出行。路上聊了一会儿，本来说好今天大家一起去吃烤肉的，因为他的孩子生病了，要赶回家照顾，所以未能成行。就这样，看起来忙忙碌碌的一天就过去了，回望这一天，也许是一片空白，没有留下什么印象深刻的东西，似乎什么都没有改变，没有留下。同事得知我所认识的人是老师时，有几分羡慕的样子，说老师多好，马上又到暑假，可以休息了，不像我们，天天年年忙个不停，没有多少闲下来的时间。听起来多少有些道理，我自己也曾经这样想，包括现在仍旧心怀眷恋，期望以后也能做一个老师，只是因为寒暑假能抽出一些时间来陪着家人，或是与朋友一起出去旅行。我思索了一会儿，回答道："那并不见得，我们总觉得时间用在别的地方，没有闲余的时间去做自己喜欢和让自己感到快乐的事情，其实有点像是一种借口。即使是老师，有着看起来让人羡慕不已的暑假，也不一定能过得如自己所预想的那样充实和丰富，内心焦虑、为烦事所扰的人，有再多的时间也只会无缘无故就消磨殆尽。所以能不能过得充实，与一个人内心深处是否充实有许多关系，然后把这种心境带到每天的生活里，自然也会过得轻松与愉悦。"

每个人都为工作所扰，这是此生注定无法逃离的事情，我也一样，没有想过要逃离，因为工作的琐碎使人心烦。我所能做到的，也仅仅是工作之后的时间里不刻意去想任何与工作相关的东西，当然了，不排除忽然有了某种灵感和创意，可以对工作有更好的帮助，这时候我会记下来。相对而言，每一天所拥有的自由时间还是很多的，日日年年下来，总不会比一个暑假或寒假的时间少。不同的在于，这些时间是零碎的，与完整的一段时日相比，各有各的特点，也不必刻意去比较好坏。

这些天来，我几乎每天下班以后都会出行，一是让自己避免对着电脑显示屏产生的眩晕感，每天陪着电脑这么久，比陪着自己喜欢的人的时间还多，这看起来是多么没意思的事情；二是坚持锻炼身体的缘故，骑自行车是一种不错的锻炼身体的方式，行在宁静的乡间小路，看着周围的人们忙着自己的事情，有的人坐在门口像是在想什么事情，有的人在井边取水洗衣服，有的人带着孩子玩耍，而我见到更多的是在田地里忙碌的人们。有时候我会不自觉地下车去帮忙，虽然这在周围人的眼里看起来有点奇怪。有时候我与遇见的人们聊天，有小孩子，或是老奶奶，可惜我听不懂当地的土话，于是不得不用手去比画着，算是沟通了，这些天来我听懂了一些词，因为人们说得比较多的缘故，比如"吃饭、女（盆）朋友、哪里、西塘桥"之类，我大多时候说我家在安徽，他们会说，哦，安徽，不过这个词从他们口中说出来的味道的确有些不同，有时让我感觉本地的话还是挺好听的。

　　有时候在村子里，无意间看到美丽的事物，像没有见过的建筑或是花之类，我就会拍下来，不知道名字，我会问周围的人，他们常常会善意地回答。有时候聊得很久，也并不在意对方是一个没有见过的陌生人，反而像是熟人一样自然。记得有一次没有自行车，我自己走回去，经过几个村子，和人们聊天，从下午聊到了傍晚时分才回去。我在这里没有多少朋友，一个人活得自由，生活丰富多彩，也难免会感到某种孤单的感觉，这种情绪在内心深处有时候挥之不去，但终究也不会影响到大部分时间过得快乐。虽然认识的人不多，因为自己的缘故，能够和陌生人聊着天儿，不必感到有什么不自在的地方，像是每天都遇到了不同的人，往往一面之缘，没有再见过。我也会经常帮助所遇到的人，给他们带来微不足道的快乐，在这个过程中，也感到一种充实。尤其是孩子们，有时候简单地教他们学着摄影，或是听他们聊起有意思的事情，望着他们顽皮的动作，灿烂的笑脸和无忧无虑的样子，自己也感受到了孩子的快乐。

　　这段日子里，我没有刻意去让自己开心，对我来说，这已经融入我的生活，而不单单是一种偶然的情绪和感觉。就是那样自然地流连忘返，随处走走、转转，听着美妙的乐音和清早的鸟鸣，落日时分苇丛中虫儿奇怪的唧唭，以及入夜后水田中的阵阵蛙声。夜晚的乡村，灯火并不明亮，许多人家只有小小的窗户边儿露出了光亮，远望去像是繁星点点。

灵魂的充实与平和，或者说幸福与快乐的感觉，很大程度上与自己内心有关，而不是你拥有多少空闲和时间。不是每个人都会有持久的好的心情，不管在家里，还是到远方去，目的只是让自己开心、丰富与充实，而这些往往不能够轻易获得。许多时候，越是看起来简单的东西，越是难以触及。

　　每天下班以后，有的人回家忙碌，享受家的温馨；有的人忘情于工作；有的人打游戏和看电影；有的人只是随处走走，去发现美的存在。我们终究会在一个地方度过大部分的时光，如果只是想着逃离，往往会有所失，内心会感到烦闷与偏离。能在一个看起来很小的地方找到真正的幸福，确实不是一件容易的事情，我们大部分人可能都做不到哲学家康德那样，一辈子生活在那个范围很小的地方，没有出过远门，每天只是在那条被后人称为"哲学家小道"的路上散步而内心充实。

怀念那只可爱的兔子

或许，只有死亡才最接近自由的意义。

自由的界限如此模糊，以致我常常感到困惑，怎样的自由才算真正的自由，抑或是从来都不存在所谓的自由，只是在生存与死亡之间徘徊而已。我们无法给予除了我们自身以外的任何事物以自由，无非只是一种占有或欣赏，从头到尾我们与其他周遭的事物都没有什么关系，也就无所谓自由。我能够给一只小动物怎样的自由，如果我不是将它关在笼子里，而是放生，而它不可能在外面的世界活下来，最终还是死亡，为了延续它的生命，又不得不以束缚它自由的方式换取它的安全。

自从买了那只栗色的兔子，说实话，我并没有因此感到多么快乐，没有像想象中的那样，在下午的闲暇时光带着它到野外，耐心地看着它奔跑和吃草。那些属于兔子的乐趣，我并不那么感兴趣，我们无法沟通，只能依靠自己的内心来理解许多东西。或许，从一开始我已明白，许多事物只有远离和短暂的相遇才会让人感到愉悦。惬意地去欣赏美好的事物：美丽的花朵、一望无际的田野或是可爱的动物和昆虫，会让人感到轻松和愉悦。而一旦你对欣赏的事物产生了某种依属或责任，便不再有之前那种轻松的感觉了，体味不到那样的乐趣了，而是渐渐变成一种负重。

因而，即使兔子看起来真的是那么可爱，惹人怜爱，可是你得到它，所付出的是远远不及的耐心和爱，而没有多余的理由和推脱。因为人和事物无法交流，只是单向的想象和付出，如种植一株植物，只有耐心地去呵护才能让它生长起来。那种感觉就像任何你喜欢的心爱的玩具一样，只是单纯的、短暂的喜爱，迟早会感到厌倦，那是小孩子的心理。长大以后你才明白，真正想要的快乐终究是来自于人，来自于我们直接和你的不断交往中，在这个交往中感受到无尽的愉悦。另一个人的存在具有十分重要的意义，远远比可爱的动物或是美丽的花朵重要。人和人之间的关系不是归属和占有，而是一种相映成趣。

两个平凡的夜晚

　　终于，它们还是走了，在静悄悄的夜里，直到清早醒来，也没有听到它们的声音。

　　我还未穿起衣服，便穿着拖鞋走下床去，看到淡紫色的笼子里，白色的纸上，它们黑色的身躯一动不动地躺在那里，长长的腿直伸着，脚并拢着，睡在一起。我开始意识到"同生共死"并非仅限于描述男女之间刻骨铭心的爱情，眼前的情景也是如此，它们一起出生，本来会面对不同的命运，而如今一切都不复存在了，它们还没有长大，就离开了这个难以言说的世界。

　　那一刻我心底忽然感到很难过，那种感觉像是曾经无比挚爱的亲人的离开，或是长久期待的一份爱恋毫无征兆地结束一般，真切地感受到情绪的变化，而不只是心理作用。我走过去蹲下来，用手托起其中一只，我不知道应该怎么称呼，它们如今还没有名字，而我也分不清它们，即使从见到它们的那时候起，便称呼它们大宝、二宝和三宝，但是从没有起到什么作用。在我手里的它身体不再温热，它只是尽力伸长着身体安眠，眼睛闭上，眼角周围流出的应是泪水，我这样想。它们失去父母不到三天，便没能活下来。

　　我还记得昨晚回来的时候，它们还活着，只是显得疲惫，再也没像前天那样在我屋子里跑来跑去。在笼子里睡着，偶尔晃动一下身体，已经一天多没吃东西了，连水都几乎没有喝过。刚开始我给它们准备了食物和水，但三只鸟儿并不吃，大概是习惯了父母用嘴喂它们食物，像是一种本能的反应。就这样，第一天什么东西也没吃，我心里开始慌了，这样下去它们撑不了几天的。于是到邻居家借来米饭，用热水泡好，找来镊子夹着小半粒米饭，轻轻掰开它们的嘴，喂了下去，然后喂它们喝了水。一开始它们咽下去了，接下来便没有那么幸运，它们好几次吐了出来，一直摇着头，似乎不喜欢吃这些东西。曾有朋友告诉我喂它们虫子，可是我到哪里去找。在许多方面，人并不如鸟儿，生存的能力不同，我们更多的是依靠外界的力量生存，而它们更多的是依靠自己的技能活下来。三只鸟儿总共喂了两粒米饭，喝了些水，看着鸟儿躺在我宽大的手心里，睁开眼睛望着我，身体还温热着，肚子一直在跳动着，我知道这是它们的心跳，有大概和我们人相似的频率，我感到无比惊喜，这实实在在是一个生命的存在，和我一样。

我心里知晓，似乎从见到它们开始，便预示着某种令人不安的结局，我想尽我所能去做，让它们好好活着。

那天下班后，我和一个同事到健身房打台球，六点多与另一个同事骑车去街上锻炼，经过青年河的时候，看到路中间的绿化带旁有四只黑色的幼鸟——当时以为是小鸡——快步跑着，像是在逃命，后面一辆车停了下来，一个男人跑过来想去捉。绿化带里还站着一个中年女人，似乎也想捉回家去。于是我停下车子，快步跑过去，它们跑得很慢，即使用尽了力气。我只捉到了三只，最后那一只被那个男人捉走了，他说一开始是五只，有一只跑进了绿化带里，找不到了。

至于幼鸟为什么跑出来，已经无法知道了，可能是它们的窝在绿化带的树上，不小心掉落下来，于是它们四散而走，而鸟儿的父母其实也无能为力，它们没有力气带着孩子到一处安全的地方暂避，也不能用爪子抓着孩子飞过危险的马路，只是在另一棵树上或是空中眼睁睁地看着这一切发生。心爱的五个孩子被人们捉走，从此生死未卜。于是这个场景其实在某种程度上注定了会是生离死别。

我把它们放在车篮子里，带着它们往前走，这应该是它们第一次长途旅行。鸟儿的叫声很大，总像是离得很远，而不是眼前的篮子里这些可爱的雏鸟们的叫声。

我跟同事去面馆吃了面，然后趁着夜色返回，仍旧经过来时的那条路，为的是找到另一只失散的鸟儿，我一直担心会被往来的车子轧死，这大概是唯一的可能了，夜色中人们是不可能注意到路上的一切的。或许能看到鸟儿的父母，可以把鸟儿都放在一处安全的地方，这样我也不必头疼如何喂养它们。可是当我们再次经过那里的时候，没有什么动静，路上什么也没有。

晚上回来，我把三只鸟儿放在一只黑色的帽子里，放在桌子上，而这时候其中一只活泼的鸟儿跑出来，在桌子上跑来跑去，像一只小鸡一样，一边跑一边叫着，声音很清脆。我在网上查了很多，但仍旧不清楚这些鸟儿到底是什么鸟，如何喂养才好。

带回宿舍以后，我用旧盒子给它们做了一个简单的窝，用旧袜子和枕巾垫在底下，算是临时的巢了。晚上它们可一点儿都不让人安宁，常常跑出来，在开阔的屋子里跑来跑去，躲到冰箱和柜子后面，我只听得到它们的声音，却找不到它们在哪里，最后费了许多劲儿才找到。我以为晚上会被它们吵得睡不着，还好，总算安静地睡了一个晚上。第二天清晨，醒来便听到它们的鸣叫，可以说是当我的闹钟了。

三个可爱的小生命就这样消失了，我看着躺在眼前的鸟儿，心里很难过，却无能为力，只能眼睁睁地看着这一切。如果说这一切都是宿命，注定了无法逃离，那么我们也不得不面对。终有一天，我们自己也会面临死亡。在那个夜晚，我躺在床上，脑海里浮现起关于死亡的恐惧，不管眼前及明天的生命有多么精彩，多么值得去活着，面对最终的结局，心底仍旧无法释怀。这一切都会成为过去，再好的时光也无法留住，当它们消失得一干二净、毫无痕迹时。

周围的人们对于其他的生命不置可否，这让我感到有些悲伤，尽管自己努力去尊重和敬畏生命，仍旧感到力不从心。对于试图拯救三只雏鸟的事情，现在回想起来，我不清楚我那时候为什么要这么做，也不知道这么做到底有什么用，就像是一种明知无意义却本能地挣扎似的，对生命的同情和怜悯，我自己无法无动于衷。

清晨的时候，我带着它们去当初看到它们的那个地方寻找，是否有它们父母的踪迹。一路上冷风吹过，衣裳单薄的我感到有些凉意，而它们一直在叫个不停，试图唤到其他的同类，可是最终没有出现。我清楚，我们不是同类，因而交流很困难，明明自己能做得更多，却因为许多不可克服的因素而作罢，这让人心有不甘。

我走在路上的时候，不经意间望见路边许多被疾驰而过的车子和匆忙的脚步碾碎的蜗牛，这些微不足道的生命，我们自然不会留意，即使看到了，也不以为意，不觉得有什么意外。我知道我们总不能从心底去同其他生命做类比，弱小动物的生命脆弱而短暂，不值一提，而我们毕竟还足够坚强。

面对本已想到的糟糕结局，我仍旧无法释怀，就像是生活里本身不存在希望，而我们仍旧每天虔诚祈祷一样。我站在那里，满是失望，鸟儿们如果有感受，大概也会感到绝望。

如果它们活了下来，长大了，能够飞到天空，那时候它们就要回到大自然，去寻求生存。然而年幼的它们还没来得及看看这个美妙的世界，这不免让人感到遗憾。一开始我希望它们能安然地活下来、长大，有一天也能挥动着黑色的翅膀在天空中自由飞翔，这是生命存在的美，就像我们活在这个尘世中一样，不管生活有多少艰辛，总要去经历。

后来我决定给它们起名为奶油、花生和红豆，只是我还没来得及熟悉它们，它们就已不在，这一生再也不能和它们相遇。尘世犹在，而天堂最终无处可寻。

在安葬它们的路上，我见到两只黑色的鸟儿从阴沉的天空飞过，挥动着翅膀，然后盘旋而下，如我们一样沉默。

随 记

没赶上公司的班车去海盐，我只好搭同事的车到一处公交站，等着"210"，并不算炎热的午后，正是下班时分，往来喧嚣，加上湿湿的汗水，给人一种不安的感觉。

去海盐别无他故，仅仅是为了吃上一碗熟悉的面，不是去图书馆看书，或是去看电影，只想去吃一碗过水的炸酱面而已。大多数日子里，一个人享受着平淡充实的生活，相比之下，有人陪伴的时刻大都是生活的插曲，没有开始，亦没有什么结束。

到了海盐，我开始寻找那一家面馆，可偏偏天意弄人，我怎么也找不到那一家面馆了，就像做了一场梦一样，既让人欣喜，又感到难过。到底在哪里呢？我记得明明是这条路过去的，怎么到了这里竟然什么都没有了？带着许多疑问，我还在寻找，走过许多寻常巷陌，许多以前没有见过的风景一下子吸引了我的眼球。即使过去了，我还是转回来，拍下这难得的一刻，怕下次又变了样子。有时候我就是这样固执，只相信此时此刻的感觉，担心过去了，就再也寻不回这种美好的感觉。对于人也是一样，有时候太多喜欢，也显得有些焦急不安的样子，生怕再也见不到了，大约是个性使然。

狭长的小巷子里，几位老奶奶拿着蒲扇在聊天，说着那些我听不懂的话语；小孩子无忧无虑地玩耍；安静的校园里，处处藏着美妙的光景；中年人和我聊关于摄影和古塔方面的话题；偶然迎面而过的长发姑娘，不经意间看到了对方的眼睛时尴尬无比的情形，如此种种。直到天空变得湛蓝，月光明亮，我才找到那家面馆的位置，于是吃上一碗炸酱面，品尝着熟悉的味道，一个人安静地吃着。午后的时光就这样悄悄溜走了。到了晚上，该是散步的时候，我一个人骑着自行车，脑海中想着许多过往之事，那些熟悉的人，如今再也无法见面，哪怕是一声问候，也无人听得。所有的眷恋与思念，倏忽间闪过脑海，直到所有的故事结束，我才能鼓起勇气继续前行。

周六行记

前一日的晚上，已是入夜时分，我独自坐在桌子旁边，在想，明天是一个怎样的天气。也许这是在胡思乱想了，我倒是希望明天会是既不会太热，也不会下雨的天气，这样想是不是有点过分了，我自己也这样想。

清早起来，欣喜的是并没有看到很浓烈的阳光，天空泛出一片白，风也很大，我想，这已经是不错的天气了。于是赶紧收拾行装，下楼，走到公共自行车那里，牵了一辆车子。

昨晚临走的时候和两个小姑娘约好今天要去找她们一起玩，小明珠还要我跟她拉钩，我记得好多年没有拉过钩了，我伸出小拇指，她口中说着"拉钩上吊，一百年不许变……"最后拇指印在一块。她的姑姑在旁边笑着，和我说别介意啦，小孩子说话不要当回事儿。对我来说也不是一件很难的事情，既然说好了，我希望还是尽可能不让孩子们失望。不过她们说下午两三点的时候在这里见面，我想是不是太热了，不知道能不能按时赶过来，因为我要往北去很远的地方，不见得能按时赶回。

路上我带着给她们的礼物——两张我画的画，以及两瓶矿泉水、一本《许地山作品集》、一些报纸、相机、在稻香村买的面包，准备在路上解决午饭。所以到了西塘桥街，吃了一笼煎包和一笼煎饺，而后便出发了。

我沿着昨天走过的路，走过大桥，到了十字路口，往西是刘庄，往东是大宁方向，今天主要是想去刘庄那边看看，于是西行。我听着音乐，边走边望着眼前的风景。不时会停下来走到稻田里拍几张照片，虽然已是入夏，仍能看到翠绿的稻田，夏日的酷暑也像是减了几分。在田里忙农活的奶奶和阿姨们带着好奇的眼神打量我，问我拍的什么，我便简单地说了一些，有时候聊得多一些，似乎忘记了自己还要往前走。

我沿着一条小路往北去，便到了刘庄，视野豁然开阔，偌大的稻田、上空柔白的云，构成了一道至美的风景。我站在那里，心情忽地舒畅起来。路两旁植着绿松，遮挡了许多日光，我往深处走去，忽然看到地里有许多白鹤，那一刻我惊喜不已，于是小心翼翼地拿出相机，像个小贼一样慢慢挪动脚步，往前走。刚拍了几张，似乎它们注意到我的到来以及不善的样子，纷纷飞起，到别处觅食。倒是旁边的几只鹅儿不大害羞，我给它们拍了一些。独自一人置身于空旷的原野中，站在绿松下，望着西边若隐若现的村庄，像是很近，又像是很远的样子。我望得出神，过了一会儿才往回走去。

穿过刘庄，便到了青莲，这里已经属于元通了，我正巧遇到一个在屋后忙着的中年女人，才知道这个地方的名字。她问我，为什么我一个人出来呢？我没有半刻思索说道，因为我的同事都结婚有家了，而且我单身，所以就一个人出来玩了呢。事实也是这样，许久以来都是一个人出去，很少和别人一起，毕竟这么远的路，也没有朋友愿意一起走。

继续往北去，直到苗半，回来的路上车子坏了，于是我牵着往前走。到了青莲的村委会那里，因为看到老奶奶正在家门口洗鞋子，门口有井水，所以我过去和老奶奶说了情况，打了一些水洗脸。这时候才感觉到额头烧得厉害，很是难受。老奶奶建议我去超市买条毛巾回来，于是我去买了条毛巾，放在水里拧干，放在额头上，一阵凉意。老奶奶帮我拿了个凳子，我坐在那里休息，一边和老奶奶聊天，这时候风吹过来，感觉舒服了一些。

差不多要回来了，到了刘庄最北边，看到一户人家，一位中年女人在门口打水，于是去借了锤子修理自行车。因为我和她的儿子年纪差不多的缘故，于是聊了很长时间。她家的老头子喜欢种花，门口有个小花园，月季还在绽放，星星草绚丽依然。

回来以后，我睡了会儿午觉，午后便又出发去了大宁等地，夕阳落下的时候，我以最快的速度赶到西塘村，走到一处人家，周围的人看着我那么着急的样子感到奇怪不已。我说明了情况，想到顶楼拍几张日落的照片。虽然时间有点晚了，最美的时候没有赶上，路上走错了。其实我知道，美的事物太多，有很多唯一的、一旦错过就不会再有的美景，像每天从不重复的云霞。我不可能如此幸运，得以领略到所有，唯有意识到简单的满足才好。

晚上的时候又遇到了两个小姑娘，陪着她们一起看阿姨们跳广场舞，音乐停下，路人散去，我们挥手告别。

难舍的时光

周六早早起来，收拾东西，准备去盐仓看小心怡。清早顿觉冷意，地上铺满了一层薄薄的霜，走着走着，又遇见了老韩，于是坐着老韩的车子去了海盐，真是很幸运的事情。

大约10点多才到了那里，就像上周一样，直接走过去，敲了门，开门的是阿姨，心怡见到我的时候慌忙跑到了阳台那里，我便过去带她一起玩。今天天很冷，她穿着很厚的衣服，可是心怡的心情似乎并未受到天气的影响，还是那么开心的样子，像往常一样跳来跳去，一会儿跑到这里，一会儿跑到那里。

我们出去买菜，终于可以出去玩了，心怡很兴奋，急忙跑到前面要去开电梯，可是她够不着，我过去抱起她，按到了电梯的按钮，她又第一个跑进去。到了菜市场以后，她小心翼翼地翻过栅栏，便匆匆跑进去，我快步赶上前，这里人很多，真怕一不小心丢了她。我们买了一节莲藕，做酸辣藕丁和两个番茄烧汤，还买了一些猪肉。柜台的夫妇和阿姨很熟，我听到他们在问这个抱着小心怡的男孩子是谁，是不是小女儿的男朋友呢。我倒是没有听懂阿姨怎么回答他们的，我想这情形还是比较尴尬的呢，遇到熟人的时候，我和心怡只是普通的朋友关系。心怡想要下来，我便让她下来，可是一转眼她就跑远了，很开心地四处转转，让我又好气又好笑，小姑娘真的很调皮呢，总是会让人担心，于是我边喊着她的名字，边去追她，她倒是跑得蛮快的。

回来的路上，我带着心怡去买了她爱吃的龙眼，她每次来到这里都会跑到卖龙眼的旁边，拿起一个也不给钱，还好她只是个孩子，他们也并不在意，上次也给她买了一些，她吃起来很快的。不过东西虽然好吃，吃多了也会上火的，我和阿姨说，这次要收起来一点，不能让她一下子就吃完，我把装龙眼的袋子给她，然后再跟她要的时候，她变得小气了，不愿意给我，阿姨在旁边都笑了。

午饭，阿姨煮了饭，烧了鱼。我则做了酸辣藕丁、萝卜丝炒肉，还做了番茄蛋花汤。阿姨烧的鱼特别好吃，我很喜欢，可是又不想吃得太多，因为心怡很喜欢吃鱼，还是多留给她一点吧。吃饭的时候，我和阿姨想办法哄着心怡多吃一点儿，因为她饭前吃了一些米饼，所以看起来并不是很饿的样子。不过呢，办法还是很多，最有效的办法就是我劝她吃点，一会儿吃好了就带她出去玩，或者对她说，她要是不吃，那我就要回家了，不带她玩了。这时候她就会变得很乖，拉着我不让我走，其实我哪里想走呢，陪着她玩多久，我都不会觉得累的。

在阿姨做饭的时候，我带着心怡，拿着一把小铲子去楼下取土，种蒜。家里有很多买来的蒜已经发芽了，扔掉了又很可惜，我忽然想起，可以种在土里，长出蒜苗了可以吃，一举两得。于是我带着心怡下来找土，两个人开开心心地找啊找啊，她很喜欢问我，叔叔，这是什么，那是什么，我会耐心地告诉她。

午后的阳光很温暖，阿姨说要给心怡洗个澡。阿姨放好热水，我给心怡脱衣服，一个多星期没有洗澡了，应该是身上有灰了，可是小孩子的皮肤很嫩，不能用力，很容易弄疼她的。

我抱着她去洗澡，看到水盆，心怡变得很兴奋，她有自己的小椅子可以放在水里面，就这样悠闲自在地躺在水里，别提多舒服了。我开始给她擦洗身子，用毛巾很轻地洗，然后用手很小心地搓着，生怕弄疼了她。我记得小时候每次去洗澡，爸爸给我们搓灰的时候，很是用力，说只有用力才能把灰搓掉呢。我都感到背上痛得要命，现在还记忆犹新。

小心怡自己也很认真地拿起毛巾擦着身体，有模有样的呢，别提多可爱了。不过给她洗头是最头疼的事情，每次都会折腾半天，她会哭起来，这一次我们让她躺着，我来哄她，阿姨给她洗头，这样效果好一些，至少她不会哭得那么厉害了。给她洗一次澡，我的衣服裤子很多地方都湿了。冲完澡以后，我拿着一块白色的浴巾，围在她身上，然后一下子把她抱起来，放在床上，阿姨找来干毛巾擦干她的小脚丫，这时候她还没有穿衣服呢，光着身子在床上跳来跳去的，外面的阳光正浓，照得屋子里很暖和，她也不会觉得冷，不过衣服还是要穿的，于是阿姨拿来衣服，我一件一件地给她穿上，这时候，小姑娘还是蛮听话的，你要是对她好，她会感受到的。所以我一直弄不懂朋友丹怡为什么不喜欢小孩子呢，不过我所知道的是，这样她真的会错过很多快乐的时光。

有我带着心怡玩，阿姨也能抽出时间洗个澡了，我给心怡剪趾甲，她的脚丫好小好小，因此我小心翼翼地给她剪趾甲，生怕会不小心弄疼了她。窗外的阳光照进来，那种情景真的很美好，有如梦境一般，我想，多年以后，想起此刻的情形，心里应该也是很温暖的吧。

午后空闲下来，我也要离开了，于是我们下楼去草地上玩耍。我又发愁怎么才能让心怡不哭呢，每次我离开的时候，她就大哭起来，舍不得我走，我会抱着她，哄着她让她不要哭。看到她眼里流着泪，真的舍不得就这样离开，她亲了我一下，嘴里还流着口水呢，可我并不在意。我哄着她，但是说任何理由她都不相信，我不知道怎么说才好了。于是带着她去玩她喜欢的摇摇车，等到她坐在里面，车子动起来，阿姨在一旁哄着她，我便悄悄地走开了，一边走，一边回头望，直到路口看不见了。

有人说，你对她这么好，等她长大了也根本记不起有你这样一个人陪着她度过那些美好的时光，不过我并不在意，我觉得真正的爱，并不是试图让自己在别人的世界里留下什么印记，让别人记住，而是还有别的东西在里面，真心地付出，而不求什么回报，我对小心怡的爱就是这样。我知道，或许过几年她就去杭州了，可能以后见不到了，忘却了。很多时候命运使然，我们不能做什么，因而也不一定要怎样，能在她身边陪着她，带着她玩耍，照顾她，伴着她成长的最初的时光，对我来说已经是上天的恩赐了。

父子之困

父亲对我们的影响其实很多，后来我终于认识到，父亲是想要我们成为那样的人，正直、忍让、利他，但这难以实现。

——题记

我的父亲，多是继承了奶奶性格中的自负、专制的一面，不会考虑别人怎么想，诸事都按着自己的方式进行，甚至不惜以暴力为手段。他忽略了在一个家庭里，成员之间的关系并非如此简单，每个个体都有自己的想法、做事情的方式，并非顺从与被顺从的关系。他总是我行我素，一意孤行，而不去反思自己到底是哪里做错了，每个人都有缺点，可是每个人大概都看到了别人身上的缺点，而看不到自己的缺点。体谅、理解和反思是解决这个困境的比较适当的方法，尽管我们悲观地说，人就是这样子，改变不了的是性情。能考虑到别人看待事情的方式的不同，并给予理解，才能更好地处理遇到的每一件事，而不是不达目的誓不罢休。

其实我们都一样，只是所处的群体和境遇不同，我们也都必然为了某种自己觉得更好的东西，或是名誉，或是利益而贬斥或取悦某些人。这是必然要发生的事实，不论在哪里。我想，这世上也许只存在着一种相对微妙的自由，这种自由更多体现在凝聚力比较松散的、原子化的社会里。就像我们出来工作一样，比生活在古老的，依靠血缘、种姓或是家族为纽带的社区中的人相对自由得多。我们处在一种单一的、游离的状态里，很难与周围的群体紧密地联结在一起，因此，很多时候确实不必要考虑过多的东西，做出有伤脸面或增光添彩的事情来。但同时，相较而言，我们缺少的，或者失去的是那种紧密关系带来的愉悦感和耻辱感，我们不再过分地开心或悲伤，因为缺少了悲与喜的那种条件。大多时候只是在普普通通的、简单的小资式的清新的情感状态中，不过分喜悦，也不过分悲伤，所有的东西都是自己承受着，似乎与周围的人没有多大关系，也不必担心别人会怎么看待你，你的生活方式、你的作风、你的表情等。所以当你很欢喜地感觉得到了一种解脱的同时，又披上了另一种无形的枷锁。

所以，只有真正处于这种环境里的时候，你才能体会到这种难以言说的感觉。我体会不到，也无法真正理解父亲心里究竟是怎么想的，面对着这些密密麻麻的琐事。每个人的个性是无法改变的，可是每个人都在试图改变周遭人的个性，尽力按照自己的方式对别人进行劝诫或感染，大多数人最后发现无济于事，该怎么样还是会怎么样。但我们并不因此放弃过，不管是否被看作自作多情，我们还是不自觉地，明知不可为而为之。当一个家庭和外界产生嫌隙或矛盾的时候，便是真正考验人们处理事情的方式和思路的时候了。既要在外界树立起或维持自己一贯的名誉，也要适当地照顾好家庭成员的情绪，这可不是不假思索简简单单就能做出决定的事情。这两者之间存在着很微妙的博弈，每个人都需要一个台阶下，所以以什么样的方式结束争端，对每个人都是一个很大的考验。正如这个世界里包含着的三个层面的内容："过左"、"过右"及中庸。这三种方式贯穿每个人的整个人生历程，没有人逃得过。

对相对的、自由的追求与对群体中荣誉感的留恋，或许是我与父亲之间问题的根源。说到这里，我不得不无奈地承认，人与人之间并不能够完全地沟通，隔阂、嫌隙贯穿我们生活的始终。想要平等地、平和地、理性地沟通，几乎不可能实现。人们之间的沟通，从一开始有这种想法的时候起就注定是个悲剧和无奈的事情。不同的个性、不同的生活处境和人生境遇，还有传统的伦理和历史在人性中刻下的深深的烙印。我们不是希望悲观，但怎么看待事物，即所谓的态度问题，无非是乐观和悲观两方面，但事实上，这并不决定事物最后往哪方面发展和进行。如果真的存在态度这种东西，那么无非也仅仅是一种转瞬即逝的情绪罢了。更多的还是在人生中所体验到的那些不同境遇所造成的不同的心境，进而产生不同的表达方式而已。

静坐在窗前

　　我是一个极易忘记身边人的人，也许是在自己所向往的世界中流连太久，无意回到现实，往往发觉置身于这种现实中，会感到一丝悲悯和无助，有时候会想，也许我依然还是爱着这个世界，爱着身边熟悉的人。

　　昨天晚上将要睡觉的时候，看到手机上有家里打电话过来，想到家里一般不会打给我，可能是母亲有什么事情找我，于是便拨了回去。家里休息得早，一般情况下，八九点钟就已经休息了，我正疑惑着，不久听到母亲的声音，才知道母亲这几天为了家里的房子而辛苦，天天睡得很晚，却要四点多就起来忙着收拾。要把房子后面空余的地方腾起来，好种菜园，平时还要接送晨晨上学，这样往往是一天落不着什么空闲。

　　母亲在家带着侄子，平时接送他上下学，幼儿园离家很近，因而比较方便，其余时间母亲都在家里忙着。以前在家里种地的时候，事情比较多，但是现在都好几年没有种地了，只留下西湖的几分闲地，种了一些蔬菜，这样就不用跑到街上去买了。以前用的很多种地的器具也早已不见了，差不多都已经处理了。因而母亲在家的时候，倒不是有很多的事情要做，但是人总是闲不下来，因而总是忙忙这个，忙忙那个，一天下来，还是做了很多事情，让自己过得比较充实一些。我能体会到母亲一个人在家带着侄子的感受，周围的邻居基本走得差不多了，只有旁边的二娘也在家带着我的侄女。我侄女两岁左右已经能走路了，偶尔还会说几句话。上次回家的时候，我还带着她和侄子一起玩。自己不曾记起这样的年纪是个什么样子，所以挺喜欢带着他们一起玩的，有四五个孩子吧，仿佛自己回到了孩子的时候，喜欢一块玩耍。

　　母亲问起我在这儿怎么样、工作如何，我心知现在比较迷茫，但还是不愿让母亲担心我的状况，因而鼓起勇气，劝母亲不要担心，我一个人在这儿挺不错的。工作逐渐顺利，打算先工作一两年再继续读书，自己在这儿能够养活自己，也许还能攒下一些钱，供以后上学需要和家里支出。这次回家，其实手里已经没有什么钱了，还向朋友借了一些。当我回学校的时候，母亲从自己的积蓄中拿出 1000 元给我，说自己在家花不了多少钱，不像我在外面，一天三顿都需要支出，手里没有钱肯定不行。我想起祖父祖母走之前，叮嘱我要好好上学，做个有本事的人。他们去世的时候，我很长一段时间都处在悲伤哀痛之中，难以平复。我在祖母家出生、成长，童年在那里度过，对他们的感情难以用言语说尽。祖母去世前跟我说，要我以后好好赡养母亲，我深深记在心里。

母亲和我说起了在家的时候家族其他长辈不时"找碴儿"，让母亲感到气愤，心里埋着许多怨气，母亲觉得有理走遍天下，因而并不像父亲那样用针锋相对的处事方式去解决问题，而是大事化小，以理相对，不免觉得委屈。母亲性格温和，甚至怯弱，因而总是被人"欺负"。家族里的恩恩怨怨是我永远无法说得清楚的，因而我试着以平和的心态去面对。实际上，我在潜意识里是向着我母亲的。自从发生了这些事情，我往往见面都不会理会这些长辈，虽然我认为这样做是不合适的，但一方面受母亲的影响，另一方面我也是个脾气大、看不惯不平事的人，遇到这种事情，这种人，总是不屑一顾的，所以就自然而然地这样做了。

母亲遇到这样的事情心里难免憋着一股气，虽然理在自己这边，但是心里总不是滋味，又不能和父亲说，他只会抱怨母亲不能和别人友好相处。而哥哥早已听得厌烦，和母亲说以后这种事情不要和他说，耳朵都听出茧子来了。弟弟已经很久没给家里打过电话了，而且他还小，对这些事情也不关心。所以只有我还愿意倾听母亲对他们的抱怨，和她心里的想法。

末了，母亲还问起我对象找得怎么样了，我总是无法很好地回答母亲这个问题，究竟应该如何说呢，说简单了，只不过是有或无的问题。我这么多年都是一样的回答——没有，但是这样的回答究竟有什么意义呢？我想母亲还是希望有一天我能跟她说我有个女朋友，那她应该会多么的欣喜啊，说起来并不是我愿意不愿意的问题，我总觉得，相聚离散是人生的主调，至少对我而言是如此。因而，我往往不是特别刻意在乎这样的事情，很多时候，我对身边的朋友也说了很多善意的谎言，也是因为不去思考这样的事情。也许很多人说我这样子或者那样子，心中对这个姑娘或那个姑娘有几分心仪，不过在我内心深处，这些都是表象，而非本质，我也无意去辩解，随它如此。很多时候，我往往和母亲说，正在追着呢，也许对母亲而言，这已经是一个很好的消息了。

睡觉前，我在想，这么多年都不能和母亲很好地沟通和交流，两代人之间好像隔着许多事物和观念，产生许多隔阂。现在才发现，母亲真的需要一个倾听者，一个能倾听她诉说生活中的苦恼和幸福的人。我虽然不能像小时候那样在母亲身边，帮母亲做很多事情，但现在我能做的事情还有很多，我希望能更多去理解母亲，让母亲的一些烦恼和不快得到消解。

归　途

今天和哥哥去参加三外婆的葬礼，她前几天刚刚去世，虽然长大以后已经很久没见过她了，但是我还能记得她的样子。听母亲说，她去世的时候没有一个人在家，就这样，在孤独中安静地走了，听起来让人唏嘘不已，在某种程度上来说，这或许也是一种方式，至少不用看着眼前那么多儿女们泣不成声的样子。

外婆身体不好，本来我们都不愿意让她听到这个消息的，怕她伤心，毕竟和她一起长大的人已经走得差不多了，一年一年里，悄悄地离开，连声告别的话都没有说。午后，外婆从医院回来，知道了三外婆去世的事，熟悉的人一个接一个离开，剩下的人该是多么难过，那种心情是我无法体会的。她刚刚输过液，显得很憔悴，加上今年的冬天干燥寒冷，外婆的状态并没有什么起色。那时候，我的舅舅们，还有表哥、表姐妹们都在身边，难得能聚在一起了。大舅给外婆做了面条，她吃了一碗，然后躺下休息了。不知什么时候外婆才可以好起来，尽管我知道情况会越来越糟，像时间一样永远无法挽回，心里有多难受，只有自己知道。这一天是 2011 年的 1 月 26 日。

今天我和弟弟骑车去灵璧爬山，一路虽然很累，但很开心。回来以后，听到哥哥说外婆病重，晚上去看外婆，看到外婆的眼睛没有睁开，我想外婆会熬过去的，大家都准备过年后给她过 77 岁的生日。

2 月 10 日晚 10 点多外婆去世了，听到这个消息是次日凌晨 4 点多，那时候姨夫回来了，我们在二姨家里睡的。这一夜我已经失眠很久，总有一种不祥的预感，虽然也一直在安慰自己，事情会过去的。随即感到不安起来，还怎么可能睡得着呢。我想起外婆养育我时的很多情景，六年多都是在外婆和外公的脚下长大的。儿时的那些模糊不清的记忆至今还记得一些，虽然已经时过境迁，但这些都是我心底非常珍贵的记忆。我常常想起外婆带我在麦子成熟的时候到田野里拾麦穗的情景，那时候她的身体很好，人显得很精神，差不多六十多岁吧，转眼已经十几年过去了。年龄、岁月真的会剥夺一个人健康的身体，不知不觉中，人就老了，当明白过来的时候已经晚了。

我的四位亲人，如今只剩下一个奶奶了，爷爷在我上高二的时候去世，外公在我上高三的时候去世，三年以后，外婆也走了，我无论如何也无法接受这样的事实，人究竟是多么脆弱，经受不了这样沉重的打击。

当我写下这些时，窗外飘起了漫天飞舞的雪花。

琐碎的幸福

母亲说，无论在外面受了多少委屈，多少苦，都不要忘记照顾好自己，在外面如果能够遇到对你好的人，自然心怀感激，也要懂得感恩。

人生的路上，的的确确有很多事情自己无法去掌控，很多时候也会身不由己。但不管在什么时候，也要时刻记着自己为什么而活，应当做哪些值得去做的事情，哪怕身处艰苦的环境，也要坚强起来。只因还有人值得你去为之付出，你不能就这样跌倒再爬不起来。我对母亲说："虽然我以后可能在外面生活，没法天天照顾您，但我会尽量抽出更多的时间陪在您的身边，我是您辛辛苦苦养大的，如果这辈子还值得活下去，那就是因为对家的爱，我要用心去呵护这个脆弱的家，虽然我现在工作生活都还好，但我会争取当个老师，这样寒暑假几个月都能回家，陪您说说话，帮忙下地干点活，也就足够了。"

而今我常年在外，不曾回家，平时只能打电话给在家的母亲。也是在昨天两个多小时的通话以后，我才想起，这几年里，我和别人说话的时候从来都是我说得多，别人说得少，唯独和母亲说话的时候，常常是她说得多，我说得少。我知道母亲这辈子的坎坷经历使得她有说不完的话，诉不完的苦闷，所以很多时候，我选择了倾听，很少打断。我知道她喜欢有人认真听她说话，说完以后，她的心里会舒服很多，整个人也会轻松很多。

母亲说的更多的是家中的人情冷暖，周围邻里有时候做事情太过分，生活在这样的环境里，很难让自己开心起来。人在感到压抑的时候，如果只是放在心里而没有释放的空间，那种难受的心境我想我能够理解。我和母亲说，也只有一家人相互之间的付出是从不计较回报的，即使是亲戚邻里，也都应当你帮我，我帮你，互相帮助和理解，付出与收获多少都应该对等的，这样关系才能维持得好，如果只是一方付出，另一方只想着索取而不帮助别人，那么这样的关系不可能维持长久。我告诉母亲，该针锋相对的时候就针锋相对，不能过分忍让别人，那样反而会让他们觉得你好欺负。

我的家从来都不是一个完整的家庭，而是支离破碎的，这也许是命运使然，多年来没有真正安静过。不过总不能因为这样便一辈子开心不起来，这样太不值得了，母亲经过多年方才明白。很多时候或许是因为我们性格、脾气的原因，我的外公、我的母亲和我三个人脾气如此相似，常常因为细小的事情生气，很难控制自己。我认为自己也是这样，虽然我更多地学会了克制，毕竟一直都在学校里和那么多人接触，总不能轻易发脾气，渐渐地学会了礼貌，待人和善，这和成长的环境有关。

生活中总会有很多有意思的事情，母亲和我说，前天本来要带着侄儿去街上理发，遇到下乡宣传肥料的事情，因为每年都会有，而村子旦的人又很少，所以母亲也带着侄儿去了，车接车送，回来的时候每人发了十块钱，往年都是管一顿午饭。我听到母亲说起这件事时的笑声，应该是挺开心的呢。她说，十块钱又可以买点菜吃了。我忽然觉得很难过，母亲在家省吃俭用，实不容易。我们兄弟三个，都没能让母亲放心，未有所成。为了盖房子，四处挪借所欠不少，而父亲花钱不知道节省。母亲在家种地，这样一年下来还可以落得些钱来，为家里增添一些微薄的收入。收获的季节里，常常是母亲一个人在家忙活，辛苦可想而知。今年我碰巧回家，忙了一天，因为工作匆匆走开。母亲累得生病，发了烧，可是舍不得去医院，在家休息了好几天才好起来。她说熬一熬就过去了，又不是什么大病，听到这里，我忽而感到无比难受，想要落泪。我自己选择的生活方式，并没有为家里考虑多少，毕竟我不能像父亲和哥哥那样工作，而我也欠下不少钱，所挣不多。母亲说你早点把钱给人家还了，让人家跟你要那就不好了，我说是的，今年努力工作，到年底或许能还清，明年开始好好挣钱。我在这里的生活也十分节俭，平时很少买什么蔬菜水果，更别说零食小吃，这是我多年来养成的习惯了。我和母亲说起，我早上吃饭就喝点粥，中午的时候我们一起出去吃，有时候剩得多了，我会打包回来当晚饭吃，母亲担心地说，人家会不会看不起，说什么话。当然很多事情难以避免，自己怎么想是一回事，别人怎么想是另外一回事了。母亲说，你就跟他们说你现在不容易，我和母亲说，我常常和同事说，我见不得浪费，剩得多的时候我就会打包带走，几乎每次都会清理干净，不会浪费，要是吃得差不多了，我也不会打包的，当然要看情况的。我也不能让大家心里看不起，毕竟都是年轻人，不像老一辈人有那样的习惯了。

我最后告诉母亲，我利用工作以外的时间努力复习，争取考到教师证，当个老师，不管用多长时间去实现，我也想要去做，这对我来说不仅是与自己的理想目标有关，还因为，当个老师一年里能有数月的假期，可以回家陪着家人，毕竟我不能在家工作，母亲养育了我这么多年，祖母临走之前告诉我要好好照顾母亲，我一直心里记着。这辈子不图什么安逸享受，只望能有人值得我为之付出，我生活的信念在于努力照顾好这个家，即使常年漂泊在外，也时刻惦记，常常回家陪着他们。

生活常存不安

后来，我才想起，原来自己很难体会到在家里生活的那种压抑和痛苦，那种压抑和痛苦缠绕着你，不管你在哪里，都难以躲得开。

我们家已经支离破碎很多年，以后也还会是这个样子，直到我们都离开这个世界。我不清楚人们心里到底怎么想，也想弄明白很多人在做出那些看起来荒唐的事情时，是怎么思考，怎么去想的，他们的行为是仅仅受剖于心理及文化等诸多因素，还是受限于人性中不变的成分——人总是一味地嘲笑别人，然后等着别人嘲笑自己，就这样互相嘲笑，谁家出了丑事，便引起大家的争相谈论。各自带着悲伤上演着一出出世俗的人生戏，观众含着笑意和满足，你方唱罢我登场，轮流上演着悲剧。人们从来没有学会人性中的同情心，不会去安慰别人，也自然不相信任何人会怀着好意，总认为别人都是恶的，心里总是希望自己出丑的。想象着生活在这种心理状态下的人们，心里会多么压抑。

我这一生，自己是寻得了自由，一个人在外面，多年都可以不顾家里的闲言闲语，自然感受不到那种压抑。可是父母替我们承担了所有的责任和束缚，我们不用担心自己被别人说三道四，因为我们常年在外，和家里周围的人不产生任何联系，可是父母还生活在那个世界里，承受着来自他们背后的人身攻击、猜忌和看不起。

我们大都活在别人的眼中，只是程度不同而已。所做的关乎自己一生的选择也都不免要考虑周围人的看法与观念，内心游移不定，不知道自己在做的选择是对的还是错的，或者是不是自己真正想要的。我们选择与一个人共度一生，注定了要三思而后行，有太多要考虑的东西，不是轻易能做出选择的，对她来说，仍旧如此。有时候我也感到困惑，找一个陌生人，和她生活一辈子，看起来是多么草率而荒唐的事情，我只知道要找一个人，可是到底找什么样的才算是最好的选择，这个问题永远没有答案，你确定自己所遇到的那个人就是最好的选择，这句话没有几个人会这么确定地说。所以有时候我也把事情看开一些，能遇到一个心地善良、彼此相互尊重和敬爱的人就好，至于外貌漂亮与否，没有多大必要，人的样子会一直变化，而内心的一些东西则保持恒久，这才是我最在乎的。

最近一段时间，我经常会在四五点多的时候醒来，然后再也睡不着了，整个夜里似乎做了好久的梦，等到醒来以后，我就在努力地回想着到底做了什么样的梦。我知道，在自己的梦境里，即使有很多恐惧、悲伤、怨愤，而更多的还是关于故乡和童年里的那些人，许多始终挥之不去的影子，过了这么多年依旧还在。而明明知道这些年里，眼见着他们都已经长大、结婚，可在梦里还是儿时的样儿。

我想起小时候许多日子里，当我还未完全醒来的时候，大约四五点钟的样子，便听见爸爸妈妈说话的声音，他们会聊很多事情，都是一些家庭琐事。那时候的谈话往往气氛很温馨，心平气和地，不像平时那样吵来吵去的样子，我后来想，挺难得会有这样在一起沟通的时刻。

忽而想起，更小的时候——大约刚刚记事不久的年纪，在外婆家的日子里，我都是睡在外婆的脚旁，而外公则睡在对面的床上，也是快要天亮的时候，隐约听见他们在聊天。那时候他们的耳朵都很好，所以声音尽可能小一些，怕吵醒熟睡中的我，实际上我睡觉时很容易被外界的声音吵醒，于是我便也醒着，因为被子很厚的缘故，他们看不见我是否睡着。我听着他们聊很多事情，就像后来听见父母聊天时的情形一样。

过去了那么多年，外公和外婆也已先后离世，那房子依旧孤单地立在那里，还有低矮的厨房，小时候经常跑进去看着外婆做饭，外公在一旁烧火。我长大以后去总要低着头才能进去，而我记性不好，每次都要被撞到头以后才明白，原来我已经长高了，而房子还是这样，有时候觉得是不是房子会变老，会变矮，所以我进去是要碰到头的。现在那里的一切，都孤孤单单地立在萧瑟的寒风中，再也没有人去光顾，屋子里还有外公外婆在世的时候留下的许多东西，他们走的时候烧掉了很多。那散落一地的，有外公的二胡，还有那早已裂开的笛子，还有太多东西，都是我童年时光里无比美好的回忆，而今都无人问津。

归 乡

　　看着那些熟悉的面孔，耳中弥漫着尽是家乡的口音，那脸上熟悉的皱纹仿佛是家乡所独有的能识别出的标志，大大小小的包裹行李，也是一年中在外面收获的某种象征。我不禁去想，是否我们都共享着某种相似的命运和存在。那一双双熟悉的眼睛里，流露着表达不出来的情感。我也背着包，置身于这洪流中难以脱开。在等待的时光里，我和一个二年级的小男孩聊天，东聊西扯说了很多很多，也一直笑个不停，仿佛是多年的朋友一样，一点都没有陌生感，很奇怪的也很有意思的事情，我就是这个样子，很容易与陌生人接触认识，并且建立起某种信任感。

　　童年成长的地方还大致是那个样子，门前的河，旁边郁郁葱葱的树林，我似乎看到了往日里曾经熟悉的面孔，却怎么也记不清到底喊什么了，我只希望他们没有认出我，实际上十几年过去以后，他们也真的对我陌生了。而让人难受的是，看到迎面而来的老婆婆的面容，忽然感到似曾相识，心里也隐约会感到会不会外婆还在这里，朝着我喊着我的小名儿。我小心翼翼地注视着往来的目光，也找不到外婆的影子，我一个人呆呆地站在外婆家门口的大路上，远处熟悉的房子再也寻不见了，只有里面残缺的泥墙东倒西歪地立在那里，墙上的野草生长了好几年，已经成了气候，装扮了那些单调的泥堆。谁能知道这里曾是我所铭记的丰富多彩的童年回忆发生的地方，而今也一切不在。

　　每个人都在自己的乡村、自己的土地上沦陷下去，有时候感到是故乡抛弃了他们，而他们的心里也不会把故乡当作自己的家。这个在眼里所谓的家究竟还能有多少感情存在呢，我们不是在安定地生活，而是如候鸟一般来回奔波。在家里待着的短暂时光，总希望找寻到什么，而似乎又变得没有了任何意义可言，都像迷失了方向一般，无处找寻。望着那些还十分稚嫩的孩子的面孔，无不在修饰着、表露着长大成人的迹象，这里的许多孩子看起来都迫不及待地长大，死气沉沉地读着那些没用的书，坐在那个早已失去了灵魂的教室里，这些毫无意义，只是耗费宝贵年华而已。可是不经历这样的成长又能怎样呢？难道会有另一种不同的人生吗？我不是害怕什么，而是担忧着什么。他们眼里看到的未必都是虚假或真实，尽管如此，仍要这样走下去，他们觉得没有什么意义，某种程度上是能理解的事情，而等待他们的，似乎并不都是那么美好的东西。

　　我站在泛青的地里，望着眼前这一切无比熟悉而又感到某种陌生的景象，忽而想起，我所有童年的回忆都遗落在这里，多年之后几乎忘却。远处低矮的山崖空旷无人，曾经浓密的丛林如今不知所踪，裸露着黄土，一阵风吹过，像掀起的尘沙一般迷了眼睛。那少年时代的美好与温馨如今都被带走了，什么也不剩下，这所有的冷寂与孤独，只有在我的心里，才会如此清晰感受到。我隐约地看到一个穿着浅白色衣服的孩子的身影在远远的地方，在那萧瑟刺骨而又仿佛带着某种春意的寒风中立着，他也许会带着可爱纯真的笑容，笑着朝我挥动着短小的手臂，甚至会朝着我喊几声我的名字，直到我回应他为止。

短暂的年

当我坐在车里，气息还未定，冻得发抖的身体，以及疲倦的神经慢慢地恢复过来，开始去想，我就这样离开了，真的离开了。接下来的日子里再也不会有我的身影，孩子们起来以后想找我玩的时候也看不到我了。这让人多么难受，我还记得昨晚在缝纫机旁帮母亲照着灯，母亲给我缝衣服的情形，还有刚刚冒着风雪送我来坐车的哥哥，一路上刺骨的寒冷，让人难以忍受。在家的半个月盼着雪，没有看见，想不到在临走的时候，悄悄飘起了雪。

恍惚之间，我发现自己已经身在他乡，拖着疲惫的身躯一路行来，其间那些不好的感觉只有自己体会了。冒着大风天气，来到父亲当初租住的房子里，在这里度过难忘的一夜。在这里，会让我思考很多吧，心里面总不是滋味，尽管依旧生父亲的气，但每次来这里，看着这处景象，心顿时凉了大半。即使一辈子也无法真正原谅他，至少，也能够从心底理解他的处境、他性格的悲剧，以及造成这一切境况的缘由。

腊月二十二回的家，转眼间到现在已经过去了半个月，我不知道自己为什么这样敏感，身体忽而从家里到了远处，心里还是没有转过来接受眼前的情形。在家的日子，经历的事情太多，悲欢喜乐，皆有之。感慨人生恍惚，让人这样活着，实在不是很好的理由。

我并不是很喜欢出去，像父亲说的那样，和周围的人处到一起，融入他们的情景中。大部分的时间里，我带着几个孩子一起度过，玩游戏、去冒险、聊天。在新年里的那几天更是如此，和他们一起放烟火，体味到童年无忧的乐趣。对我来说，实在没有什么必要和同龄人或上一辈人一起说着无关紧要的事情，觉得一年来，自己所经历的事情有什么值得说的呢？即使有，也说不到一块去。大家关心的，或者说，他们希望我说的那些事情，并不是我想去大费周章娓娓道来的，这一点我能说的事情少之又少，索性不说也罢。

一年过去了，好不容易到了家里，我希望的更多的是陪着家里人，而不是到这里、到那里跑跑转转，这也不符合我的个性。当然，我也出去：约朋友出来玩；给爷爷上坟；到二姨家走亲戚；给外公外婆上坟；出席亲戚的婚礼。

一年的变化有时候感到很大，而有时候却也感到似乎什么也没有变化，无非多了陌生面孔，少遇见了曾经熟悉的人。这些在所难免，每个年头都会面临这些悲喜忧伤的事情，我心里大概是清楚的。当我和表弟跪在外公外婆坟前的那一刻，方才深刻地感到，有些过去的永远成为过去，不能想象着有一天在人群里再会看见那些温和的面孔，即使心里面总想着会遇见什么惊喜的事情。萧瑟的寒风中，阴冷的天空下，还有那颗悲伤的心在跳动。那一瞬间，无数的悲欢离合，故去的记忆在脑海中交织着。

看到曾经长大的地方，如今已是残垣断壁，杂草满墙，即使脑海里闪现着曾经平实的小院子，还有三个人一起吃饭的温馨场景，也知道这一切已经愈来愈遥远。周围的曾经熟悉的人们，如今也叫不出名字，而他们也不认识眼前的这个人是谁，带着似曾相识的眼神。后来的孩子们长大以后，也渐渐认不出是谁家的孩子了，童年里一起长大的孩子们，如今还能看到的不多，儿时的那个傻里傻气的孩子，如今依旧没有长大，想来也已经过去了十几年了，终究还是那个样子，让人心里面感到莫名的痛。

如今大家的人生路也走得差不多了，他们这样说。我们这个年纪的人，大部分已经成了家，没有成家的也差不多有了对象。人们像是被一种隐秘的力量推着往前走一样，去完成这些看起来应该完成的事情。等这一切都安定下来，也就过了另一种人生，养育家庭，渐渐走到人生终点。有的人慢了一拍，有的人快了好多步，仍旧不断地奔忙着向前走。对我来说，我看起来像是走得太慢，已经落后了好多步的那种人，即使人们不说什么，我也会理解他们心底的那些想法。只是对我来说，没有过多地在意和理会这些。我走得慢了，这我是知道的，却不知道怎么样去加快自己的脚步，要怎么走才好。我可以说自己刚刚迈出人生的步子，还没有走得稳实，许多事情并不能太过着急，该快的时候一切会如愿以偿。当然，我也只能这样子说自己了呢，人生的路走得如何，是命中注定的事情，而不是说了怎么样，便会怎么样，不管是否是一种托词，我已作如是。

失去了你，整个世界从此陌生不安

深夜两点多，在狭小的火车车厢里，如往常一样难以入眠，总不由自主地去想许多事情、过往以及如今的情形。外面点点灯光映在眼前，眼睛酸肿而无法集中所有的视野。

我想起爷爷离世前的日子里，我带着几分勉强与不安来到他面前的时候，他眼里的泪水，我永远忘不了，带着几分痛苦和绝望，如此舍不得这么多孩子们，多想看着我们一天天长大、结婚成家，直到对我们的生活放心。外公去世前的那段日子里，已经认不得周围许多熟悉的人，可是我去看他的时候，他竟能一下子认出我来，外婆跟我说起这样的情形时，我心里一阵酸苦和难过，外公看着我长大，喂我吃饭，带我玩耍，我们互相成为各自生活里重要的一部分。一天中午的时候，得知他去世的消息，眼泪强忍着没流下来，请了假骑着车子一直赶到舅舅家里，看到外公睡在那里，知道从此以后的这个世界里再也没有他熟悉的音容笑貌，那一刻不顾周围所有亲戚像个孩子一样大哭起来，有许多年没这样难过流泪了，像是多年积郁的泪水此时都流了出来一般。看着旁边躺在床上的外婆难过的样子，我只是在那里哭，一句话未说。

直到两年以后的冬天，外婆也离开了这个寒冷而绝望的世界的时候，我也没有了眼泪。我意识到生命里最亲的他们从此消失不见，再也不会敲门，朝里面喊道："外公，是我！外婆，是我！我是春永。"这时候他们总会过来为我开门。然后他们会做好吃的给我吃，从小吃着他们做的饭菜长大，如此熟悉和依恋那些菜的味道以至于觉得在别人家里吃饭总吃不习惯。

后来的许多年里，再也没有这些熟悉得不能再熟悉、自然得不能再自然的情景了，已经感觉到许多时候回忆起这样的情形都成了一种奢望。常常在梦里梦见在外婆家里的情形，我到了那里，他们像往常一样给我做好吃的，三个人像多年前的许多个日子里一样围坐在低矮的案桌上吃饭聊天，我知道我在梦里这个残酷的事实，却不忍说出来，怕破坏了这难得的温馨瞬间。转眼而逝的幸福如此让人珍惜，像是常常徘徊在绝望和幸福之间不知道该往何处去。

每每感叹生活，平凡而琐碎的日子实在没有什么意思，似乎这个世界实在也没有让人值得留恋的地方，大概是最留恋的已经离开这个世间再也不会回来了，就像经历过的许多幸福的日子一样像流水流走再也回不来。我还有什么理由去倾慕和眷恋这个陌生不已的世界，委实无可言说。

如果说人生就是这番景象，不断地经历同时也不断地失去着，果真是一个让人感到痛苦和不安的事实。甚至我自己也无法确知自己生命所面临的可怕的痛苦和绝望。不管我知道自己会有多少个说得过去的理由确证给自己看，生活在某种程度上还是值得继续走下去的，似乎就是这样不断地说服自己理解和忘却过去的痛苦，拖着沉重的脚步为了一个陌生的生活而鼓起勇气努力下去。永远不能在活着的时候对生活、对整个陌生的人生感到绝望和失去信心，在众人的眼中我是一个对生活充满期待，也一直很好地安排着自己每一天的生活的人，还常常鼓励其他人对生活要有信心。这样的人，大概无论如何也不会对这样精彩的世界心生厌倦。可有时候我在想，一个人绝望和努力生活并没有本质的矛盾和冲突，毕竟生活，无论怎样都无法确切描述它的本质，是值得还是不值得为之努力。唯独怎么活下去是唯一的命题，不管本质上对生活有怎样的感受和评断，每个人生活的图景都不相同，因而也不能决断是否对于每个人而言都值得继续为之活着。那些对生活，甚至将感情扩大为整个世界的人大概因为这样的缘由而想要以结束生命作为摆脱恐惧和痛苦的途径，至于是否真的有效再也无人理会了，那个最在乎的人走了，还有什么理由再去讨论意义的空间呢？

至于我，即使对生活有多少理由，或是因为一时间的场景和境地勾起了许多想法，或是回忆起了过去的缘故，始终无法产生离开的想法，我知道一部分是因为太恐惧多年以后始终无法避免的那场关于我的死亡，无关对人世间有多少眷恋，有多少想去做的事情还没有做。一部分大概因为这样委实不是解决自己困惑的方法，去停止思考是一种躲避和逃脱，即使苦思冥想的最终结论仍旧是绝望得一塌糊涂，也总有留下的理由，这一点我始终是相信的。因此，不管多么绝望不会总以这样的方式去解答生活的困惑。

每个人生的路都有终点，以时间类比可能有了长短之分，对于每个人来说，生命大概都是等距的情形，活过了许多岁月以后，便不再纠结于时间的长短，大概是因为我没到那样的地步，因而才会困惑不断。面对着所有的生命，对存在的困惑和不安，坦诚地想过，委实无法将这些问题通通交托给上帝为我寻索答案，会因为上帝而一下子想通所有的绝望，这样太过容易而使得人生活得太轻松了，反而感到不安。

　　接下来的几十年里还会不断遇到新的情况，夹杂着过去所经历的痛苦越积越多，会更加心力交瘁，我是否能承受这一切，确实没有太多把握，不过也正如许多没有答案的困惑一样，未来总会有新的内容去充实和丰富，直到自己感到内心平和为止。我不敢抱怨它来得太慢，中间的许多年月里会经受太多绝望，许多时候，顿悟是可遇而不可求的瞬间。

当爱如静水，低沉而下

随着时光渐渐走远，对过去的人与事也变得陌生，这种情形看起来自然而然，没有什么奇怪的地方。因而，当外婆去世四五年以后，如今的我也只是在偶然的梦境中，在一个人难以安睡的夜里，心底悲伤的时候，以及与母亲说起时或清明时节之时，才能想起她。

我常常在想，如今的我们在尘世间已经足够忙碌，哪里还能够将早已消失在过去的人置于我们的生活中，以某种形式存在。我们身体不断地忙碌着，连精神也遭遇很多，在平淡琐碎的日子里显得筋疲力尽，力不从心。当与我们之间有着千连万缕关系的那些人离开了，我们陷入悲痛中是自然之事，而不久之后，便渐渐从悲伤中走出来，继续之前忙碌有序的生活。大都是这样，不管从哪个角度来说，积极向前的生活态度总为我们所认可，谁会希望我们从此沉浸在失去的悲伤中走不出来呢？没有理由，甚至离开我们的那个人如果还活着，也必定希望我们把这次离去当作一段漫长生命旅途中的插曲，慢慢淡忘，并继续往前走。

仔细想来，仍旧是如此，不管多么悲伤的事情，总只是一段过程，我们找不到驻足不前的理由。前面的日子里，幸福的时光还在等着我们，即使还会有许多痛苦的事情。当我们大了，便能明白，终究人是要离去的，只是或早或晚的事情。每一个爱着的人都会离开，即使有太多的不情愿也无可奈何。

经历过许多事情以后，回想起这些，原来幸福同悲伤都是许多个或长或短的片断，本质上相似，是独一无二的存在，两者虽然都是一种感觉与情绪的描述，却终究无法相互替代，喜悦或悲伤之间，没有太多的关联。

我知道，这个世界里有很多遗憾是无法用回忆或是幸福的故事填平的，经历的痛苦也无法被经历过的幸福替代。生活或是整个人生的悲苦喜乐并不能像一道数学题一样，正负的数字在一起能消解彼此，如果幸福的时光比那些难过遗憾的日子多一些，我们便会感觉到快乐，不是的。我至今仍旧没有这样的感觉。即使经历了那么多愉悦的时光，终究没能抹去悲伤留下的痕迹。

记得外婆曾经对我说过，她希望能活到我结婚的那一天，或实在不济，也要看到有一天我带着我的女朋友来看她。而我那时候刚上大学，忙着学业，并没有太多兴趣与女生交往，加之看多了校园里男女朋友之间黏在一起没有太多自由的缘故，因而我与姑娘接触不多，最后也就不了了之，没能实现。

当然，这些年我一直都还记得这个愿望，在某种程度上，这样的念想也是同已经离开的外婆之间为数不多能产生某种联系的因素了，或者说，是一种无法弥补的遗憾。时间与我们的生活之间总是一种对应的关系，什么时候发生什么样的故事，大都事先安排好了，我们无法将其提前，也不能调后。现在看起来这样的在另一个人身上存有的愿望其实无法顺利实现的，如果是自己，大可以努力去实现，而对方则有着太多因素，不可强求。而我还想起那时候，想过有一天带着那个喜欢的姑娘去看外婆，因为我已经见过她的大部分亲戚，包括她的奶奶和外婆。现在想起来这样的想法的确天真而单纯，我们只是很好的朋友，而不是男女朋友，即使关系很是亲密，似亲人。

我在想，如果外婆还在，看到现在的我也不免会失望，她无法明白的事情在于，这些年我一个人活得足够幸福和充实，在某种程度上，这样的生活已然接近完整。我曾对一个朋友表达过类似的感受：说心里话，我对爱情已经没有那么期待，我不是不能对一个姑娘动心，相反，我仍旧对旅途中遇见的陌生姑娘动过心，在村里的小路上，西湖边，一辆公交车或火车中相对而坐的那个姑娘，我只是知道萍水相逢之事最好能放得开，这应是生命中随机的偶然，别无他意。

我在自己的世界中已经足够充实和满足，而不是像周围的人们常说的那样，只有两个人的世界，只有一个家庭才算是完整。我不去过多辩驳，事情仍旧会依照着常理发生，不久以后的年纪，我也会和一个姑娘结婚，过着另一种与此前不同的却也能同样获得幸福的生活，即使我知道，这需要一些时间去适应。所以，如果她还健在，我仍旧会感到为难，面对爱着的人对我的期许和我自己内心的真实之间，不知做何选择。我一直以来总不自觉地倾向于所有的事情应当自然而然地到来，而不是刻意去安排，而现实是，生活常常不尽如人意，我终究没有自然地遇见过一个姑娘，而是接踵而来的通过介绍认识的姑娘，虽然也有过心动的时候，可大多时候感觉很不自然，像是正在发生的事情不受自己左右，显得茫然无措。有时候我甚至觉得自己这个样子，实在不值得一个姑娘喜欢上，我太过沉浸在自己的世界里，很少与别人主动沟通。可能我也有一些可取的地方，因而到了最后，终究也还是一个幸运的男孩子，能得到命运的眷顾，遇见安静温柔的姑娘。

常常令我疑惑的是，那些生命走完而离开的人们是否还与这个喧闹而忙碌的世界有着某种形式的连接，抑或对于这个尘世的人而言再无任何可能的意义。日子久了，缺少特定的因由，可能也就没有几个人还会去想着他们，时光流逝着，人们忙着成长、工作，以及追求遇见的爱情，处理后来的家庭琐事，为生活而来回奔忙不停，活着要去思考和要做的还很多，哪还有闲余的时间去想一个已经不存在的人呢。

余下的日子里，我所能回忆起关于外婆的情景越来越少，似乎关于她的印记也渐渐从我的世界里走远，再也望不见。偶然间想起她的时候，往往是过往那些幸福的片断，也或许还留有一丝遗憾，毕竟在一个人的生命中，走过去的始终无法挽回，而往后的日子里经历再多的幸福也不能替代和消解这样的悲伤。

旅 途 之 间

　　经杭州回故乡的经历，只是又一次简单的旅途。在去海盐的车上，旁边的小姑娘在认真地读英语，尽管声音不大，从翻动的唇间看得出她在读英语，用自己听得见的音量。我感觉如此情景似曾相识，多年前的我也和她一样，完全是书呆子一个，生活里都是学习，那时候我大概视学习为所有的意义所在。从海宁坐火车，只是到杭州，并不远，费用才 11 块钱，自己并不着急，闲来无事，坐坐火车也不错，毕竟很久没有坐了。而到了杭州以后，坐了地铁直到终点站萧山的湘湖站，下车以后才知道，起初并没有这样的安排，而是坐火车直接到萧山的杭州南站，去火车站问才知道已经取消了海宁到萧山的路线。于是感叹旅途中总是这样，充满着无数的意外，打乱之前的苦心安排，只有随便坐了一个车子，大致是往父母所在的地方去的车，车上一直在逗一旁的孩子玩，她的注意力一直在我这里，圆圆的大眼睛几乎目不转睛地望着我，我呢，则做了许多搞怪但并不夸张的表情和动作。旁边她的姐姐也时而逗她玩，可是妹妹有点调皮，总是试图去抓姐姐的头发，弄得她不大高兴。

　　下了车以后，才发现过了一站，并且这一站如此之远，所幸我并没有太着急的事情，于是在这个村子里转转。不远处葱翠的青山，自然引起了我的兴致，于是往里面走，期待这里有条路可以上去。然而并没有路可以直接上去，有一条路可以，但要转很远。我问迎面而来的老爷爷，他说前面无路可去了，于是我也跟着往回走，简单地聊了一会儿，他问我多大，我说 24 岁了。这时候他叹了口气说："我今年已经有九十岁了，老了啊，已经是一个快死的人了。"听起来令人唏嘘不已。我说我们老家那里的人们寿命比你们这里短多了，活到八十已经是很不容易的事情了。我并没有去想这样的情形，其实我们活的岁月多一点少一点到底有什么意义，值得人们如此计较呢。而我们注定都躲不过这命运的安排，最后终究是殊途同归，相继而去罢了，只是时间与地点有所不同而已，不必过于介怀。

一路走过来，人们在安静地生活着，我清晰地记得经过一家的时候，半掩着的大门后面的院子里，爷爷正在教小男孩摆弄盆景，而旁边的小姑娘安静地依偎在奶奶的身边，旁边的长凳上坐着一对年纪和我差不多的恋人，女人依偎在男人的后背，仿佛享受着这一刻的闲适和安逸。在我的眼里，仿佛这成了一幅静止的画面，令人羡慕不已。我只是一个自由的过客，第一次也是最后一次走过这里，不会有什么理由有一天重回这里。路过一处修车铺，旁边堆放着许多杂乱的金属零件，胖胖的中年男人在旁边忙着整理东西，在三轮车上戴着帽子的女人也在努力地忙着收拾东西。这时候一阵熟悉的旋律传到耳中，忽然想起这是民谣歌手宋冬野的那一曲《董小姐》，如此的情景里听到这样迷人的旋律，觉得惊诧不已，时间刹那间仿佛停住了一样，我也被吸引住了。驻留了一会儿才走开，毕竟我不属于这一处的风景，尽管我想努力读懂这里的意境。

第二天清早，父亲骑电瓶车送我到车站，在新街那里，距离并不算远。路上的人们已经开始忙碌的一天了，都在为生活而奔忙不已，对于大多数人来说，这可能并不是一件容易的事情，从遥远的故乡来到这里，要照顾好一家人。而本地的人们也一样为生活而忙碌着，尤其是上了年纪的老人，在我的眼里是很勤奋的人，自己种菜拿到路边卖给前来买菜的人，着实不易。

时间还早，而我还没来得及吃早餐，于是父亲说带我去买点早餐吃，经过街道，这时候已经很热闹了。不过因为才六点多，许多早餐店都没有开门，我说一会儿我再买点儿吃的就行了。这时候告别了父亲，开始往回走，渐渐拥挤的人潮里，我回头看看他还没有走，我便朝他挥了挥手，不久我再次回头的时候，他已经消失在人群里看不见了。这时候心里一阵酸楚，说不出究竟是一种怎样的感觉，隐约有些难过。

别了青绿色的稻田，不久又见到了熟悉的玉米地、橙黄色的谷穗，以及熟悉的味道，终究让我有一种难以名状的感觉，也许我还是如往日一样钟情于故乡的草木。虽然我意识到自己终究不会再属于这里，自己的生活和存在都随着自己的足迹不停地改变，这是自然而然的事情，也无法想得通，只是自己常常意识到，在这不断变化的生命中是否还看得见自己珍视的东西。

从南方到北方这一路上，由阴天渐渐变成了晴天，终于也看到了湛蓝的天空，不同的风景，有层次地浮现在我的眼前。每次在坐这趟车回去的路上，都想着下次什么时候能够骑车子走一遍，仔细地欣赏这一路的风景，应该是多么美妙的事情，转眼间已经四五年过去了。至于能不能实现这个愿望以及对于整个人生的路上有怎样的影响，我自己其实也无法想得周全。有时候或许也只是偶然间的情绪而已，别人这么说，我也可能这样想。

昨夜，梦见遇到儿时的众多伙伴兄弟，家庭琐事，以及熟悉的外婆烧着美味的菜，我们一起吃饭聊天的情景，往日想念的时光里，也遇到了许多光怪陆离的奇幻境地，只是大都忘记了具体的情节，还梦见与一个姑娘在陌生的路上聊天，谈的都是吃的事情。说到以后结婚了谁在家里做饭的情形，仿佛我们俩是一家人似的，可是我怎么也记不得她的样子。后来梦见了一个姑娘带我去她家里吃饭，我在厨房做菜，一边烧菜一边尝尝做得好不好吃，这时候她进来喊了我一声，我想说话，可这时候我已经醒来。有时候，你爱着一个人，却知道她并不可能和你在一起，可是你内心里就是爱着，就如同对于故土的爱与留恋，明白自己这一生注定都回不到这片熟悉的土地上，你只是在这里长大了，然后追随着命运的脚步继续往前走，走到一个陌生的地方，然后熟悉，就这样走啊走啊，直到生命戛然而止。在你的心里剩下的只是精神意义上的故乡，而再也不是实在的土地和熟悉的人们。其实只是命运，以及自己的偏执而已，这种偏执有可能随着时间慢慢淡去，也可能永恒存在。

从出生到如今的二十五个年日里，如果说习惯了年年团聚，也许我就不会用生疏的手写这样的情形。

一家，六个人，相隔三地，习惯了在家中相聚的岁月，终于也经历无法围坐在一起吃饭聊天的场景。回忆起那时候的感觉，平淡如水，平常自然，没有特别的温暖和感触。

我想过，总会有这么一天，我们不能聚在一起，在自己的屋子里，坐在低矮的案桌旁边，吃饭的时候会找不齐板凳，于是跑到厨房去寻在柴火旁边的木凳。我也不会被爸妈问起和一个姑娘的故事最后有没有令人欣喜的结局，我们这一家人，并不擅长言语，许多事情都默默而行，即使试图说起也往往言不由衷。如今不能在一年结束的日子里聚在一起，哥哥远在东北陌生的地方，杳无音信；爸回家看望年纪已大、开始衰老的他的母亲，记忆中从未间断；弟弟回家为了见一个未曾谋面的姑娘，她跟他年纪相仿，两个人都在找寻着另一个人，小心翼翼地尝试着，不知道每个人心里是否都已准备好了选择这样的日子；而我自己也在相似的路上谨慎地走着，我和母亲，以及哥哥的幼子一起，在南方独自度过十几天的时光。

往后的几年里，所经历的生活开始变得不同，我们开始分离，去安放自己的生活，找寻新的归宿，长大、成熟、变老，平常的岁月悄然碾过。我看到母亲生了少许白发，看到曾经抱在怀中的孩子忽然间变得顽劣，也看到自己有时满身疲惫，为着琐碎不安的生活来回奔波，也过着许多惬意的日子，发生了一些熟悉而温暖的故事，遇见温婉的女人、天真的孩子和多彩的花草。不知道自己现在的心情是否一天天变得沉重，为着太多事情担忧。

趁着这几天安宁的时光，我带着母亲到了我工作和生活的地方，在嘉兴的一个小镇里，本来可以去杭州度过，毕竟那里可以去的地方很多，日子也会充实得多，后来想起，母亲能来这里的机会并不多，而我可以常常回去。这几天母亲大都在收拾我的房间，洗衣服、被单，刷鞋，晒被子，来回忙碌，只有一天带着她去街市转了一圈，回来的路上车子没电了，我们就走了很长一段路。

见多了也经历了许多离别的情形，早已在心底当作一种自然发生的事情而心安理得，就像知悉周围的植物经历着属于它们的生命过程一样，经历四季变换、草木荣枯。许多时候，我明白自己并没有因此而超然世外，每一个生命流动的瞬间我都如此深切地感受着、酝酿着，像是活得比周围的人慢了一个节拍。

我在想，这些年，或许我辜负了一些待我很好的人，对我心存期待的人。我开始感到，长久的岁月里，并非只在年末的回家路途中才体味到关于乡愁和团聚的意义，更多的是在那些零零碎碎的日子里看望家人，三次五次往来于两城之间。从今往后许多年里，过年的时候能够回家的机会已然不多，我也在逐渐淡化这种习俗。偶尔能回来看看熟悉的南堰河随着季节涨落，以及远处望不到尽头的白杨深处嫩绿的叶子随风摇曳，原野深处安眠着我深爱着的人，也藏起了我所有童年的美好时光，关乎着我这样的人存在的所有寓意。

往后的日子里，我依然会努力找寻能让自己感到幸福的所在，所需的时日或许很久远，但总会有一个人值得所有的等候，也许在一个陌生的巷子尽头徘徊，在晚霞映照的桥边安坐，在安静的图书馆深处悄然翻阅着旧文。

春节的意义真的不在于吃什么，至今为止，我看到许多年前辛苦守望着年尾，只为了迎来短暂的富足的日子，我们获得许多平时得不到的喜悦，那可能是一个孩子最为享受的时光了。而今物质日渐丰裕，我们也已长大，去往另一种生活里，增添烦忧为真，也有了对幸福的另一种不同的体验，同样让人感到无比愉悦。因而开始不刻意地修饰春节所包含的旧日惊喜，去掩饰和挽留早已走远的快乐，哪怕一顿简单的饭菜也让我心满意足。我想我已熟悉了属于我这个年纪的对于生活的感受和认知，并得到家人的理解。

记得去年年末在家里，天气很冷，年味渐淡，眼前所见愈加陌生遥远。于是常常一个人待在家里，回想一年的时光，每一年我的生活都会发生很多意想不到的变化，我并不是不能安于平淡的日子，而是想在无事可做的空闲时间走出沉默的房间，去看看陌生的风景和人们，于是渐渐有了许多奇妙的境遇，而我虽然习惯了在一个人的生活里往来奔走，但也会因为遇见别处生活的人而感到欣喜不已。我曾看见两个心地善良的人相互伤害，无知与天真也并不总是让人幸福。成长的路上往往带着对过去的点点遗憾，还坚定地往前走下去，即使这样，有几分自负的人，最终也会与一个人长久相处。

有时候我伫立在南方小城喧闹过后的街头，也会看见从前遇见的人，勾起温暖的回忆，遥想着远在他方的亲人仍旧带着过去的回忆平淡地生活着，还遭遇着不安、繁忙与绝望。短暂的日子里我们都感到力不能及，无法本质地改变一件事物，只期盼着岁月带有忧愁，成就简单的重复的幸福。

有时候我带着几分偏执的个性生活着，也为简单的东西着迷过，"八分钟"的面包糕点、陕西面馆的一碗面，或是一个人带着我到没有去过的地方品尝美味食物，如愿以偿。很多时候恰恰是不知道究竟为什么这样偏执，只是无意识地不断进行，直到有一天开始腻烦了，然后寻找另一段开始变得陌生的时光重新来过，就像遇到了喜欢的一段音乐，单曲循环，直到觉得厌了，于是开始找寻另一段。在眼前的生活里已不祈求太大的变化，只希望转瞬的一日有所惊喜，以及偶尔去往稍远的路途，去遇见。

乡愁，欲说还休

勾起我乡愁的，是不远处走过的行将落败的村庄。

我们之间没有什么联系。这个位于海边的村庄，地图上搜出的名字叫郑家埭，站牌上写的是东港村。于我而言，我并不认识这里的任何一个人，它只是我偶尔路过时的一处风景，和下雨天出不了远门的时候买菜和吃饭的地方，除此以外，再没有交集。因为距离较近的缘故，我常常步行过去，时间久了，每一条小路都差不多走过，去海边时会从这里穿过，出了村子便到了海边的堤岸。

我起初察觉到它的消失并不是因为看见那些无人居住、残垣断壁的房屋，而是那所村口的小学。也不知道这所小学什么时候关闭的，大概和中国的许多农村正在或是已经发生的事一样，随着农村学龄儿童越来越少，村里的小学能收到的学生也一年年变少，于是孩子们被集中到镇里的小学读书，学校或是关闭或是合并，规模小的校园不再有孩子的笑脸和朗朗的读书声。

再往后，留下来的人们会和其他搬迁过的村庄的人们一样，离开祖辈耕种的土地和村落，搬到政府盖好的焕然一新的小区，这里可能变成工业区，成为一个发展的经济带。那时候熟悉的村民可能还会在距离不远的地方，偶尔能串串门，但恐怕再不会在田间地头遇见，寒暄几句。

确切说来，我无法切身经历这种感觉，他们从小生活的村庄和田野，慢慢地被轰隆隆的机器推平，错落的房屋化作一片狼藉，而后在上面建起壮观的大厦和装满机器设备的厂房。当一切都被摧毁，新的世界还没有建造起来的间隙，远望着一望无际、死气沉沉的广袤土地，那样的感觉就像回到许多年前一无所有的时代，我们的先祖们几代人建立了这片家园，却可能在不到五年十年的时间里消失不见。如今，世间环境推移的脚步越来越快，让人目不暇接。

看着周围陌生的乡村消失，人们无动于衷，顺其自然。在我们的意识里，高大的楼房总会比低矮的平房或土屋令人舒适，即使对于老人而言有些不方便。往后的岁月里，错落有致的古老的房屋逐渐会被整齐划一、极具美感的楼宇代替。如果不是外表瓷砖或是屋顶颜色的不同，人们很难分得清楚自己的家和周围的房子有什么不同，长大以后的孩子们怀念的不再是自己家熟悉的房子、水井和灶间，至于怀念什么的，我想不出，或许只能是一起长大的人们，一条街巷。

　　对我而言，乡愁与我心底的距离并不远，而是在很近的地方。我从十八岁离开故乡，到北京读书，到杭州工作，直到如今在嘉兴海盐这片土地上长久生活，愈加感到故乡的远离。乡愁能表达的，大概只是过往的属于我们生命中一个阶段的插曲，如所有经历的日子一样，最终都会走远，成为回首记忆的一部分。

　　我怀念的，可能是童年所经历的单纯快乐的年代，或是所有的家人都在身边没有走开，陪伴着我们一年四季的，以及众多兄弟伙伴们一起成长的时光，那时候我们从未成为留守儿童。我怀念的是我最爱的外公和外婆尚在世间时，我骑着车子穿过一个村子去看望他们，吃上一顿美味的午饭，以及后来拉着平板车、骑着三轮车接外婆到我家住上一段日子。如果还有，便是故乡熟悉的人们，那些我喊得出辈分和喊不出辈分的大人和老人，以及许多年未曾变过的田野、学校和教堂。对我而言，这些是乡愁所蕴含的所有意义。

　　有时候常常惦念着故乡，仿佛自己还属于那里。生活里的我却在走过的所有地方随遇而安，很快地适应周围的生活，觉察不到有什么不习惯的地方，不管在大城市还是乡村，很难感觉到陌生感，就像我去陌生的地方旅行，总会和周围遇见的陌生姑娘侃侃而谈，两个人无话不说，然后分别，再也不见，像是熟悉的朋友，却又不是。这样矛盾的情形让我困惑，对故乡的感情究竟在内心的哪个位置，抑或只是偶然的触景生情，面对着这一处陌生的、人烟荒芜的乡村，如同被我们逐渐抛弃的那个村庄一样，忽然生了一些应景的悲凉。

　　每个人的故乡都在凋零，随着城镇的不断兴起，终会有这么一天，那些夹杂着三分诗意、七分厚重的乡村，被熟悉的人们亲手埋葬。人们毫不犹豫地往前走，向往着更体面的生活，下一代人也将不再有这样的乡愁，到那时候再去说这些，已然变得不合时宜。

我感觉，乡愁的情绪是那种常常无法开口表达的存在，往往言说，就觉得很是矫情。它也是常常被忽略在平常而细微的生活里，却是一种真实的存在。就像我们经历过的事情不管是如何的结局，都已成为无法改写的往事。

　　阴冷的午后，早春的风仍旧带着冷意，走过孤零零的小桥，傍晚若有若无的落日倒映在平静的水中，那河水像是翻不动一片涟漪，静躺在那里。不远处的地里，油菜花迎着初春渐渐绽放起来，透出金黄色，也终日无人凝望。抬头看见茂盛的常青树伫立在门前，伴着一口边缘杂草丛生的水井。三层楼的房子寂静无人，那窗户开着，玻璃破碎，时而风过来，呼呼作响。院子里还晾着旧衣服，随风飘动着，早已沾满尘土。地上散落着孩子的鞋子、木枝碎屑，还有一个破旧的婴儿车躺在走廊里，不久前还是一个孩子欢耍的地方。

　　时光久远，许多物品逐渐失去了原来的色彩，变得单调灰暗。主人们早已离去不知身在何处，许多时候，丢弃是常常发生的平常事情，人们总在不断地接触新的风景，而无暇顾及过往，所以自然而然地熟悉着现在，淡忘着过往。

　　站在村口，我忽然感到一阵无法言说的悲凉。我清楚，这并不是我的故乡，我却感觉与它紧紧相连，它也是许多和我一样的孩子生长的地方，有着太多琐碎而精彩的故事。当有一天人们走出这里，寻找更好的生活，那些过往的美好却再也找不到它所属的场景。也不免有着许多难以言说的惆怅。

　　有时候我也庆幸我的故乡还保持着它的原貌，没有搬迁，没有土地征用，还有田野与湖水，但在不久以后，也免不了有一天被换成陌生的风景，原有的一切都会沉在宏大的历史长河之底深不可见。于是，同一片的土地再也不是我的故乡，那时候恐怕连卑微的乡愁都无处容身。

　　我不知道沉重还是轻松。现在的我积极地生活在一片陌生的土地上，随着年月的推移，我也慢慢熟悉和融入，习惯这里的风景、语言和喧闹，终于有一天也会成为我一个人心灵深处的故乡，而不只是站在脚下的冰冷土地。这或许是比较适宜的方式。

游走于别处的日夜

凌晨四点多的时候我醒来，再睡不下去，于是打开了音乐，半睡半醒中听着熟悉的歌曲，就像流水一样自然在心底流过。不久离开，收拾好行李，退了房间，听着音乐，带着相机走在黑夜里，暗黄的路灯给人几分温暖，我将围巾围起，沿着植物园的路一直走，直到天明，开始沐浴一日的阳光，远望去，天空白云层叠，几道光从天际洒下，美，看得分明。

经过了幼儿园、小学、中学，直到大学，冥冥中或许在提醒我，这些年的生活大约这么经历过来，不断地走进新的环境，有的事物变化了，有的保持着原来的样子。后来走到开阔的路上，站在天桥上看着向东的方向，天空的亮光，朝霞晕染着周围的天空，周围的天色还在蒙蒙中等着亮光。

不知不觉走到了华东理工大学，于是进校园里去走走，迎面来的是一个姑娘，拉着行李箱，拎着包，正踏上回家的路途。于我而言已是两三年前的情形了，在每个寒冷的冬季里，直到学生所剩无多，我才慢慢地回到故乡。

在清晨的华东理工大学校园里，我拍了许多风景，这时已感到疲惫，想回去了。刚刚在路口遇见的一个姑娘也往门口去，而我回去的时候，又看到了她。我在前面走，她在后面努力地拉着行李，我回头看了几次，想说什么而欲言又止，最后鼓起勇气回头跟她说，需要我帮她吗，她说不用了。

而后又回头看着她，于是走到她面前，说"我帮你吧"。就这样，我拎着她的行李箱往前走，路上她说了许多道谢的话，她帮我拿着相机，就这样往车站走去。等红绿灯时说着话，我不经意习惯性地用手拂去在她唇边的一根头发，她问我上海怎么样，去了哪里了，我说去了外滩、天主教堂，圣母院旧址没有找到，于是错过了。她和我说，从学校到南站的这条路说长不长，说短也不短。我说道："是啊，要是你这样一直过去还真的挺累的，一个人拿着这么多的东西。"

快到车站的时候，我的围巾掉落一端，她过来帮我将围巾放好。临走时候，我为她留影，她向我表示谢意，送我一袋饼干，大概是想起我刚刚说起早饭还没吃的缘故。我们没有互相问起对方的名字，也许我想知道她的名字，虽然没有多少意义。

姑娘跟我说，明年毕业就要去遥远的英国读书了。我说出国对我来说有点太远了，不大去想这样的情形，我经过的风景并不多，用上我不多的几十年的时间在这片土地上走走已经感到有些不够，现在已经是找寻安稳生活的时候了，对我来说，认真而热情地面对眼前的生活，不断地去充实自己，也很好。

后来我想，要是能联系，听她和我讲在异国他乡发生的故事、见过的风景也挺好的。分别的时候，我为她留了一张影，留作纪念。

我们只有这清晨时分的一面之缘，在以后漫长的几十年中不会再看到她的样子。就像往日里遇见的许许多多的人，在唯一的相遇后而略过。或许不久以后还会遇到另一个人和她的故事，自然也会忘记了今天清晨所发生的片段。

遇见三次的陌生人

我遇到那个姑娘，却始终没有勇气和她说一些简单的话。

那天我在路口等车，不久以后坐上了车子，在左侧的座位上坐着，斜看过去，在窗口坐着的是一个姑娘，一路上她静静地坐在那里，和我一样，几乎不动，仿佛时间定格了，我偶然转过头，会看见身旁站着的姑娘。

她穿着淡蓝色的外套，一袭长发如瀑布般落在肩背上，直到腰下。留给我的感觉如此细致而温和，她望着车窗外瞬息而逝的风景，而未曾转过头望车子里的陌生人。

我心里想，眼前的这个陌生的姑娘让我心里忽生出一种温暖的感觉，她的背影在我的脑海里挥之不去，即使我在她前面下了车子，开始忙碌自己的一日。

我买了面包，走在去往广场的路上，到了那里，一边吃着面包一边看着周围人们的表演，许许多多从别处来的老年团到这里旅游，在年轻导游姑娘的带领下短暂停驻，纷纷拿起相机给亲人及自己留影，毫不在意眉宇间因岁月留下的皱纹，让孩子坐在雕塑上，前面的大人们不停地拍着，发到圈里以佐证他们来到了一处新的地方，无比愉快。

半日消磨在图书馆里，看书、写点东西，中午将至，于是买杯茶就着寿司，当作午餐。跑到三楼僻静无人的地方，坐在椅子上慢慢吃着，来回踱步，看着透明玻璃外阴沉的城市不作言语。

坐在阅览室里，周围皆是白发、戴着眼镜的老人们，时而发出奇怪声响，时而两人聊天，不顾周围世界。午后三点，离开图书馆，去小学旧址旁边，找寻一处朋友说起的包子店，果真寻到，于是买了两个包子回来。在转角处，又看到了来时车上遇到的穿着淡蓝色衣服的长发姑娘在站台等车，感到惊喜不已，然而我只是走着自己的路。

　　坐车回来，停在街角处，去往油菜花田，欣赏一处风景，彼时浓雾渐去，阳光弱微，天际泛白。几位年长者在地里劳作，遇见一个中年女人，我说南边的掘土机正在挖空田地，是否这边以后也要如此。她说不久以后，这片田野也会消失，建起另一个新的小区。我一个人悠闲地度着午后时光，在油菜地里徘徊，旁边屋里的年轻人正在工作，忙碌不停，隔着窗户，能看见这处风景。

　　走回小路，转角处，又遇见那个姑娘，我心里欣喜不已。巧遇种种，也不由得感到惊奇，我们在同一个店里买着衣服，走出门以后，我知道又会见不到她。见到她往我即将走的那条路走过去，我随后也沿着这条路回去。尚未入夜，往来人迹寥寥，我跟她一前一后，不觉超过了她，走在前面的时候我心里紧张不安，想着能转过身去和她说一些话，只想对她说今天挺巧，能同一天遇见你三次。只是我从未有过这样的勇气，这些话显得不合时宜，多像孩子一样对着陌生人无理取闹。我不知道她那时候会怎样想，会不会想，怎么这个男孩子这样跟着我呢。

　　走到十字路口，红灯亮起，我停在路边，她并不在意，径直穿过，在路口的菜摊旁买菜，我走过去以后，也在那里买了几个番茄，我无意间瞥见她的样子，又本能地装作不在意，继续保持着陌生人应有的样子。

　　两个陌生人不可能有那么多巧合的路途，我也知此。买完菜后，她往北去，我向东走。我们有着不同的生活，不同的方向，终究无法一直沿着同一条路走到尽头。我只是感念这段简单的相遇，而别无其他。

南方生活记

　　一个人很难详尽地描述他所生活的地方，同样也无法准确告诉别人一个陌生地方的风景。

　　我所生所长的地方，是一个在北方地区的小村庄，没有山丘，只有一望无际的平原，我在那里生活了十八个年头。后来的七年里因为求学工作而一直在外奔波，从北京到杭州，最后到了嘉兴的海盐。如今回想起我遥远的家乡，也渐渐感到模糊的疏离感，许多关于它的记忆都逐渐被淡忘，如果你让我去描述，我也只能对你说它大致的面貌，可再也没有什么鲜活的印象。

　　大多数时候，只有身在一个地方生活，才能找到那种近距离的带入感，对一处风景的印象大都由一点一滴的细节构成。虽然我们也只是看到了感受比较多的某些侧面，比如熟悉的面孔，令人难忘却可以随时尝到的美食的味道，以及常去的地方的建筑与风景，远远就能望见教堂顶楼的十字架，主的像，以及整齐的长椅，或是图书馆中灰黄色摆满书籍的书架和那深红色的桌椅。由这些一点一滴构成了整个印在心底的风景。

　　在一个地方生活超过了一年，也得以领略到四个季节的变化，因而记忆变得完整。我记得是六月底到的这里，那时候天气还不算很热，时间恍惚而逝，转眼就到了炎夏。我真切感受到这里同样酷暑难耐，一直以为只有家乡或是北京夏天很热，没想到这里同样如此。每天都躲在空调底下过活，出去没走多远便汗流浃背，周末只有早晨或晚上才出去买点东西，至今已经记不清那年夏天发生过的事情，去了哪里，仿佛没有发生过一样。

　　深秋时节，只是天气稍稍转凉，未见落叶，远望去仍旧绿荫青翠，此时才觉和家乡不同，那里大都是白杨树，由夏转秋的时候，树叶便纷纷落下，堆积满地，孩提时代经常带着扫帚和篮子收集落叶，用作厨房里的柴火。唯一感到熟悉的是梧桐树，和家乡那里的很是相似。秋天的傍晚，一个人走在人迹寥寥的街道上，两旁的梧桐树静静地立在那里，宽阔的叶子变成了枯黄的颜色，风一吹过，簌簌地飘落下来，踩在上面发出脆脆的声响。走着走着，停下来环顾前后，仿佛时间静止了一般，静悄悄的，感觉着生命在缓缓流动的情形。

在家乡的时候，中秋时节里，孩子们会摘下梧桐树上的果实，浸在煤油中，等到节日夜晚，悬挂在树枝上，点上火，燃烧起来像一个火球，俗名"点火球"，也因此人们常常俗称梧桐为火球树。如今后一代的孩子们已经不再听说过这样的故事了，他们的成长路上都变得安稳，只沉浸在电视、课业和玩耍之中。

我第一次看到彼岸花的时候是在秋季，马路两旁的坡上开始是青绿的草，后来不经意间冒出了红色的花苞，细细长长。当我走到旁边的村子里买菜的时候，看见几棵红色的花开着，走近，觉察到这种陌生的花只是一根枝条从地里长出来，没有分枝叶，径直开着一朵分叉的红色花，准确地说，应该是五枝分开的细长的花条，煞是美丽。当我后来看到满坡开满红火一般的彼岸花随风吹动的情形，刹那间感受到浓浓的生命气息。后来的一年里，我一直在等待着彼岸花再次盛开，每当秋季到来时，经过那里总要留意一下两旁是否有彼岸花生长绽放。

南方的湿冷着实让一直生活在北方干燥气候下的人感到手足无措，不知如何是好。穿厚了怕流汗，穿得少又感到分外冷，却不能让人感受到冬季的味道，大概是南方没有北方冬季时的漫天大雪，这样的冬天多少让人感到有些缺憾。前年在杭州时，冬天下了几次不小的雪，大都夹着小雨，不久就融化了。时常会想起小时候下雪的情形，好多天都不能融化掉，在阳光的照耀下变得透亮的样子，走在雪中每一个脚步都能踩得出"唰唰"的声响，我的脑海里还留着那种踩在深雪里的声音的记忆，那种感觉难以描述出来。我们堆雪人、打雪仗，穿着厚厚的衣服去田野里踩雪，渴了就拿起一块干净的雪放在嘴里。

暖春时候，这里的万物常常比北方要醒得早些，温润的气候，让这里变成花草的天堂，骑着车子随处走，在某个人家的墙边、巷口，或是田野中，都能看到叫不出名字的、美丽动人的花草，我见过二十多种新的植物，开出的花很美，这在故乡则是难以想象的情形。这个季节，我愈加觉得这里和故乡一样的感觉，田野里大都是青绿色的麦苗，和家乡一样，而金黄色的油菜花则极妙地点缀了原野的风景，青黄相间构成了一道极美的风景画。

在饮食方面，我并不忌口，甜的、辣的和咸的都喜欢吃。去过同事和朋友家中，尝过他们的母亲和奶奶做的饭菜，感觉味道很不错，常常会问我能不能吃得习惯，我总说吃得习惯的，很好吃。唯一有点难吃的是海鲜，仍旧吃不习惯，虾、蟹、鱼之类的大都不怎么喜欢吃，大概是生活环境养成的习惯，不喜欢吃需要用手的、很费劲儿的菜，最好是可以直接夹起来放入口中吃掉的菜。不过每一次做客，都能吃得很饱，他们都知道我的饭量很大，于是每次都招呼我多盛几碗饭，别客气，而我大多时候吃两三碗，最多的一次吃了五碗饭，当然只是在最熟悉的人家里吃的，不用担心别人会知道。南方这里在吃的上面很是用心，每次都做很多菜，不知道是不是因为招待客人的缘故，毕竟我不是在这里生活的人，可能无法得知真正的情形。

工作之余的日子里，有很多时间可以自己安排，相比周围结过婚、有了孩子和家庭的同事来说，我算是很自由的，他们常常这么说。某种程度上或许是这样，我很难切身体会到家庭生活的琐碎，而我脱离了父母的管束，自己一个人在这里生活，所有的时间都属于自己，想出去的时候不用跟谁说一声，直接打点行李就可以出发。没有孩子的喧闹，一个人享受着同时也是孤独的安静时光。大多数时候，我都会出去，去海边走走，到海盐逛逛街，到自己喜欢的面包店买美味的食物，或是带上水杯到图书馆里安静地看上一整天的书，饿的时候到旁边的"大润发"买点东西吃。我有时候期待在图书馆中遇见一些故事，就像大学里在图书馆遇见的许多故事那样，只是环境不同，周围的人大都比我小很多而无法接触。

每个季节的感觉和心境，其实并不会有着太大的差异，我想，当一个人对过去的日子回忆的时候，大都会在人与人之间的事物中着墨甚多，生活过得幸福与否，与周围美丽或是平凡的环境并无太多关联，更多的是身边的其他人与之经历的种种，让人心境变化无端。如果回望过去的一年多里，给我留下很多记忆的，可能是我与许多陌生的姑娘遇见，短浅的相处，其中经历许多快乐的时光，而后戛然而止的故事，以及我骑着车子走过的许多乡村，看到的陌生的花草和一年四季周围田野的变化。除了看书、写作与绘画，这两种不同的存在几乎构成了我生活的全部，只是人与人之间的故事难以捉摸，最终也总有一个告别的结局，而与风景的故事则会相随一生，不离不弃。因而在某种程度上，我偏向于与沉默不言的风景发生着悄悄的故事，更多地喜欢与周围的风景相处，稻田、小河、草地、花丛、浅滩以及陌生的村落。

一转眼，来这里生活快两年了，这快步走过的两年中，也经历了很多事情，我逐渐习惯了这里的生活节奏，即使因为语言隔阂而难以认识什么朋友。我开始把这里当作自己的家，不再是从远方路过这里短暂停歇的旅人，岁月流逝，我也到了该安定下来的年纪，总要找一个地方生活，结束来回奔波的旅程。除了因为读书的缘故在北京待了四年多，后来的日子里在海盐待得算是最长的，或许这里就是终点，某种程度上也是一个起点，我把后来的生活都安放在这里，愿它同样如往日那样精彩纷呈。

菱

我记得在一次远行的途中，大约是从家里往南方来的路上，应该是在江苏北边离我们家不算太远的一个镇子里，如今记不得当时是什么时候了。我乘着长途汽车往南走，不久车子坏了，人们纷纷下来，等待车子修理好。等了很久，却迟迟不见车子回来，感觉像是从未坐上过那辆车一样，人们四散而去，于是我也离开那里，带着我的行李，沿着公里一直往南走，不知道走了多远，走到旁边不远处的一个村子里转悠。那时候，我仿佛并不着急找到远去的车，带我离开这个陌生的地方，而是在附近转转看，毕竟这辈子有这样偶然的际遇很是难得，而我也不大会特地来到这样的地方，在没有任何缘由的情况下。

这时候我路过一户人家，这家有个孩子四五岁，正是调皮的年纪，和一群小朋友跑来跑去，结婚四五年的她年纪和我相近，忙着照顾老人和孩子，我在她家吃了午饭，她们在蒸馒头，用很大的锅，我跟那个姑娘聊天，帮她打扫收拾，她家又脏又乱的，加上是收获季节，我说我们家收拾得很干净的。我喜欢上了那个姑娘，她言谈举止间有种气质吸引着我。我知道这不现实，而我也对她说，这辈子唯一一次在你家吃饭了，我也不会再出现在你面前了。

两个生活在不同世界的人相遇，相互间那种莫名的好奇与吸引，是很正常的事情，我能理解，只是我们不知道，我们所经历的故事应当怎样走下去，还是我们迷离了真实世界和我们内心的许多想象，是不是我们看多了故事，以致无法相信在现实社会中的自己身上不可能发生，我不知道怎样去做才适宜，当作什么事情也没有发生，让自己所产生的微妙的感觉仅成为一时之间的感觉而已。

如果说我喜欢她，此时的感觉在整个人生路上只是小插曲，却无法否定其意义，毕竟许多的小插曲沿着漫长的人生路一直流淌下去了。为什么我们还要否定某一次的相遇呢？

一 次 相 遇

　　我和弟弟走过北边林地的小路，看到了很多新鲜的事物，即使在这片如此熟悉的土地上，也遇到了很多奇怪的情形。不久我找不到他了，于是向着旁边的陌生人询问有没有见到一个个子高、很瘦的男孩子，他们说没碰见过。我和弟弟失散了，我便像什么事情也没有发生一样似的，在这熟悉而陌生的场景中行走。

　　不远处有许多房子，我走进一处像是学校的建筑，沿着楼梯走到二层的一个教室里，有一些人在说话，我看到一个姑娘正在画纸上作画，不时和旁边的人聊天，声音听起来有些熟悉。我走过去，和那个正在画画的姑娘聊起天，我问起她的名字，她说她叫王苏镗，这个时候她正在墙上固定着的画纸上画着一幅很大的画，而这幅蓝色调的风景画和我画过的一幅画很是相似，但比我的那幅画开阔多了，毕竟画幅就比我的画大了很多倍，站在那里看的感觉完全不一样。我开始觉得我的画太小巧了，并且如果让我画这么大的画，并不一定能画得好。她的画确实要比我的好。她带我走到桌子旁边，随手翻了翻以前画过的画，大约有十几幅画呢，我自己到现在为止也只是画了八九幅画的样子，眼前的这些画作，大大小小每一张都给人一种很舒服的感觉，我心里不禁欣赏起这个看起来年纪不大的姑娘。而且在我们聊天的过程中，她很从容地和我说话，常常笑着对着我说，言语中透出的一种自信，吸引着我。向来很主动的我，在谈话中感到不再像以前那样常常是自己在主导着谈话，我自己说得不多，倒是听着她说了很多，此时的我显得有点欲语还休的样子，有几分紧张不安的感觉。

　　我们聊了绘画的事情以及她的一些情形，具体聊的什么我已经记不清了，我忘记了她说自己多大、在哪里、做什么，我心里一直以为她还是上学的年纪，旁边一个男孩子偷笑，说她和你差不多大，可是我并没有说自己多大，我感到自己显得有点年纪大一些，他们大概也会这么觉得。

后来不久，在我和苏锴说着话的时候，正在外面玩耍的孩子们也来到了这里，我想差不多要回去了，尽管很舍不得，这辈子难能再见到她了，而我对她产生了一种好感，这愈加让我感到有些难过。最后我留了她的电话号码，希望以后能联系到她，能再来看她，即使我清楚这只是一种奢望而已。

我们走了，从屋子里出来以后，我带着孩子们沿着那条水泥小路往南走，我不知道我们要去哪里，即使前面不远的地方就到我家了。我们之间隔着那条沟河，沟底没有干涸，如果在以前，我会很容易地跳过去。我朝着她用力地挥手，回头看着她的脸庞，努力想记住她的样子，因为我太容易忘记人的样子了，而我想记得她的样子。那时候还是夏天，她穿着浅蓝色格子布的长裙，长长的头发没有扎起来，常常微笑着转过脸，浮起浅浅的酒窝。而在旁边的几个人我不认识，相互之间说的话也不多，大约因为他们也都是孩子的缘故，或者说我一直沉浸在与苏锴的交谈中忘记了周围人的存在。他们对我来说都是陌生人，此前没有见过他们的面孔，加上旁边正在修建的教堂，还有一些陌生的人们，我不禁联想到，也许他们是教堂里的人们的孩子，因为宗教的缘由从远处迁过来，或许是从南方吧，这也都不得而知了。我遇到他们的地方对我来说很是熟悉了，年少的时候经常从这边骑车去上学，约有十几年的光景了。这里就在老家学校北边教堂的对面，可是我知道那里都是土地，没有人在这里建房子，所以我感到奇怪为什么忽然会有这么多建筑，或许是为了安置那些到这里的人们吧。尽管我感到很多困惑的地方，但自己也不想去探究到底怎么回事。我所看到的是，熟悉的地方开始渐渐陌生起来，教堂也变了，原来红砖墙的教堂早已消失不见，变成眼前的一片狼藉，他们正在建一个很大的教堂，十字架已经放上去了，比之前的高大很多，原来的十字架只是两块焊接的铁块，并且经历几年风雨已经锈迹斑斑。还没建好的新教堂，外墙涂成了象征纯洁的白色，高度也比以前高了很多，里面什么都没有，看来需要很长一段日子才能建好。旁边不远处站着一个中年人，戴着眼镜，穿着黑色白带的衣服，站在那里和建教堂的工人说话，大概是询问教堂建设的情况。我没有走过去跟他聊天，不知什么缘故，我此时变得很淡漠似的。

看到这些情形，我内心里略微感到有些不安，大概是因为我很害怕这里会成为像南方一样的教堂，并且这种情形也愈来愈像我所想象的方向走。说实话，我真的很害怕这样的景象出现在我的故乡，这里的人们过着简单的生活就好，哪怕每个家庭都有自己的苦难和琐碎，终究是一种普遍的情形，人们都在努力解决遇到的难题，为生活而奔忙。即使有教堂的存在，教堂也只是人们生活的点缀，不会影响到他们的日常生活。我见过南方教堂里的人们，也和他们一起聚会和祈祷过，确实感到无法适应，给人一种无法接近的感觉，既熟悉又陌生，能在一起沟通却又感到说了那么多其实完全没有说到一起。还是世俗生活里的人们感觉如此亲近，他们有作为人的脾气、性情，有源自内心深处的开心与悲伤，有什么说什么。

旧的教堂倒塌了，新的教堂正在建起，所意味着的含义也许从此改变。我看着这一切，心里感到说不出的难过，我不愿看到这样的情形，但实在不是自己所能够把握和改变的事实。我很害怕原本熟悉而朴实的人们变得对宗教更加虔诚而再也无法沟通，人们的微笑也变得给人一种很奇怪的感觉，像是另一个世界的人，而不是从前的那些。我们之间像是隔着一个遥远的世界，也许再也走不去。此时我预感到像是会失去很多很多人和事物，而所有的这些都是我所极为珍视的。

我为这一切感到悲伤不已，即使遇到了那个姑娘，两个人简短的相处时光让我感到愉快。随后的分别，我感到从未有过的害怕，而这些我都放在心里，我不想跟她说我们以后再也见不到了，你给我的号码，即使我后来还记得，也永远无人接听。这一切只是一场梦境，面对这个令人难过的事实，我还能说什么呢？一直以来，我始终保持着令我自己感到厌恶的清醒，仿佛我在欺骗着什么。可是我感到无能为力，不想破坏了那短暂而美好的感觉。我想人生很多时候感到欣慰的是，既努力做到保持着距离，好有多余的空间去冷静和思考，也同时能够真正地置身于那些美好的时光里，像个普通人一样很好地享受着简单的幸福。对于每一处幸福的时刻深得其味而又能真正乐在其中就好。

至今我仍旧沉浸在与孩子们相处的快乐之中，久久难以忘却，我常常想，即使爱一个人，也难有这样浓重，这种心境不同之处在于，永远不会感觉到有因爱产生的狭小的情绪，而充满着积极的、温暖的情绪，不会有小心思，而能全身心地投入其中，与孩子相处，你更能够慢慢地去理解孩子世界的大致样子。

如何理解孩子，这个问题我无法说出所以然来，只能说根据自己的理解来看待这个问题，毕竟我是一个幼儿园的老师，天天与孩子们打交道，每天陪着他们一起度过美妙的时光。孩子们很少会感到不开心，即使遇到不开心的事情也只是短暂的情绪，心里不会想太多，倒不是因为想通的缘故，而是因为心里面压根不会去想这样的问题。对他们来说，心里装那么多东西几乎是不可能的事情，要是这样的话，岂不是每天都会很累，哪还有心情去玩呀，他们一定不会开心的。所以即使遇到哭的时候，也是很快破涕为笑，继续自己的玩耍。

第一天风尘仆仆到了上海英群的吉的堡幼儿园，那天下着大雨，火车晚点，遇到了各种情况，到了幼儿园以后，幼儿园的老师和阿姨们对我很好的，知道我没有吃午饭，就帮我弄了午饭。我真是饿坏了，尽管吃得还很慢，但是感觉还是有点狼吞虎咽的。

午饭以后休息了一会儿，见到了园长及苏珊等老师，简要说明了来意，园长让我在中二班学习，跟着苏珊老师。

不久我就去了中二班，刚进去的时候孩子们都在睡觉呢，当然，不是个个都睡得那样安分，有些小朋友很调皮，翻来覆去的就是睡不着，客观的原因是有的，天气很闷热，屋子里尤其感觉得到，小朋友自然会感觉热，睡不着。这在情理之中。我和阿姨坐在一块看着小朋友睡觉。这个时候好多没有睡着的小朋友见到我，主动和我打招呼，介绍自己，中文名、小名、英文名，一点儿也不认生。我帮助小朋友盖好被子，哄着他们睡觉，帮他们扇扇子，很快和他们认识了。

二十多个小朋友，我一个一个和他们打招呼，虽然还是没办法记得他们每个人的名字，小朋友围着我争先恐后地介绍自己，让我觉得他们很开朗，反而让我觉得自己在他们面前有点拘束了。不久，起床时间到了，孩子们开始穿衣服，我帮忙搬好小床，放在一边，让出场地，孩子们要吃点心。

接下来的几天里，我们共同度过了愉快的时光，而我也开始能记得他们的名字。我走的时候，他们抱着我，不舍得我走，问我什么时候来看他们，我说下个月吧，其实我也知道以后很难来看他们了。相遇是一场缘分，便不必太过于留恋，只是孩子们重感情，不懂得相聚离散是难以避免的事情。

　　我坐在车里，清晨的阳光分外温暖，光与影的交织中闪过许多过往的记忆，我太过疲惫以至于无法用心去细细回想。一个人在微弱的灯光下，在远行的车里，接着而来的是一阵阵疲倦不安，又感到腹中饥饿难耐，这单薄的命运如秋日的落叶一般随风散去，去往何处有时候也非我所愿，即使我确然选择了今夜以怎样的方式度过。

　　我忽然感到惶惶不安，不知因何缘故，大概是一个人坐在车上，在这不安的夜里。一个人背着沉重的包，疲倦不堪地下车寻得一家面馆，坐下来等着一碗热腾腾的面，心里感到难以言喻的温暖。后来去一家餐厅吃饭，牛肉铁板饭，吃着的时候耳边传来那首不久前听过的舒缓旋律——《去大理》，勾起了某种奇妙的心境。等车，在雾蒙蒙的夜，冷风吹过，来来往往，剩下我一人沉默。

　　究竟什么样的情形才算作一种命运，我破解不了这样简单的问题，也想不通，每个人都活在自己的那个狭小的世界里，漂流着，试图在生活的重压之下安妥温顺，却终究得不到我们所想要的回应。在拥挤的候车室里，那么多分享着相似命运的人们聚在一起，像候鸟一样来来回回，一生在奔波中。我听见你对我说，你就这样在厂里做着无尽忙碌、远远看不到结束的无聊工作，而我其实也好不到哪里去。是否皆因我们内心的追求所决定，还是这个世界的那种并不存在的规则在起作用？

　　我看到年纪很大的保安叔叔无比疲惫，在这里不知道工作了多少年头，重复而琐碎，有着自己存在的一个方式，活着并不是一件容易的事情。每个人的生活都有自己的节奏和方式，也许这样简单而劳累的生活他早已适应，并在这样的世界里找到自己所坚持的东西，哪怕是休息间去旁边不远处的小饭店吃上一顿热餐，就着酒，或是回到家带着可爱的小孙子或小孙女儿。

考试的间隙，我走在这片陌生而又感觉熟悉的城市的街巷里，听着周围的人们说着我能理解的家乡话，无比亲切。饿的时候，就停下来买点东西吃。"菜盒子"，今天我才知道这名字，我坐在那里，看着一位中年女人和她的婆婆在烧火，她在烙饼，小姑娘在旁边看着，我坐在那里看着她们，看着这一切，感觉如此温馨。那一刻我忽然不想离开这里了，好像这是属于我的地方，可又感到如此模糊与陌生。但我终究是一个过客，不属于这里，这是确切的事情。

考完试，我感到轻松下来，似乎什么事情也不用去让自己牵挂了，我走在这个陌生而熟悉的城市里，沿着一条路朝着火车站的方向前行。路上经过了第一小学，于是想进去看看，里面正在举办一个幼儿园运动会，许多孩子和他们的父母在一起，我也作为一个旅人，在里面待了好长一段时间，直到天色不早了，我的相机也没电了。和小朋友聊天儿，薛思颖跟我说她喜欢阳阳的事情，露出几分羞涩但仍旧有勇气和我说，然后将不远处的阳阳拉到我旁边，我给他们合了影，看着她的头靠在阳阳的肩上，那一瞬间很是幸福，即使在无忧单纯的童年里，世界还会有很多她不可预知的变化，在这一刻她感到了简单而无所顾虑的幸福。

最后的寒冷夜里，即将踏上去嘉兴的路程，我在蛋糕店里坐着，一边是一杯温暖的奶茶，另一边是红豆吐司，我在一旁削苹果，切成一片一片放在两块面包之间，然后拿起来小口小口吃着。听着舒缓的音乐，外面寒风不断，一会儿要在夜晚的路上漫步，感到有些苦，无人相识，当亦无处投宿，今夜我将收起脚步，走回到熟悉而不安的生活里，像梦境一般模糊，难得两天在此处度日，虽然同样感到陌生，然而有几分温柔，是否总是这样，终究是无处归返。

在回来的火车里，坐在我对面的是一个大约比我大两三岁的长发姑娘，戴着眼镜，显得很文静，两旁是两个三十左右的人，不停地聊着一些社会事件，不时地表达自己的看法和见解。我不大想参与其中，不像三四年前的时候在旅途中总会充满兴致地和旁边的人聊天。此时我拿出《尼采遗稿》（十一卷）一边读一边做着笔记，旁边的人和我聊起天，问我这本书的情形，于是聊了一些大学生活及工作。对面的姑娘显得困倦，于是趴在小桌子上睡了，不久我也一样，小小的桌子很难容得下位置，就这样和陌生人面对面睡着。

　　当天快亮的时候，我们都已经醒来，等着到站，于是和这个姑娘聊起天来，才知道我们是同一个地方的人，她和我说，她以前听她的导师说过，往往只有在外国的旅途中，才会看到人们在火车上看书的情景，想不到在这里也看到有人在看书。聊了许多，我并没有问她留联系方式，只当作是旅途上唯一的相遇就好，我问她年龄，可她始终不愿告诉我这个"秘密"。

琪琪和我的旅程

　　五月五日下午上班未久，便去往海盐，准备乘车到嘉兴火车站坐车，我带着笔记本电脑，在车站等了两个多小时，在那里写了点东西，直到六点多，搭上了末班车。到火车站以后，去售票处取了往返的两张票，便到了对面的一家饭店，一个人在安静的二楼吃饭、写点东西。

　　其实，坐在火车里的这一个晚上，我大都在和旁边的琪琪一起玩闹，她的父母在昆山工作，老家在固镇，离我们家也不算远。琪琪给我看她生日的照片，跟我说每一张都是在哪里照的，不得不说小姑娘的话还是挺多的。她和我说起关于狗的故事，而我则和她说起兔子的故事。于是，当她在吃方便面的时候，我说她是小馋猫，又问她兔子偷吃什么啊，她说："兔子偷吃胡萝卜。"然后问我偷吃什么，我说："你猜猜看。"她想了想，说方便面，我说不是，她又说胡萝卜，我说："也不是，叔叔偷吃的是饼干。"她想了下大笑起来，说："叔叔你是一个大馋猫。"我说："是啊，我是大馋猫，你是小馋猫，我们俩都是馋猫。"

　　她惊了一下，睁大了眼睛跟我说："那我们去捉老鼠吧。"我说："叔叔不吃老鼠的啊。"她说："没有，我是说我们去抓老鼠，猫抓老鼠的。"于是我装作惊了一下说道："你看，老鼠在你的后面呢，刚刚跑过去。"她马上回头看看，然后跟我说："叔叔你骗我的啊，老鼠在你后面呢。"说着指着我的后面。我说："没有啊，老鼠想偷吃你手里的方便面，所以你赶快吃完吧。"

　　就这样我们相互给对方讲有趣的故事，聊天、拍照，不知不觉就到了清晨，这一夜里几乎没睡过。到了固镇，我也和她们一起下了车。听说这里去往灵璧的车子也很多，而且离家更近一些，就不用再到宿州下去转车了。于是不久我在人群中又碰到琪琪了，这时候她已经有点困倦了，我打算到她家，洗个脸，吃完早餐再出发去灵璧。她的爷爷开车过来接的我们，就这样跟着一起去了。

　　她的家离这里不远，在城西花园旁边，这里正在拆迁，房子前面尽是废墟，她家的房子也快要拆了，狭长的过道里放着许多盆花，外面温暖的阳光照不进来。这时琪琪要刷牙，而我削着苹果，一边陪着她蹲在门口的空地上，她说："叔叔你看前面的花。"我顺着她指的方向望去，看见几株黄色与白色的油菜花，此时已是春末，大约是长得晚，因而仍旧绽放着。不久她有模有样地刷着牙，不时侧过头对着我笑。刷完牙以后，她回到卫生间，直接用杯子盛放着拖把的红色大盆里的水，我忙止住脚步，她回头笑着跟我说："叔叔，我可笨?"我也笑着对她说："你真够笨的呢!"

　　吃完早餐，琪琪的奶奶在帮她扎头发，不管怎样，今天她还是要去上学的，考虑到已经耽误了两天的课程。于是我跟她们告别，走出门去，这时阳光明媚。

宿州之行

在去往宿城的火车上，我找到了座位，此时只想睡觉，却不免周遭言语叨扰，周围的中年女人在聊着婆媳关系的种种情形，就像在讲故事一样，却又让人感到熟悉。说到了谁家婆婆的不好，媳妇的懒惰，判定两者之间根本无法建立起好的关系，没有血缘关系的两个人是很难相处的，把一个人当作自己的亲人，若无端由，是很不容易的事情。其中一个人付出了那么多，却没有回应，这实在无法让人接受。而我则久已习惯于简单而纯粹的人际关系，恐惧和害怕复杂的人际关系，大概是因为我无法把事情考虑得周全。

她们说到自己的儿媳妇刚结婚不久，过着这样的日子，早晨八九点起来化化妆打扮打扮，出去买买菜，下午玩会儿，一天就过去了，而我们实在混不了这样的日子。毕竟人总要出去生活的，一天柴米油盐总得去挣，得学会过日子。结婚的那段时间她不愿意去上班，谁都不想天天那么累，这在情理之中，但是总要出来生活，而不是一直当成被人照顾的孩子。在某种程度上，无事可做也是一种折磨，会让人感到无聊和空虚。

走了许多路以后，我回到了熟悉的河边，停下来，坐在公园的椅子上，温暖的阳光洒到脸庞，头顶柳树上的柳叶儿不时飘落在我的身上，一阵风吹过，只听得柳枝沙沙的声响。和许多老人一样坐在这里休憩，对我来说却是很难得的时刻，在为生活来回奔忙之间，偶有闲暇，什么也不去想，就这样躺在椅子上闭上眼睛，晒着阳光。后来遇到旁边一对高中年纪的孩子，像是在热恋中，女孩子坐在男孩子身上，两个人耳鬓厮磨，亲吻着对方，对我来说真是很奇怪的事情，是否我觉得自己已经老去，我从未经历过这样的情形，或是已经过了这样的年纪。

回来的路上，晚上坐车，卧铺那里姐姐和弟弟在玩切水果游戏，我以为姐姐并不大。不过我错了，这个姑娘原来是学编剧的大二学生。于是我和这位对戏剧有所知晓的姑娘聊天，聊到戏剧，聊到哲学，我们的床铺面对面距离半米之间，都在中铺。在这样寒冷的晚上，遥远的路途中，就这样饶有兴致地聊起我们各自的生活，做过的梦，大都是琐碎之事，入夜后轻声言语，上铺的姑娘也加入了我们的谈话中。不久后被乘务员叫醒，车快到站，我看着熟睡的她，想告别一声，想想还是算了。旋又思索，或许还是轻轻叫一下她，于是我很轻地拍了拍她脚的地方，这时候她醒了，不太长的头发有点儿乱，这时我说我要下车了，我留你电话吧，我爸妈也在杭州，放假以后我也会去，到时找你一起去杭州转转。我将手机递到她的手上，她写了她的手机号码，拨通了。她说那再见了，我说你睡吧，我先过去了。于是收拾好行李，车停，人下，消失于夜色中。直到后来，我才想起，还没有问及她的名字，我也一样，没说。

　　我望着窗外远处的灯火疾走而过，渐渐成了一道道闪亮的线条，那或许是路灯，或许是忙碌的人们，早起准备为着生活奔忙来去，抑或是昨夜的生活开始的继续，天亮以后才会结束。

　　和上一次的经历很是相似，列车停靠在海宁的时候已经是凌晨五点多，我知道外面很冷，从车里走出来就已经感受到了清晨的温度。走出来时，天仍旧一片黑蒙蒙，对面有几家灯光亮着，有的是清晨的开始，有的是昨晚的延续。我尽可能地让两只手伸进口袋里取暖，我的那双用了六七年的手套前段时间找过，但不知丢到哪里了，看来差不多要重新买一双了。如往常一样，走在这个熟悉的地方，看到这一切都让我产生某种情绪，有喜悦，也有不安和遗憾。过去的事情与现在无关了，所以我也不用有过多的负担。

　　沿着西山公园的这条路往前走，或许过来半个多小时就可以看到日出了，一个月前也是这样的情形，只是那时候还没有这么寒冷。我一边走一边听着音乐，这时候音乐给我一丝温暖，路上无人来往，不久之后，才看见清晨出来锻炼的老人，穿着厚厚的外衣，只是相互瞥了一眼，和往日遇见的陌生人一样，只是人太少，因而遇见了自然相互看一眼，即使看起来并没有什么意义。

　　走了很久还是没看到阳光的影子，于是到了一处公交站，便在那里等着首班车，时间计算得比较准，能赶上上班。这时候几个孩子也来到公交站，和我一样等着那辆车去上学，天还没有亮，这么早就要起来去上学，真是很辛苦，我告诉他们把帽子遮起来耳朵就不会冻着了。姐弟俩和奶奶说时间还早，可以去吃个早饭，于是走开了。不久以后车子来了，孩子们兴奋地冲进去，座位已经不多了，我又几乎是最后上车，被挤在孩子们中间，忽然觉得不像刚才感到那么冷了。这时候我看到那个上次遇到的小姑娘，仍旧穿着同样的黑色外套，我总在想她是不是像谁，可是脑海里找不出和她相似的人。看着孩子们有说有笑，偶尔打闹一下，似乎忘记自己还很是疲惫，这一夜睡得不安。

到站以后，马上跑进车站转另一辆回去的车子，太阳开始露出它的金色的阳光，穿过玻璃照在我的身上。这时候走上来一个高高瘦瘦的姑娘，长发垂肩，戴着一顶黑白相间的帽子，深深地温暖着她，那是用毛线织的帽子，看到它便能感到许多温暖的气息。我坐在她后面，一直盯着她的帽子直到下车，忽然感到前面的她如此可爱，让我感到一阵温暖，这种奇妙的感觉一直延续到下车的时候。我朝着自己去的方向走，发现她也沿着这条路走过来，我偶然间回头，隐约看到她的样子，现在也记不得了。

灿烂之日

走着走着，不知不觉穿过了十几个村子，过了欣篁、新丰、凤桥，路人告诉我，这里已是嘉兴了。整整骑了七个小时，困倦不已，下来牵着车走，在林间小路上。空旷的蓝天，远来的风，一路上遇见了好多种类的花草，拍摄的时候却遭遇了两只凶恶的小狗，我只好小心点儿走过去，走的时候两只手放在后面对它们竖了下中指。

一路上许多人对我这样的情形感到有些好奇，我也已渐渐习惯了，其实换作是我，在家附近看见一个拿着相机、骑车子的陌生人想必也会感到奇怪不已的。我常常会想象着那样的情形，自己变了一个角色，成为一个在家里生活的人，遇到一个像我一样喜欢到处走的家伙，那种感觉想必很奇怪的。我想，也可能是因为他们都在琐碎不堪而重复不已的生活环境里待得太久的缘故。终于有一天我也差不多变成这样的人，自己的家庭要奔忙，下班以后就回到家，而难能摆脱日常琐事，此时的自由生活也愈加显得珍贵。

在陈良村驻留的时候，一个阿姨跟我聊天时，不幸又来了那句夸张的老话，"小伙子长得挺好看的，多大了，有没有女朋友，阿姨给你介绍一个……"弄得我脸红得不知道怎么说，我可是在海盐，离这里很远。我长得那么老，实在不知道哪里好看了，所以应是代沟所及，以至于无法理解。

我知道不可能是我认识的那个姑娘，如果是在这里碰到。只是长得太相似了，穿着打扮如此巧合，她的身影在我脑海里回旋好久，还好没喊出名字。依周在我心里面大概是一个挥之不去的结，倒不是因为我对她有多么喜欢，我们之间的感觉如何，而是第一次接触到却因为宗教信仰的缘故不能在一起，大概也是一生中唯一的一次经历了。我尽可能理解，但终究和常人一样无法超脱，毕竟无法说服，也改变不了现实。我忽然想起，为何我不喜欢的人走了我那么伤心，而后来遇到喜欢的人离开却没有任何感觉，是否都有这样的情形存在，我仿佛一开始就知道这样的相遇又注定是昙花一现的故事，所以对于她们的离开感到如此释然和平淡。到底是怎样的感觉才算是喜欢上了一个人，我想至今仍旧没能从本质上弄明白。

其实，那些你想去看的最美的风景，终究还是要自己独自前往。对一个人心存期待是一种很美好的情形，记得情窦初开的年纪，每到一处风景优美的地方，都不知不觉会想着，有一天等遇见了那个姑娘，我们可以一起来看看，那才是最幸福的事情。有些想去的地方，也犹豫着，是不是要等到以后遇见，两个人再一起来看，如果好的风景都被自己独自领略过了，那不免失去了很多意义。我记得那时候常常这样想过，不知不觉，却还是一个人走过了青涩的年华。如今仍旧是一个人生活着，于是不再轻易对另一个人心怀太多的期待，每每一个人去一处风景，往往都因各种缘故而没能成行，于是失望多了，便意识到，其实自始至终，在这个世界里，去领略美好的事物，还是自己一个人，那些你想去的地方，不要期望着以后与谁同去，而是自己起身出发，去慢慢地欣赏，不应在无望的等候中虚度了美好的时光。毕竟，只有自己清楚是否能去，不需要过多顾虑他人有这样或那样的事情。通往幸福的路，大多时候都是自己去走，无人可以陪伴你，即使两颗自由的心灵走到一起，也不大可能完美，磕磕绊绊在所难免。不一定有人愿意陪你一起满身疲惫，不一定有人与你骑车子走在陌生的乡村里、林间的小路上，慢悠悠地前行，这可能是属于你自己的特质，与别人没有太多关联。

其实错过的，终究没有勇气去懊悔，从来都是随着自己的脚步走，因为只有自己知晓自己的节奏，在一个自由的世界里，不用等待，也无须守候。当我尝试着走出来，不巧碰了壁，以致两空，难免感到不愉快，还是朋友那句话，不可弥补的不用劳心费力，至少没有错过属于自己的幸福就好，也许明天还是好天气。

去往梅花洲的途中，仍旧打算沿着过去走过的路线，可以在脑子里慢慢回忆着去年走过的路。沿着青莲路一直往前走，到了村委会，感觉很是熟悉，记得去年我就坐在老奶奶的家门口打水洗脸，那天天气很热，额头晒得很疼，于是我买来毛巾蘸着清凉的井水敷在额头，老奶奶找来小板凳让我坐着，她坐在旁边洗衣服。继续往前走，我看到了熟悉的幼儿园，周围尽是麦子地，收割过后焚烧了秸秆留下的黑色"伤疤"。旁边不远处，蓝色的219路公车等待着出发，几个孩子在空地上玩耍着，欢声笑语。

遇到不知道路的时候，便问旁边的人们，于是一路算是顺利，不久，穿过一栋房子，便到了海盐与枫桥的交界处。没走多远，看到了熟悉的那座桥，水里种植着圈起来的绿色水草，很是漂亮，于是跑过去拍下来，旁边几个村民正在忙着，看到我过去，停下了手中的活，我问起这种植物的情形。这之中，一位五十来岁的穿着淡青色衬衫、戴着草帽的男人跟我说："小伙子我以前好像见过你，你来过这里吧？"我说："是啊，去年的时候来过这里。"他笑着说："怪不得看着那么眼熟呢。"忽然感觉时光好像一直没有往前走，过去的一年似乎也没有改变什么，我是说，我仍旧这样生活着，骑着自行车在陌生的乡村里穿梭来去，即使看着这些朴素而平淡无奇的风景，对我来说每一次都如此不同。我遇到了一座旧的桥，在新桥不远处的田间小路上，上面模糊的字写着东风桥，嘉兴县革命委员会，建于1973年，距今已有42年的历史了，如今早已变成嘉兴市。几十年的风雨过后，这座桥已经是危桥，不能通车。

快到梅花洲的时候，遇见一处像是已经废弃的工厂，院子里满是淡粉色的花，像是一个花园一样，本想爬进去看看，可是转念一想，君子不做这种事情，还是算了。于是继续出发，直到十一点多终于到达梅花洲，将自行车停下锁好，把雨伞、打气筒和水壶交给了景区接待处的一个大姐姐保管，她人挺好的，因为这里本没有存放东西的服务。于是买了票，然后走进景区，欣赏起这一处的风景。

往来人们喧闹不已，我想找一处安静的地方休息，于是去了旁边的寺庙，这里清净很多，路旁的播音器中放着轻柔舒缓的佛教音乐，我沿着一条铺满青草的石路，走到了河边，长椅上落了几片青黄相间的柳叶儿，抬头望去，两棵垂柳长在此处。我坐在这里休息了一会儿，从包里拿出手机，看到有发来的信息，于是回复，然后收起。继续前行，穿过棕红色的木桥，闻见花的清香，此时清风拂过，不觉心旷神怡。走到一处石墙，中间的门紧锁着，从缝隙中望去，是一座石桥，门上的密码锁是五位数的密码，于是我过去，输了"15517"，寓意是2015年5月17来的这里。那是平时锁车子的长锁，伸长之后门空隙很大，可以进去，于是我调皮地钻了进去，过桥，望见一处开阔的地方，这里大概是僧人清修的地方，石台、竹林、草地，难得一处远离俗世喧扰之地，实在不易。

寺院是清修的地方，随处可见"不可喧语"的标示，而很多游人视之不见，常常笑声阵阵。我感到心烦不已，于是走远，坐在门口的椅子上，看着眼前河上的桥，人们来来往往，欢声笑语不断，旁边的餐点，人们边吃边聊，唯有身穿土黄色僧服的年轻僧人像是闭着目，一步一步地走在桥上，沉默不语，熟视无睹，安之若素。这样的内心空明，仿佛周围的世界并不存在，我不觉想起，或许这些年来，依旧还是尘世喧扰，出世安宁，不管是欢笑着，还是沉默着独处，都各自幸福，毕竟每个人对于幸福的感觉各有不同。

在安静的景区巷子里独自散步时，路旁两个人聊着关于慢生活的话题，故而想谈谈自己的感受。很多时候，生活的快慢与自己心境有关，慢生活的方式也有许多，但殊途同归，都是追求内心平和而已。就像我不愿安静地在屋子里消磨时光，而是选择骑行六七个小时，只为了到几十里外的地方静静地闲散着，坐在湖边看着游鱼细石，在小巷中漫步。前者看似好动，而最后还是在一处地方选择了宁静。

我们似乎难以喜欢上一直在身边的那些真实的景色，却能喜欢定格之后的风景，是不是平日里常常见到没有什么感觉，习以为常而觉得这些实在平淡无奇，美得能够刻印在心里的风景在别处我们没有到达的地方，因而当我们走出门，站在门口看着眼前无比熟悉的一切，难以觉察到这些是否是美感的所在，大多时候感受不到，而从定格后的画面中却常常看到许多不同的东西，只是转换了媒介，只是停留着的影像显得更美。

其实定格住的风景可能会留住许多东西，等到以后我们无法再回到那个相同的地方时，拿出来看，于是有所回想。我们却无法记起那时候春风拂面的真切感觉，那种愉悦感短暂而恒久。

断片的记忆

春末的午后是一天里最热的时候，当我在滨河坐上公交车时，看到公交车里的人们大都在睡着，似乎旅途很长，并不在意会坐过站。也许特定的时间会让人困倦，只想睡下，只有那个带着黑色帽子的司机一边开车一边听着评书，隐约听见"明日再战"之类的语句，显得气势浑重，仿佛把人带入了兵荒马乱、英雄辈出的年代。

车子里年轻的女人们穿起了美丽轻盈的裙裳和别致的凉鞋，粉白、淡青和灰黑。旁边的女孩子穿上了心爱的白色百褶裙，一袭长发扎起，两旁编织起来的辫子与后面的长发扎在一起，看起来像是童话里的公主，身旁的人困倦不已，而她在不停地摆弄着衣裳。

看着眼前可爱的姑娘，我也不觉间想起了妮萨——我的女儿。紧接着我像是本能地从包里掏出钱夹，端看着里面那张陈旧的照片，里面是妮萨和我在长河滩边的榕树下的留影，我记得那是在她四岁的时候，她还留着乌黑的长发，虽然她母亲一直想带她去理发店剪掉长发，让它重新生长，可她无论如何也无法相信漂亮的长发一旦剪下还能再次长起来，于是终于母亲也没拗过孩子。照片里我们坐在树底下隆起的树根上，朝着她笑得灿烂。

似乎还没到炎夏时节，生活里已经随处困意蒙眬，我们坐在短途的公车里，而眼前的情景，还以为我们都在做一段长途旅行，直到车子驶向终点停下后，司机喊我们下车时，我们才会不情愿地醒来。

炎热的天气里，人们经不住骄阳似火，不久前那座桥变成危桥，于是重修，只是公车无法通行，人们只能跑上一段路，走过那座桥。然后到对面等同样的一班车。不久一辆蓝色的公车驶来，人们纷纷拥挤着上车。中年司机穿着淡蓝色衬衫，戴着墨镜，那样的装扮让人觉得他像是 20 世纪 80 年代的年轻人装扮，不知是否如此，我不是活在那个年代里的人，只是在古旧的照片中或是书籍里看见过那个时代的些许影像。

坐在我旁边的姑娘穿着一件深黑色的连衣裙，露出长而白皙的双臂，那扎起的长发被车窗外的风吹散，不经意间我转过头，恰好撞见了她的眼神，于是微笑着以示礼貌，她的微笑感觉熟悉而迷人，感觉像是在过往的某个时间里曾遇见过。我们同在医院北门站下车，一开始我径直往医院走，不久看到她步子很缓慢，左脚轻点着地便立马抬起，于是过去扶着她走，我问她怎么了，她说昨天摔了一下，脚扭伤了，走起来一直疼着，我说我也是，昨天骑车出去的时候摔了一下，伤了胳膊肘和左脚，自己后背都疼，昨晚还没觉察到，今天发现胳膊不能伸直了，所以才来这里看看的。谁知道今天那么热的天气，实在不幸。

我搀扶着她一起来到医院，走过林间小路，穿过木桥，闻见浓重的油漆味。于是加快脚步，转而望去，一个人在河边的木板路上涂着橙色的油漆。走进医院，挂号，填表，交费，然后沿着电梯到二楼外科等候，椅子上人很多，给我们的纸上写着下午十五号和十六号。于是坐在一起等待着，我们的胳膊相距很近，而且黑白分明，我们看了看之后，都笑了起来，我说起过去的这段日子习惯了周末一直出去骑车，所以白皙的肤色也终于变得暗黄，如果一段时间不出去，大约可以恢复，然而脚步似停不下来，于是如此。我们坐得很近以至于闻见她身上散发出的属于女人的香水之外的独特气味，顿然内心愉悦。她跟我说她的名字是俞欣雨，年纪与我一般，家就在林家埭那里，距离我所在的地方并不远，而我也曾多次骑车到她的村子里闲转，印象中并未见过。当我说起那个绿色的自行车时候，她对我说："我的确见过你，虽然都是穿着一身白色的衣服，好几次从我家门口的那条路上经过，还停下来，拍了我种的那些花儿。一株粉白月季，还有淡蓝色和粉色的绣球花，你在那里待了好几分钟，还到走廊边的水池中洗手。"我回忆着过往，隐约想起像是有这样的一个地方，只不过并没有太多在意。

我问起现在的花开得怎么样，她说还在开着，不过上次的几场雨，已经淋落了许多花瓣，可能过段时间就要谢了。

不久轮到我们，于是到了第三科室，医生听我们描述了情况后，在一张纸上写了许多认不清的字，让我们到楼下拍个片看看。这样来回折腾了很久，最终却只是开了一副可有可无的药，打发我们走了。像是一开始不应该走进这扇门似的。我忽然想起不久前那阴冷的走廊，躺睡在移动床架上的穿着蓝色条纹的人，还有孩童的哭泣声。

我依旧搀扶着她出门，到公交站台那里，这里已经被放学的孩子占据，我问一个孩子为何放学这样早，她说周一放学很早。我对欣雨说："现在你要回家吗？我请了半天假，晚上再回去，我一会儿去图书馆看书，然后吃饭。"她说："我今天在家休息，要是你去图书馆，那带我一起去吧，我也想去看会儿书再回去。"

于是我们一起在图书馆附近的车站下了车，扶着她走进电梯，在安静的午后，阳光照进的阅览室里，消磨了一个下午的时光，晚上吃完饭后才回去。路上我跟她说下次去看看她家门口的花。

相遇的时光

　　我和薛婷，其实只是在路上的时候无意间看到了对方，我记得当时车上只有我和她，还有一位中年妇女以及旁边坐着的一个小姑娘。在某一刻，我不经意往后面看了一眼，只有她一个人远远地坐在那里。在闲聊中得知，坐在我对面的这个人原来是一个做红娘的，听说我的来意后，非要给我介绍对象，还让我留了联系方式。

　　下车后她看到我和薛婷一块儿下来，得知她也来参加相亲会，而看到我们俩站在一起中年阿姨觉得真的是说不出的般配，气质、个性、谈吐以及身高等，她说："你们俩真的太般配了，也别那么麻烦了，你们俩谈得了。"我们俩当时都很害羞的样子，其实简短的闲谈中，我便感到她大概是那个我想找的姑娘，因而心里面自然也是一阵欣喜。后来我想，如果不是因为那位中年的阿姨，就我们俩这样内向，大概不会主动去接触的吧，真的要感谢她。

　　不久我们一起进去，今天来的人很多，都是单身的男男女女们。我们签名等过程完成之后，便坐在一起聊天，像是熟识的朋友那般，不知道的还以为我们俩很熟呢。说来也真是有些巧合，她是一个老师，比我小一个月，本来我还想，要是她比我大了，会不会介意年龄的事情，现在至少可以打消这个顾虑了。

　　初始的环节是男男女女上台跳交际舞，顺便找到自己心仪之人，我们俩没有去，觉得自己肢体协调性不大好，去跳的话实在是太不适合了。直到后来"抱对抱"的时候，我拉着她一起去了台上。这个游戏挺简单的，从十几个人逐渐减少，最后只剩下我和她以及另外一个姑娘，三个人中最后一男一女两个人抱在一起算是赢，结果自然是明显不过的事情了。后来想起，不知道当时她是否已经知道我一定会抱着她。当说起口令时，我从背后紧紧地抱着她，因而我们俩最后算是赢了这个游戏，主持人说："你们俩是不是早就认识的，一看就是夫妻俩，表示怀疑啊。"我解释道："我们俩挺有缘的，一起坐车来参加相亲会的，彼此心仪，印象都还不错。"最后要互相戴钻戒，主持人在旁边开玩笑说单膝下跪，要不双膝下跪，我们俩很害羞，所以我也没有这么做，于是拿起戒指给她戴上去，最后彼此拥抱，害羞也是自然的事情。我在想，真希望这次戴钻戒不是开开玩笑，而是极认真的事情。后来的环节里，我们也参加了，吃蛋糕的游戏，她闭上眼睛喂我吃蛋糕，结果一下子弄到我鼻子上了，嘴也被堵着，自然吃得慢了，虽然输掉了，可是还是很开心。

在整个过程中，我好几次去给她倒水，端来水果，饶有兴致地聊着，好像并不是来这里相亲的，走进这个地方之前的那一刻，我自己便感觉到，如果真的找到了那个姑娘，也就是她了。有时候想，其实还不如两个人直接走开，没必要参加这个相亲会了，整个过程中我没有注意任何其他的女孩子，对我来说，仿佛只有她一个人在我身边，而忽略了原来还有别人的存在。

后来有一次约她，在太阳快要落山的时候见到了她，那天我在海盐待了一整天，骑着车子在小路上转悠，穿过街巷，有路便往前走，到了尽头便折返。春末容易让人困倦，于是我在河边停下，坐在河边的柳树下看书，清凉的风不时拂过侧面，悠然惬意，后来到图书馆中，给她发了信息，等她午觉以后出来，我在那里等她。

大约五点多的时候她说自己头发乱糟糟的，没有打扮，实在不想这个样子出来见人，我倒是觉得没有什么关系，在我的眼里，无论是那个穿着漂亮长裙、神采奕奕的姑娘，还是没梳齐整的头发、普通衣着的姑娘，都是一样的喜欢，毕竟不管如何，她终究是她，对我而言已是足够。于是我主动问起她的所在，骑着车子去寻找她的踪影。路上问了一些人怎么走过去，最后终于找到了，远远地望见一个穿着白色衣服的姑娘站在那里，我不大确定是她，有些看不清楚，只是慢慢走近，感觉到是她没错了，见了面稍微有些拘束，不久便很随和地聊起来，两个人一边走一边聊着，却不提前日的事情了。当我们准备坐公交车去绮园时候，她的朋友打电话约她出去，于是我便回去了。可能会觉得我这样等了一整天，胳膊也晒黑了，刚见到不久就要离开，真的有点不大好的样子。对我来说能见到她一眼就足够了，即使没有见到她，我也并不会感到生气，许多时候更多的是等待的过程，至于最后的结果也看起来不大重要了，能见则喜，未见不忧，我大致是这样的感觉。

　　过了三日，我们约好一起吃饭。于是我骑着车子沿着老公路走，一口气骑到了海盐，已是气喘吁吁。未到她的学校，人已经走了，便让我去大润发那里等她。穿梭在往来的人群里，仿佛前日在车站那里等待她的情形，感觉往来的很多姑娘都与她有几分相似，却终究不是她，也许是我想得入神了，便把别人也当成她的缘故。终于望见她在那里买糖果，我微笑着走过去，她看到我笑了一笑，聊了起来，买了一些东西。

　　我制作了一本自己的画册送给了薛婷，上面记录着我这五六年来的大致生活足迹，并且附上一些简单的文字。以我自己的表达方式，这也是我所想到的一件礼物，虽然不是贵重之物，但心意所在。我们坐在超市的椅子上，一边翻着，一边聊起来，那种情形现在还记得。后来我问起她，那本画册她的妈妈看到了没有，她说看到了。我说："那你妈妈怎么说的？"

　　"你猜？"

　　"那小伙子真黑。"

　　"没有，她说小伙子挺白净的。"

　　"那是因为阿姨没有看到我晒成了这个样子，两只胳膊现在还是黝黑的呢。"

　　"没关系的，脸白才是重点。"

　　出来后，我们在绮园转了一圈，本来以为可以到里面逛一逛的，我们看到大门紧闭着，这个时候有两位老人，像是夫妻俩，在旁边不远处散步，我便走过去向他们询问绮园是否开着，他们说："晚上不开了，你们可以到另一个门看看。"我们按着老人的指引来到这里，可是也是关门了。

　　回到商业街，我们在一家餐厅吃了晚饭。今天她穿着一件白色的上衣，黑色的裙子，略显些许疲惫。她说自己晚上回家洗头了，好几天没洗了。在我们吃饭期间，聊得最多的，却是关于我去年同事介绍的一个姑娘，前因后果，来龙去脉说了一遍，中间穿插着许多后来的思考，对自己以及那个姑娘。当时不知道为何就提到了这件事情，于是我就一直说啊，说啊，说了很多。自己也觉得没有什么隐瞒的事情，至少现在能以坦诚平静的态度来说起这些过往的事情。毕竟相互没有喜欢上，而且各自个性中都有所欠缺的一面，让整个事情显得拖泥带水，各自都承受了许多东西，实在让人感到不安。说起这些事情，仍旧感到一丝亏欠，这辈子与她相遇，到最后却因为自己的无意之举让她受到伤害。不管怎样，我作为一个男孩子，在这些事情是都是很对不起她的。我和她说，有时候真的对她挺不公平的，好的男人有很多，如果只是遇到了我，那对她是一件多么不好的事情。不必过于强求，即使父母多么喜欢，也应尊重孩子的想法。

饭后我们一起散了会儿步，便走到大润发门口，她说赶快回家要洗头了，头上油油的不舒服。这时候我不知道何故，伸出了右手碰了她的头发，她没有生气，我说还好呢。女孩子长头发很好看，就是夏天时候有些不方便了，要经常洗头。于是相互告别，夜色渐深，她也有许多事情要做，而我没有家庭生活的顾虑和羁绊，只是过着自己无忧无虑的生活。于是有次她说，每个人都有自己的生活，委实如此。

当你离开时，你会带走什么

　　每次离开一个地方，都会遇到这样的困境，自己不可能带走所有的东西，只能随身带着很少的部分。在这些不断重复的事件里，渐渐明白，自己所珍视的事物随着时间情境而不停地变化着，原来觉得很重要不能丢弃的东西也会最后舍弃，每一样东西都承载着特殊的意义，而我们的人生承载不了太多，只能容纳很少的部分，因而只能是不断经历获得和失去的过程，附着在事物上的记忆和美好的意义随着时间不断冲刷，逐渐抹去原先极为珍惜的情感，变得普通与平常，然后不自觉地忘记，自然而然地放下，离开。

　　那些依旧完整，只是有些渐渐枯黄的信件记录着过往关于某个人的回忆，而今读起，如在昨日，因不得不面对后来不断认识的人们，渐渐少了完整的空间。留着这些可能引起不必要的误解，因而连着许多张照片，找个无人的地方烧掉。看着里面的人逐渐为火所噬，变得模糊不清，转眼间成一堆灰烬。

　　每次要离开，望着身旁的书山忧愁，似乎总是这样无法避免宿命，去挑选更喜欢的，剩下的大多数最终都成了废品，价值数元而已。背着剩余的行囊继续往前走，也常常幸运于遇见新的事物，或多或少弥补了此前的失落。漫长的人生路途中，就这样一边失去、一边获得，不断循环着这样的光景。日子久了，也渐渐习惯，明白了某些脱逃不了的宿命，有时候干脆会这样想，人啊，真的是傻瓜，看重的许多都是没用的东西，在同类眼里，偏执地恋着某些无法为外人所理解的存在。犹如宿命般背负着令人嘲笑的负担，这样注定了无法逍遥于世间。不像动物从来不会珍视自身以外的事物，有了食物和水这种维持生存的东西，它们可以浪迹于世界的任何一个角落，不会因在一片土地生活很久而产生紧密的感情和眷恋。

养 蜂 人

　　遇见养蜂人，真是一件很巧合的事情。

　　那天我下班以后，像往日一样，骑着绿色的自行车到附近的村子里转悠，在平整的小路上，听着音乐。有点风，而有些不可思议的感觉在于，每一个房子、院子都如此安静，无人在。院子的地面干净得很，像是刚刚清扫过一样。望着前面的路，竟是无人来去，真是很奇怪的事情，像是置身于一个无人的世界一般。

　　我继续寻着花儿走，前面不远处有一家的门口种植了天麻，开出的花儿很是漂亮，上次遇见的时候天色渐晚，因而想趁着天气好的时候再来仔细看看。并且想问问花的名字，也许真是巧合，恰好这家人在家里，上一次只是门开着，听不到有人在。这一次我想问一下，于是轻声喊了有没有人在，只听到里面厨房做饭的声音，于是再次问了一声，走到厨房旁边，看到一个30多岁的男人，和一位老太太，应该是他的母亲。我打了招呼以后，说明了来意："看到那么漂亮的花，转了很多地方，发现这种花好像只有您家这里才有，想询问门口那株花的名字。"于是我们走出来，到那株花的近处，聊起这花来。他说是母亲从别人那里借来的，去年的时候只是一株很小的苗，现在长得如此茂盛，据说这花好像是一种药材，和天麻比较接近。忽而他问起我："你也喜欢花啊？"似乎觉得一个男孩子应该不会喜欢花花草草。我回答说："嗯，我家里是北方的，以前见到的花很少，来到南方以后，看到这里的花生长得很好，所以特别喜欢；另外一个原因是我平时喜欢画画，而且画的大都是花草，所以见到花，很是喜欢。"

　　继续往前走，只有不多的几户人家，我在想是不是前面没有路了，于是问了坐在家门口的中年女人，知道还是有路走的，便推着车子走在狭小的土路上，沿着这家房子的侧面走过去，忽而看到了熟悉的风景，这不正是上次遇到那两个孩子的地方吗？我不禁愈加欣喜，也许还会遇到他们两个人，我心里隐约有这种预感。这家的房子墙面绘成淡粉色，与周围的灰白色互为映衬，像是一处独特的景致。

这位老爷子对于蜜蜂的感情恐怕不是我们所能想象的，四十七年的时光，陪伴着数不清的蜜蜂，它们的生命短暂，来来回回恐怕不知道已是多少个轮回了。

看起来并不是想象中的年纪，很有精神的女人。她说起丈夫对于蜜蜂的喜爱，这么多年来都一直如此，痴迷于养蜂。她忽而问我："你也喜欢蜜蜂吗？"我转念片刻说："嗯，是啊。"蜜蜂是很聪明的昆虫，十分有序，有的带着花粉回来，有的带着花蜜，到达自己的房子以后，吐出来转而继续去花朵那里采蜜，而奇怪的是，它们很有序的，花粉与花粉一起，花蜜与花蜜一块。蜜蜂的勤劳是我们无法想象的，我们人忙得累了，还知道休息，而到了花盛开的时候，蜜蜂们忙来忙去一刻不停，像是永远不知道停歇。有时候感到，这是不是一种命运，蜜蜂的勤劳，与飞蛾遇见灯火那样，像是有种使命一般，不会有任何杂念，一心扑在自己的事情上。

冬天的时候，蜜蜂们就可以好好休息了，因为那个时候花儿大都凋谢了，无蜜可采。这或多或少是件好事情，终于能够休息了。对于蜜蜂的感觉，有一种同情和敬意。我慢慢地走过去，他说小心一点儿，这儿蜜蜂很多，容易蜇人的。其实我站在旁边的时候，飞来飞去的蜜蜂并没有来蜇我，这是很奇怪的事情。于是我小心翼翼地走近，走到蜂巢旁边，看到许多蜜蜂围在那里，爬来爬去，很是可爱。闻到一种很清香的气味，在别处没有闻见过的，这种感觉很是特别。

好长时间过去了，我发现蜜蜂们对我挺友好的，大概是因为我没有招惹它们，而且身上也没有喷香水，所以气味儿普通，它们不会留意到。我站在离养蜂人不远的地方，看着他取出一块块木板，上面全是蜜蜂，他说要去掉上面的雄蜂的卵，雄蜂不可以太多，它们只是起到和蜂王交配的作用而已，多了不好。不久以后他找到一个蜂王，便让我走近看看，和周围其他的蜜蜂是不大一样，个头稍微大一些。他说，蜂王每天要产许许多多的卵，生下好几千只小蜜蜂呢。这是她存在于这个世界上的使命，没有其他的可能性，如此纯粹。对于真正的养蜂人来说，带着蜜蜂到处找寻有花的地方，是一件很累的事情，其中勤苦是我们所无法想到的，对于体力有着很大的要求，更重要的是要克服许多困难，一个人一年或大半年的时间在外面，周围都是不认识的人。自己一个人生活，只有这些蜜蜂陪伴着。若是遇到下雨的天气，情况便更加糟糕了，有时候行李会被淋湿，睡觉也无法睡得安稳。尤其是在远离城镇的地方，想买个东西都是很难的事情。年轻的时候都在外面跑，如今年老体力不允许了，实在是没有办法的事情。

　　说到蜜蜂的事情，忽然想起，同事问起我，现在这个季节还有没有花？我也感到疑惑，毕竟已经是春末了。所以我问起这个事情，他笑着说，还有许多花的，比如西瓜花、南瓜花以及其他的花，并不是只有春天的油菜花。接着我们聊起这附近的花，我说起这半个多月以来一直在这附近的地方寻找花，也找到了许多以前没有见过的花，不过只是个别人家种植的，因此很少。也说起了三叶草的花和秋天山坡上开满的彼岸花。天色渐晚，我也差不多要回去了。我说："等天气好以后，周末的时间里，我可以过来待上一天，做一些力所能及的事情。"

追寻陌生的旅程

晚上洗澡的时候，我发现两条胳膊各有一块红色的印记，不久才想起是今天出去的时候在太阳底下晒的缘故。

早晨起早，到办公室打开电脑，继续翻译关于马基雅弗利的一本书，因是朋友所托，所以不得不继续坐在这里写着。直到中午感觉进度差不多了，才放下手头的事情，煮了碗西红柿蛋花汤当作午饭。我想如果吃不饱，可以在路上买几个包子作为补偿。

收拾了一阵，便开始今天的旅程了。这应是今年头一次到北面的村子里去。按照去年经常走的路线，穿过西塘桥、西塘村，经过孔家浜和永宁，最后到达平湖地界的马桥，如果还想继续路程，无非就是曹桥直到平湖市区，这也是我走过的最远的旅程。今天的时间有限，只是一个下午，所以应该过三号桥就不会再走远。

我骑车子往西塘桥去，买了两个鱼香肉丝和两个霉干菜馅的包子，一袋酸梅汁。如往常一样，穿过大桥，到达十字路口，然后重新刷一次卡，便继续前行。到了一处地界的时候，我想起那个姑娘曾经说过她的家在不过桥的地方，恰好此时旁边有条小路往村里去，便沿着那里骑过去。地里栽满了油菜花，随着风儿浮动，很是美丽。我拍了几张，继续往前走，这里有好几排房屋，并不知道哪一个是她家的所在。

我往右走，看到一个中年女人推着三轮车正要出门，便问她这里是什么地方，她告诉我村子的名字。当她问了我一些事情以后，我开始问起那个姑娘的名字，是否住在这里，她说有的，就在那边。她手指着西北的方向，说她家的房子从这里看不见，于是往后走点儿，指着那个两层的房子说，就在那个房子隔壁，是个三层的建筑。

她说："你跟她什么关系？"我说："我跟她在谈呢，她听完以后露出了笑容。"说道："你们是男女朋友喽，再谈谈看，应该差不多的。你现在过去吧，她们家有人的。"我说："现在还不方便去，关系还没有确定下来，等谈好了再去吧，说不定。"

我已经迫不及待地想去那里看看，以前她说过在门口照了照片，于是我想着有一天根据这张照片上提供的线索找到她的家，不管她在不在家。当然，今天我知道她不在家。转过巷口，便看见一个三层的房子，门口有支撑电线杆的埋在地下的支架线。我愈加确定这就是她的家了，绳子上晾着红色的毛衣，随着午后的暖风摇动，没有人在，一片静寂，一阵暖意融入心底。拍了她家的房子及周围风景后，我继续开始这段旅程。沿着涵洞穿过高架桥，走出一片暗的路途，豁然开朗，几个人家门口种满油菜花，分外美丽。

骑过小桥，看见田野里有个人在河边钓鱼，周围尽是绿油油的麦苗和金黄的油菜花，阳光照进河中，构成优美的风景。在村北的屋前屋后，遇见梨花，穿过大桥到了平湖，路边植有白色与浅紫色的玉兰花。我停下来，伫立在那里，看着偶然间风吹落一片玉兰的花瓣，轻轻地飘落到地上，这一切让人不觉思绪纷纷。

我没有继续往前走，只在此处停留便折回去。到了高架桥旁，我往来时的方向再一次经过她的家，门口有两个上了年纪的老人，应是她的爷爷奶奶，我在她拍照片的地方留了一张影。

回来以后，我并没有回到宿舍，而是骑车子沿着海边走，有段时间没来这里走走了，听到远处传来海鸥的鸣叫声很是动听。我骑车子往前去，忽而一只淡黄色的蝴蝶飞到我眼前，然后并没有飞走，而是一会儿飞到左边，一会儿飞到右边，很久才飞走。

梅　溪

　　周末到来之前，我就打算如果没有什么事情就出趟远门，于是周六清早骑着电瓶车，一直到汽车站旁边。本来打算到杭州的弟弟那里度过两天，可他说手头有些工作没忙完，而且天气并不好。到了车站，我便跟他说下次再去，等梅雨季过去，天气晴朗的时候。

　　接下来要去哪里呢？我思忖着，此前考虑过去丽水，想去看看丽水东面山里的梅溪村，于是想，要不就去丽水看看吧，虽然去那里并没什么事情。在地图上看见丽水四周环山，而梅溪就在东边稍稍往山里的地方，也许是个不错的去处呢。于是买了去丽水的车票，八点半的时候坐上了去往丽水的车子。尽管天气不一定会转晴，但既然走了那么远，回去只能让人感到遗憾和不安，索性还是去吧，在没有准备的情况下去一个陌生的地方。

　　这样临时决定出远门往更南的方向走，大概主要是为了摆脱这雨雾沉沉的天气，然而车子走了一百多公里后窗外仍旧是相似的情形，愈加阴沉，雾气浓浓。远处安静的铁轨间，倏忽间一辆橘红色火车驶过，而近处一旁低矮的树林未起动静，到底要走多远的路程，才能冲破这样的天气，看见澄澈的蓝天？

　　这一路天气时好时坏，有时候看见窗外的天空变得透亮，以为天气会变好呢，转眼又阴雨绵绵，滴落在车窗上的雨点，渐渐汇聚成水流垂下。而外面雨点密密麻麻掉落在地上，将路清洗干净。

　　车子穿过许多幽暗的隧道，从白亮的色彩忽然变成暗黄的微弱灯火，或明或暗，车里的孩子每到这时都大声喊叫，又黑了。而我们愈加困倦，在这漫长的途中。车子在长得望不见尽头的隧道中穿行，微暗的灯火不停闪过，只是一瞬间，忽然感到像是所有的事物，不管是让人欢愉的还是烦忧的，都随着车子快速前移被抛开，这时候感觉到一种虚无。想想这样的情形总会有些让人恐惧不已。

正如每一次远行的路上都会留有遗憾，隔着车窗看见疾驰而过的美妙风景，却不能下车去观赏，真是一件让人遗憾的事情。对我这样即兴旅行的人来说更是如此，本来就没有确定的目的地，如果遇见好的风景，我很愿意留下来欣赏。当车子经过枫树湾的时候，看到窗外青山脚下的村子风景很美，一条宽阔的白色溪水环绕着山，而明黄色的房子矗立在各处，可惜不能下车，否则我很愿意在这里待上一天。

当车子经过平缓的低地的时候，村落愈加多起来，田野里整齐的畦田种着不同色泽的蔬果，青黄色、绿色的蔬菜纵横交错，在细雨的润泽下显得愈加水灵。而远处笼罩着一层薄薄的白雾，夹着雨，透着风。

车子快到丽水市区时候，经过了环城河，一条很开阔的河，远处尽是起伏的山峦，在雨雾的笼罩下若隐若现。最后到丽水，已经三点半了，意味着我们从八点半出发，已经行驶了七个小时。路程真是很漫长啊，我这样感慨着。同事果真说得不错，路程确实很远。

下车以后我便快步走出车站，第二天车子九点半发车，意味着我并没有太多时间在这里，而且天气不好，黑夜也会比往常更早降临，我不能再耽误时间了。但到哪里去呢？我第一想到的是刚刚经过的环城河，于是沿着丽青路走，不久便看到刚刚经过的水东大桥。走着走着，望见红色的建筑楼，于是想进去看看，恰好是丽水外国语学校，我曾在地图上见过的地方，跟门口的保安好生说了一些，才放我进去。时值暑假，学校的人很少，只有几个孩子在操场打篮球。我进去逛了一圈便到旁边的环城河去了。

这条河叫好溪，源头在大盘山，一路绵延弯曲很长的一条河。这天天气阴沉，容易给人一种躁郁感，我就想，这次就算是来踩踩点，下次天气好的时候再专门来这里。

其实我来这里，只想去梅溪村，然后沿着梅溪往西走，过桥到市区，再沿着丽青路转到开发路，最后走到中东路一直走到尽头，这条路我在想象中已经走过许多次，是一个和我关系很好的姑娘住院时候，我去看她时常常走过的路线。我依稀记得从她的家中出发，走出村口的那座桥，沿着小路一直走，经过几处零落的房屋，穿过铁路下的狭窄涵洞，不一会儿便到了 13 路公交车站，在那里坐上车，大概四五站就可以到农贸市场。这时候可以坐六路车直达医院，但有时候我选择走过去，其实也就七八里路，对我来说并不算远。我原本是想按着这样的路走的，虽然时间不够，但我还是坐 13 路车往水东村去，在那里下了车，买了个烧饼吃起来，毕竟一天没有吃过什么东西了，肚子很饿。恰好遇到个骑电瓶车的人，他家就在梅溪附近，于是带着我一块去了。天开始下起雨来。他说自己也常年在外，知道出门在外不容易，能帮就帮点了。得知我到梅溪，他说那里并没有什么风景，只有再往里走，风景才很多。喜欢山的话应该去白云山，那里才是真正的山。

在梅溪村口下了车，我向他道了谢，不久以后他的身影便消失在迷蒙的云雾里。

我并没有直接进去，而是继续往里走。过一会儿，雨停了，云雾逐渐散开，慢慢地看得见山的轮廓，一片青绿色，山间隐现着灰白色的房子。我沿着溪流往前走，到寺庙而止。这时候天色渐晚，我想差不多该回去了。或许一会儿去村里转转再回市区。最后一班公交车应该是下午六点半发车，应该可以赶得上；要是实在赶不上，我走回去也行。

村落里一眼望去满是青绿色树林，灰白色的房屋散落其中，走过去的时候，几乎看不到人迹，仿佛这里并没有人生活。不像北方的生活，人们平日里大都出来，闲聊着，而不是待在屋子里。这一点我在南方的这几年里感受比较明显，似乎这里的人不爱说话。

梅溪这里已经没有多少人家了，这些年里人们搬迁到别处，留下的并不多，不到三十户。这时候还飘着小雨点，桥上低洼的地方积了许多水，我不得不小心翼翼地走过去。走进村子里，迎面而来的是一处开阔的空地，和一处古老的泥土建筑，就像儿时老家那里的土房子一样，用干稻草和泥土混合起来搭建而成的房子，一扇门开着，几个老人在打牌，静静消磨着时光。无数漫长的日子里，都不曾有新的事件、新的面孔，大概是这样的缘故，我的到来才让他们感到很是惊奇。熟悉多年的村子里出现了陌生人，于是朝我打量着。我觉得有些尴尬，才说自己来这里拍一些风景，尤其是老房子，所以看到这个房子才过来瞧瞧，多少化解了一些不安的情形。

回来的路上，我想起从前和蓉一起，在这个群山脚下的安静乡村里，常常在夏日晚饭以后，两个人便去不远处的小路上散步，愉快地相谈，渐渐走上不高的山。当我们走累了，就歇一会儿，并坐在光滑的石头上，看着西边慢慢消失的晚霞。而下山的路上有时候我背着瘦弱的她慢慢走下来，而我那时总希望这下山的路足够长，能走得很久，很久。

生活·感怀

古诗·海外

荒，一个过程与结局

荒，一个过程与结局

（一）

一天的午后，家里只有我一人，不知什么原因午觉没有睡好，在床上发呆，既然睡不着，索性起来转转。

往小学去的路，也是这个村庄的主路，在现在的季节里，异常繁忙，有的人忙着收获，有的人则忙着耕耘，熙熙攘攘。到现在，已经基本上结束了秋收，况且霜降季节已经到来，周围的一切显得更加萧索。这条路又恢复了往日的平静，该走的人大多已经离开，留下的不多，我算其中一个。

往东边去，是这个村庄的后院，土地将村与村之间区隔开来，远远看到田野中有一处人家，红色的砖，泥土的后屋，好奇有谁会住在这个远离众人的地方。

有风吹过，地上的落叶随风四散，抬头望去，才知道树上的叶子快要落尽，剩下光溜溜的树枝，在渺茫的天空中绘出一幅抽象的画作。走近这里，才发现屋子已经荒废，斑驳的泥土砌筑的墙，勉强支撑着上面仅有的屋顶，狂风骤雨早已经将房顶摧残得不成样子，只剩下不到一半的面积，芦苇夹杂着泥土，几欲掉落。似乎在哪里见到过这个景象，一种似曾相识的感觉，方才想起，在并不遥远的以前，这样的房子在田野中很常见，往往都是建在自家田地的旁边，放一些农具之类，偶尔农忙的时候会在里面住上一段时间，房子门前会建起场，用来堆放收获的粮食。

以前的收获季节，往往会持续一二十天甚至一个月，由于周期比较长，收获来的粮食需要有人看着，因此这样的房子随处可见。多年以后，农业机械解放了人们的身体，也促成了许多事物的消逝。

一边走一边在想，是不是有小路通往那里，于是在房子的东边发现了一条狭小的从杂草中踩出来的路。既然已经荒废，心想着进去看看，究竟是什么样的状况，这并不像流浪中忽然发现一处人家一样的欣喜，这样的荒芜，并没有给人一种奇异的感觉。到了门口，环顾四周，只是一间睡觉的地方和一个小得不能再小的厨房，我若是进去，还得弯腰低头。那个睡觉的地方，说得有点不符合实际，连一个门都没有，向屋里看去，只是一处光亮，一片天空，用陶渊明的话说，"环堵萧然，不蔽风日"。不过我似乎看到一堆陈旧的衣物在墙角处，上面布满了蜘蛛的网，想必先前住在这里的人已经离开很久。像一个好奇的孩子，我一点儿都不害怕，直冲冲地往里面去，当我自然地转过脸来的时候，目光忽然停留在我面前的黑影上，透过绳子上搭着的衣物，我分明看到了一个人，像打坐在那儿一样，眼神里看到了一丝惊异，只是很淡很淡。着实把我吓了一跳，我根本没有料想到这里还会有人，多么隐秘啊，将我吓得这么厉害。我听不到他嘴里嘟囔着什么，我也不知道自己说了什么，大约数秒的工夫，我礼貌地退了出来，心里方才有所回转。于是低着头塞进了狭小的厨房，一处灶火，却没有锅，锅盖放在旁边，上面布满了厚厚的灰尘，桌子上也是，一个碗斜躺着，似乎很久没有拿起过，脚边的水桶积着一些水，一片漆黑，仿佛通往无尽的深处。

事情发生得这样突然，我记不清那个人长着什么样子，也不敢再进去，于是灰溜溜地出来，继续前行。

他是谁？多大？亲人呢？发生了什么事情？为什么住在这里？如何度日？一连串疑惑在我脑海里，只是我期望不到会有什么答案，我也不会不知趣地向别人打听关于他的一切，别人会感到很奇怪，为什么你打听他？你是他的什么人？你又是谁？一系列的问题，不会有人去问，当然也预设着你不会向他们打听这样无聊的事情，像是天方夜谭一样。心里在想着，这个无聊的孩子，到底发生了什么事情了，为什么关心这样的事情？

从后面穿过一片树林，便到了村庄的尽头，这里，显得有些热闹，虽然依旧是人烟寥寥，至少这里的房子，见证着一年偶尔的繁闹，在过年的时候。到处都是两层的宽阔的楼房，有几家已经是三层的规模。

似乎才过了二十多年而已，仿佛进入了一个崭新的世界，变了样子。新的事物很快替代旧的事物，在原有的基础之上生长开来。它们抛弃着过去，最深刻的是抹去对过去的记忆，似乎它们不曾活在陈旧无比的世界中。人们在不断地抛弃着旧有的事物以及头脑中的记忆。

人们真的能够完全抛弃旧有的一切记忆吗？那在风中萧瑟的高楼向西风诉说着什么？他们是否在现代的世界里获得了新的希望？如此年年奔忙，想得到的和实际换来的是否如他们的心愿？也许，在新的世界里，他们在心理上并没有准备好，而这一切就这样匆匆地到来。这片土地，曾经是他们生活存在的所有依据，属于他们。而今，生产力的解放夺走了人们心灵上的关于土地的所有。人们不禁问，这片土地究竟属于谁？这里的乡愁，是否属于他们？这里或者千里之外，哪一个才是自己真正活着的地方？若不是，这里的记忆为谁存留？

有时候会想，究竟是土地、乡村抛弃了生于斯长于斯的人们，还是人们在某一天觉醒的时候无情地抛弃了它们？有人说，现代化大潮袭来，人们无法置身事外，是被动的、无奈的；或者，所谓现代化大潮，是人为推动的结果，人创造了世界，世界同时创造了人。这就像人的孤独一样，是因为无所事事而感到孤独，还是因为感到孤独而无所事事？

（二）

究竟是什么样的存在会让一个人不想回到正常的生活轨道上来，一辈子不愿意面对自己和他人。生命中看似小小的细节上的疏忽会给一个人的一生带来如此不可思议的变化和影响。在一个人的一生中，对于幸福生活的追求过程中最大的危机和阻碍并非来自自然的不可控的因素，从根本上来说，还是在于他所处的社群，在于形形色色的人际关系的变化。在某种程度上，一个人所在的社群能毫不费力地毁灭他的人生，即使是在其他人毫不知情的情况下，这种十分微妙的存在竟然会有这么巨大的力量。

无论一个人有多么坚强，总会有内心感到脆弱和无力的时候，看似不起眼的闲言碎语，竟然会对自己造成那么严重的威胁，却无可奈何。这个社会结成了一张巨大的复杂的网，每个人都与他人发生着这样或者那样的关系，喜欢、嫉妒、仇恨、厌恶、欣赏、接纳，诸如此类，每一种选择都受到其他人的影响和制约，由此让生活充满了神秘感和偶然性，让人的际遇更加丰富，更加不可预测。

现实世界的人们有时候是无比脆弱的，至少在心灵上，有许多看似简单而实际上做起来却找不到头绪的事情。

　　这个故事本身似乎并不复杂，至少是在我所询问的人的口中所显露出的态度和观点中是这样，无非是一个人从正常人变成了所谓的"疯子""神经病"。至于其中的真相，我想，是永远无法探寻了。因为我所能够得到的关于这个事件的解释，都是根据自己的所见所想做出的，只是猜测和推理，而他自己的内心所经历的痛苦的过程，是外人永远无法得知的。这也是他远离了正常生活的关键因素，我只是对于这件事比较关注，希望能够多了解一些关于这个人的支离破碎的故事，然后再拼合起来，最大程度地理解事情的始末。

　　这个人，我仅有的印象还是在十多年前，他要饭的时候来过我们家，似乎那个时候还赖着不走，使我们感到害怕，后来在许多人的劝说以及武力威胁下才离开。就我现在的印象而言，至少那个时候他并没有完全神志不清。自那以后的许多年里，偶尔会在上学的路上见到他，长长的散乱不堪的头发，穿着破旧的军大衣，一手拿着蛇皮口袋，一手拿着一根粗长的棍子，看着就让人感到害怕，于是大家都避而远之。渐渐地，就没有他的音信了，直到今天，再看到他的时候，他已经完全失常了，口中嘟囔着听不清楚的字眼，几乎面无表情，呆呆地坐在破床上，像打坐一般，让人费解。

　　从别人的口中得知，他今年已经五十有余，但看起来却像个风烛残年的人，现在的他，靠着他年迈的老母亲做饭给他吃，因此基本上无法保证一日三餐，过着饥一顿、饱一顿的日子。别人和我说，等他母亲不在了，就没有人做饭给他吃了，那么他只能在饥饿中离开人世，听起来令人寒心和难过，所有人都抛弃他，任由他孤独地离去。即使是政府也只能送些救济的物资，而不能每天给他做饭。

　　据说在他刚刚精神失常的时候，他母亲给他面让他自己做饭。他就直接将面倒在水里，像和面一样，弄成那种比较黏稠的形状，每当饿的时候，就从盆里拿出一些放在嘴里，以此度日。他怎么是一个这样的人？好好的小伙子，为何精神不正常？

　　关于他的身世，只知道他只有母亲和一个妹妹尚在人间，父亲已经去世多年。他曾是一名军人，退伍之后回到当地，没有固定的收入，家里在当地算是比较穷的人家了，即使这样，在那个并不富裕的时代，他还是盖起了砖墙瓦顶的房子，但也仅限于此，并没能从根本上改善贫穷的家境。

生活还是要继续，也是到了该成家的时候了，这时候，有人给他介绍了一个离婚的女人，但是他不想要，说是要黄花大闺女，所谓清白人家。毕竟家里没钱是一个现实问题，无论如何这也是改变不了的事实。别人取笑他癞蛤蟆想吃天鹅肉，也没有几个人愿意帮他张罗对象的事情。

后来他的父亲想了一个办法，那就是换亲，就是两个家庭各自都是兄妹的，各自的女儿嫁给对方，这种情况只是发生在很穷的家庭里，并且在样貌等条件上不免会大打折扣，是一种迫不得已的选择。这件事情关键在于他的妹妹阿朵，开始的时候，阿朵是死活也不愿意的，因此也就僵持下来，他的父亲执意要这么做，这件事在之前商量的时候也是背着他妹妹的，因此从一开始就是一件不公平的事情，说阴谋有些过头，但事实上的确是不公平的。后来在家里的压力之下，阿朵终于同意了。然而他的父亲在最后关头却又不同意了，理由是对方家里太穷，嫁过去过不了好日子，其本来是想让女儿嫁出去，能收到不菲的礼金，因此不愿意让女儿换亲。这样的结局让女儿对父亲感到愤怒，我不想嫁的时候你逼着我嫁过去，等我好不容易做出合你心意的决定时，你却先反悔了，这究竟是什么道理，你到底想让我怎样。

最后，这件事也就不了了之了。这件事的主人公，一直沉默不语，但还是因为这件事情和父亲结下了矛盾，虽然一直都没有明说。他性格内向，交际面很窄，在部队里与别人也说话不多，是个沉默寡言的人。

接下来还要解决婚姻大事，但就是在这个事情上，面临了很大的问题，家里贫穷，大家认为没有人愿意嫁给他，再加上他的脾气有些古怪，渐渐地再也没有人给他提亲了，父母也是耿耿于怀，不得安生。就这样活着，直到父亲离开，这个家庭真正破碎。

大概从他的婚姻大事无人问津之后，他开始绝望，于是到处以乞讨为生，维持生活。一个身体正常的人，没有疾病，人们都认为这个人很无用，没有本事，为什么不自己挣钱，而要到处乞讨呢？于是他往往受到冷遇。

他的足迹遍及我们整个地区，蓄着长发，披到肩膀，拿着袋子和木棍，到处乞讨，说不清他到底经历了多少伤痛，多少曲折，走过了这么多年，一定是很艰难的经历吧，我想。

只是到了晚年，他的命运更加悲惨，而且神志比以前更加糟糕。缺少别人的照顾，他的未来不敢想像。想到这里，我的心隐隐作痛，到底有什么办法来拯救这个无辜的人。

　　世俗的世界总是有许多的不安与凌乱，让人们无所适从，谁都没有做错什么。总以为那些言语不会有什么作用，可是才觉得对一个人造成的伤害会那么严重。很多事情身不由己，并不是说你自己单纯与天真，而是对方也怕受不了，就这样很多看起来美好的事物遭遇着悲惨的命运。

　　我大约还记得那天遇见小雅的情景，虽然时间过去了很久。

　　我时常在无法安睡的夜里，关上灯，躺在床上，这样一个人安静的时候，偶然间想念起那个姑娘。当然，从心底而言，我已经对过往之事感到释怀，那种感觉就像是曾经在某个日子里在陌生的地方尝过的美味食物，还能回想起那时的情景和感受，心里却不会过多执着于再次遇见。我们彼此都没有太多感到遗憾的情形，恰似萍水相逢，性格相投而一见如故，从而互相产生了一种好感。就这样，从平平淡淡的相遇到后来回到各自的生活里，日渐陌生，那些曲折婉转的爱情故事大都只是在虚构的故事中出现的情景。

　　我们没有经历过争论，只是平淡如水般投缘而相识，直到后来自然地走远，我亦没有尽什么努力去挽留。虽然想过许多次，心底却总在告诉自己，因为每个人都要走自己的那段路，如果是渐行渐远，你不能试图拉近彼此，这样只会显得突兀。有时候爱一个人的方式是宽慰彼此之间各自的路途，走远的兀自走远，而无过多挽留之意。

　　我认识她的情形也许不会再一次在某个乡村里遇见了，后来和朋友说起这段相遇的故事后，对方亦觉如此。虽然我是以戏谑的口吻说起这段故事，让她误以为我只是在她面前炫耀这样的相遇，而说我别嘚瑟，最后也还是没有结果，都成了过去式。在清明前夕，我们讨论各自如何度过三天的假期。她说她会在家，陪家人扫墓，然后在家休息，看书复习，准备考试。

　　而对于我而言，则没有家的概念，早在六七年前，我便离开了父母，一个人到陌生的地方读书，后来又到了离他们不远但也不近的地方工作。在这里语言不通而很少交到什么朋友，因而刚开始时倍感孤独。常常一个人在寂寥无人的夜里陷入无端的寂寥中不知所措，过了一段时间后才开始慢慢适应周围的环境。我会骑着车子到附近的村子里转转，大多时候是一个人骑着自行车带着相机，拍下陌生的村落、孩子、田野和许多盛开的花朵，心里渐渐感觉充实而平和。

转眼间又到了一年的清明，如往日一样，我应该还是骑着车子出去看风景，如果我能走得更远一些。我记得前段时间骑车出去的时候，特意经过那个姑娘所在的村子，我问起旁边的人们，跟他们说起那个姑娘的名字，他们便告诉我她住在哪里。因而我也如愿找到了她的家，那是个坐落在小河边的三层房子，门前的一片园里种着油菜花，如今正值花开的季节。那一刻，我一个人站在菜园旁边的小路上，望着地上的油菜花和前处的房子，感觉很是别致。

这段记忆让我想起了从前走过的相似路途。

也是在初春时候，周末无事，我和往常一样，一个人骑着车子去一个地方，这天天气看起来还不错，可同事跟我说可能有雨，南方的天气有时也会阴晴不定。早晨看到窗外一缕阳光，于是匆忙起来，简单收拾，便骑车子出发了。经过镇里的街道，便在那里吃了早餐，一碗豆浆和一笼包子。

开始走的是从前经常走的路线，只是尽可能走得更远，希望看到没看过的村庄。路边的田野里油菜花都开了，还有青色的麦苗，那种青与黄，还有天空的蓝拼接出的是一幅很美的画面。

接着往前走，转过省道，已经到了别的镇里。沿着小路骑着，穿过小桥，继续往前走，不久看到旁边有个车站牌，写着"锦云"，应该是前面看到的这个村了。我感觉今天已经骑得挺远了，是不是该折回去，沿途欣赏。我陷入了犹豫中，想了会儿，决定再往前走，看完锦云就回程。

穿过田野，远远看到一排房子，有的人家把房子涂成粉红，有的涂成淡绿色，与周围的白色形成鲜明的对比。我知道这里的房子大都相似，大都是白色瓷砖，远望去很难分得清。

这时发觉天空变得有些阴沉，太阳一会儿不见了踪影，湛蓝的天空也渐渐被乌云遮挡，空气中透出一种奇怪的气味，像是要下雨的前奏。我忽然想起自己没带伞，于是赶紧往前走，如果下雨了，还可以找个人家躲一下雨。刚走进村里，隐约感到脸上有雨滴碰到，坏了坏了，得赶紧找个地方躲躲雨，差不多穿过半个村子，看到一个三层的房子，周围没有别的房子，我走过去，看到门口有个老奶奶在收晾晒的衣服，我在想要不就在这躲一下雨。于是停了下来，牵着车子走过去，这时豆大的雨点啪啪地砸向地面，我快步牵着车子走到这家的走廊底下，老奶奶忙完，我才跟她说我在这里躲一下雨。她说的话我听不懂，我以为她问我干什么的，或是哪里的，我用普通话说在镇里上班，她似乎听懂了。然后她说着口音很轻的话，我琢磨了会儿才听得懂是问我有没有女朋友，我笑着说还没有呢。我在想为什么我遇到的许多上了年纪的人都常常问我这样的问题，以前遇到过好几次了。

听到我说没有时，老奶奶像是很开心似的，她回到屋里帮我倒了杯茶，然后回到屋里。我坐在走廊里，一边喝茶，一边望着眼前不知何时能停下的雨，地面上溅起了一层层水花，雨点落得很快时，地上形成了一层薄薄的雾，我知道这是要越下越大的样子。我抱怨着这忽然间变得糟糕的天气，却一点办法都没有。这时老奶奶走出来，招呼我到屋里去，走廊不宽，有风的时候，雨滴落到走廊里，很难躲得开。我把车子往走廊边靠着，拿着相机包和那本书——《许地山文集》，这是我出行时常带的书，常常垫着报纸坐在田野里的空地处安静地看着。

我跟着老奶奶走进屋里，大厅里放着一张桌子，像我们老家里的那种大桌子，旁边放着长凳。我走到桌旁，坐下来，老奶奶拿来很多零食：瓜子、花生，还有南瓜子、糖果之类的，很是热心。我喝着茶，这时听到旁边有人下楼的声音，有点紧张，要是看到我这样的陌生人，会感到很诧异的。我又得解释自己这样那样的情形了。

忽而听到清脆的女人的声音，我转头过去，看到的是一个姑娘，和我差不多的年纪，长长的头发，穿着淡蓝色的毛衣，笑起来的样子很是好看。她喊着她的奶奶。在南方待了快两年了，虽然这边的方言听起来还是如坠云雾，但基本的称呼大约还是能听懂一些的。我连忙跟她打了声招呼，她说："你好，我听我奶奶说你从这边走过，然后就下起大雨了，真是不巧。"我说："是啊，我今天骑车子出来玩，早上天气还很好，阳光明媚的，结果快到中午竟然下了这么大的雨，我没听同事的话带把伞，就不得不躲一躲雨了。"

这时她也坐了下来，她奶奶在旁边一直跟她说着我听不懂的话，不久便走开了。我跟她说了我的名字和工作的地方，以及自己读书和后来到南方的经历。不得不说，虽然面对的是陌生的姑娘，我一点儿也没距离感，就像和一个熟悉的人那样聊着天。我知道了她的名字，孙小雅，怪不得她奶奶和她说的时候我听得出"小雅"这样的字眼。她也是因为这样的假期才回来的,现在在宁波实习,她说她在宁波读书,学中文的,六月份就毕业了。这又让我想起了从前认识的一个在宁波读书工作的姑娘,和她一样也是读中文的,那么多巧合。我说:"我读的新闻,跟你有点相似,我就比较喜欢写作,所以后来做的是儿童文学编辑,大学的时候一度想考儿童文学研究生,后来觉得中文底子薄,考起来恐怕会有难度。"她说:"是啊,有点像的,我有个同学就考了浙江师范大学的儿童文学专业,在金华。"我说:"我也考虑过金华的浙师大呢,那里有个很有名的儿童文学老师,当时觉得金华是不是太远了,就没考虑。其实我只是有一些心结,为了寻找一本儿童文学作品,那是我小时候读过的一本书,特别感动,于是后来这些年我一有机会就想方设法找这本书,但都没有找到。"她说:"那我让我同学帮你找找看,说不定能找到呢。"我说:"如果真找到了,我肯定跑到金华,请你吃个饭,对了,你也一起。"

她问我:"你怎么骑这么远的路,不是会很累吗?"我说:"累是有点累的,不过能看看陌生的风景,累点没什么,我不是那种很宅的人,如果待在家里,我可能忙着看书或是写东西、画画之类的事情。其余的时间我还是喜欢出来走走,在太阳底下,还有风和春天的美景,虽然就差了美丽的姑娘。"

她说:"我也喜欢到处转转,但仅限于自己家附近,我喜欢遇到熟悉的人们,不像你胆子大,我有点怕陌生的地方,所以我们家周围的村子我去得很少。如果是别的城市我倒可以,感觉是不一样的。"

我们就这样聊着聊着,外面的雨还在下个不停,我坐累了,于是站起来走了走,小雅也起身走到门口。我说:"这雨怎么停不下来了,都下了这么久了,你家有伞吗?想跟你借把伞用一下,下次有时间再还给你。"她说:"我家伞倒是有,但是现在这样的天气,有伞也很难走的,况且你还骑着自行车呢,等雨小一点儿再回去吧,反正今天你也没事情的。"

我叹着气说:"没办法了,谁让我没料到会下这么大的雨,早晨那么好的天气,我不出来觉得太浪费了,早知道我就可以在家看看书了。我总不能希望没下雨的时候在外面,下了雨能在屋里看书,这样的要求太不现实了。既然出来,总要面临许多意外状况。"

她说:"你就随遇而安吧,难得遇到这样的怪天气,你要是想看书,可以到楼上去,我有个自己的书柜,就是不知道有没有你喜欢看的书,要不你跟我上去看看，反正现在也没什么事情。"

我说："好的啊，我去过你们这边的人家，很少看到有书柜的，我自己工作的地方没有书柜，但我每年回家都会从家里带一些书过来，不管是回家或是出去的旅途中我都会带两本书在身边，无事的时候翻看。"

于是我跟着她走到楼上去，楼梯有些陡，我小心翼翼地扶着上去，二楼也是一个大厅，装修得很精致，像是新房子一样，白色的墙面，米黄色的沙发，玻璃茶几。墙上挂着几幅风景画，看起来不像是买的，更像是某个人画出来的。我问她："这几幅画是你画的吗？"她略微有些羞涩地说："是我画的，我画得不好看。"我说："哪里，画得很好看，至少比我画得好看，我自己只画一些花草，很少画风景，我觉得风景画起来对我来说有点难度，看来我得向你拜师学习学习了。"她说："你这样夸赞我，让我实在无地自容了。"

她说："我的书柜在我自己的卧室里，你先在客厅坐会儿，我去卧室收拾一下，起床的时候没怎么收拾，都乱得不能见人。"我便在客厅转转，仔细看着她的画，确实很美，我觉得是自己太懒没有勤加练习，说不定有一天我也能画得像她一样好。不一会儿，我走到阳台，看着还在下着的春雨，心想着何时才能停下，这都快中午了，肚子都有点饿了，一会儿雨停了最好，还可以去旁边的街里吃点东西。

过了一会儿，她从卧室里出来，喊住我说："你可以进来了。"我便换了拖鞋，走了进去。姑娘的卧室很是齐整，白色的墙上仍旧挂着几幅她绘的画，还有漂亮的墙纸，花花草草，感觉像是在暖春的林间一样。窗口的阳台上养着几盆花，有我认识的水仙花，还有绿萝。窗口放着一张桌子，上面放着书、镜子、梳子和发卡。床上淡粉色的被子叠得整齐，旁边一个很大的衣柜，紧挨着的是她的书柜。她说："我的屋子有点乱，实在不好意思啊。"我说："你这么说让我情何以堪，我们男生的卧室简直无法用语言形容了，跟你这里比真的是天壤之别。等下次我发一张我卧室的照片给你看，你就明白了。"

她领着我到书柜旁边，打开了书柜，她说："一开始觉得用书架比较方便，但后来一想我在家的时间不多，如果用书架的话，时间久了，书上肯定堆满灰尘的，所以干脆就买了书柜，虽然我不大喜欢这样，觉得像是中年或老年人用的东西。你看看有没有你喜欢看的书，我这里大都是文学书籍，外国文学比较多，中国的也有一些，三毛、沈从文，还有你带着的许地山的文集，我也喜欢读他的作品。"

书柜打开以后，我看到里面放着四层书，从上面往下三层大都是外国文学，村上春树、卡夫卡，还有伍尔夫和波伏娃的作品。我对她说："我大学时候读的也是外国文学比较多一些，不过我读得很杂，哲学、历史和文学比较多，还有一些社科类的书也读，我印象最深的是诗集，对日本的俳句很是喜欢。现在身边的文学书不多，所以大都是去图书馆借书看，有时候懒了看得很慢，所以自己更不敢买书，怕买来以后很少碰。"

她说："上学的时候没什么事情，读的书多一些，工作了嘛，环境变了，肯定会有影响的，你看现在工作的人有几个还坚持看书的，真不多。"

我说："是啊，确实这样，有时候我感觉，或许有个一起读书的人能经常有交流，这样读书的习惯可能更容易坚持下来，只可惜我这里并不认识喜欢读书的人，应该说今天碰到你以后，你是唯一一个我遇见的喜欢读书的姑娘了。"

我们坐在床边聊了许多，感觉半个多小时，我这个人是一聊天就不知道停住的人，常常都是这个样子。直到她的奶奶喊她，她跟我说："奶奶喊我们吃饭了，你今天中午就在我们家吃饭吧，雨下得这么大，我打赌奶奶肯定做了你的饭了。"

我说："这样实在不好意思的，到你家躲雨，又在你家吃饭，太麻烦你们了。"

她说："没事的啦，这也是下大雨了，你现在出去肯定不行的，吃完饭等雨停了再回去。反正今天我爸妈都不在家，就我跟我奶奶两个人，就随便做点饭，一起吃吧。"

我觉得自己脸皮有点厚了，在陌生的人家吃饭，实在是没有遇到过的事情，如果不是因为下雨无法离开，我肯定会走的，除非以后熟识了来这里做客，买上一些水果之类的，倒显得自然一些。

我们走下楼去，这时候桌子上已经有好几盘菜了，我对小雅说，我也去厨房帮点忙吧。我跟着她一起到了厨房，她的奶奶正在烧鱼，已经烧得差不多了。她对我说了一些话，小雅在一旁跟我说："我奶奶对你说，让你在这里吃完饭再走，现在下雨呢。"我跟她说："你和奶奶说，给她添麻烦了。"她说："没事的，就多一双筷子。"

等到饭菜都好了，我们三个人坐在桌子旁，小雅问我："你喝点什么，我去拿点饮料。"我说:"不用了,直接吃饭吧,我都有点饿了。"于是我们三个人吃着饭,外面的雨还在淅淅沥沥地下着,不知道什么时候才会停下来。

桌上的菜很是丰盛,烧鱼、红烧肉、炒青菜,还有汤,我跟小雅说:"你奶奶人太好了,烧那么多菜,我觉得特不好意思。"她说:"我奶奶就是热心人啊,你多吃点菜,她就会很开心的。"我对她说:"实话告诉你啊,我饭量很大的,说不定会吓你一跳呢。"她笑着说:"那你可得多吃几碗饭,争取把锅里的米饭都吃光,我奶奶今天煮了不少饭。"

结果这顿午饭我吃了四碗饭,她奶奶还要帮我盛饭,我连忙说吃饱了。小雅在一旁笑着对我说:"你再去吃一碗呗,锅里可还有呢,我们都吃饱了。"我说:"我确实吃很多了,这么吃下去,我又要胖了,还是要控制一下的。"

吃完饭后,我们一起收拾了桌子,我对她说:"早知道我就到厨房烧几个菜给你尝尝了,聊天聊得忘记时间了。"她说:"你还会做菜啊,真不错。我不怎么会的,平时都是奶奶和我妈烧饭的。"我说:"我毕业工作以后就开始自己烧饭了,到现在已经两年多了,感觉还是有点进步的,一开始做饭总是很难吃,不是咸了就是淡了,不过我做的大都是家常菜,烧鱼什么的做得很少,因为我一个人吃饭,所以简单就好。哪天有时间我可以做给你尝尝,就是不晓得做得好不好吃,毕竟要考虑到南方口味差异的。"她说:"好啊,我还真想尝尝你做的菜呢,北方的口味肯定跟我奶奶做的不一样。"

下午雨还未停下,我们就在楼上坐在沙发上看电视,我难得看一次电视,一年到头能超过10次就已经很不错了。我们一边看电视一边聊天,像两个认识很久的朋友,准确地说,像是亲人一样没有距离感。就这样度过了一个难得的午后,虽然外面阴雨绵绵,没有了上午的阳光。我们聊了很多,聊起我的家乡、童年的故事,以及后来读大学的几年,还有到了杭州的大半年以及后来到的嘉兴,现在的生活情形。她也跟我说起小时候的事情,说起她的家人,说起她到宁波读书的几年,聊得很开心。我甚至觉得自从离开大学以后,再也没有和一个人这么愉快地聊天了。也因此感觉时间过得太快,不知不觉就过去了,这样的时光真希望能再遇到。

快到四点的时候雨停了,太阳渐渐露出头来,天空像是忽然亮了起来。透过阳台看到这样的风景,我对她说:"雨停了,我也该回去了,不然一会儿再下雨就麻烦了。"她说:"嗯,一会儿天就要黑了,我去给你拿把伞。"

我们走下楼，我跟她奶奶说："我回去了。"她奶奶说："吃完晚饭再走吧。"我说："不用啦，一会儿天黑了，我还有很长的路要走。"这时候我对小雅说："那我能留你的电话吗，下次还伞的时候跟你说一下，说不定以后我去宁波找你玩，你带我转转。她说那好啊，随时欢迎啊。"

　　就这样，我结束了一天的旅程，感觉就像是特地去她家似的，虽然实际上只是偶然遇见的，也不知道下次还能不能再遇到。晚上回来以后，她跟我说，这几天她还在家，想去嘉兴转转，问我要不要一起去。我说："好啊，顺便把伞还给你。"

　　所以第二天我便和她一起去了嘉兴，去了月河街、南湖，还有范蠡湖公园，那天天气倒是很好，阳光明媚，还有点热。我穿着衬衫和马甲，外套一直放在手中。她恰巧也和我一样，穿着白色的衬衫和深红色的马甲，背着一个黑色的小包。我们在南湖渡口遇见的时候，不约而同地笑个不停，今天竟然穿得一样。路上她跟我说，昨天她爸妈回去，吃晚饭的时候，她奶奶一直在说我昨天到她家的事情。我说："你奶奶是不是想撮合咱们俩，因为我刚到你家走廊下躲雨的时候，你奶奶跟我聊起来就问我，小伙子你有没有女朋友啊，我说还没呢，她就笑嘻嘻的，我在想是不是要把哪家姑娘介绍给我认识的前奏，然后她就回屋里了，是不是上楼去喊你了。"

　　她说："是啊，奶奶进来的时候很开心的样子呢，然后跟我说有个跟你一样年纪的小伙子在走廊里躲雨，让我下去跟你聊聊天。我很好奇是谁啊，结果碰到你才发现，并不是我认识的人，所以觉得有点尴尬，我不是那种特别能和陌生人聊得开的人，以前出去的时候遇到有人和我说话，聊起来的也很少，可能是因为跟你聊着聊着，发现兴趣爱好有点相似，感觉能聊得来。"

　　我说："刚开始我也不知道有人在家呢，我以为就你奶奶一个人在家，结果我碰到了她的孙女，哈哈。对了，没问你多大呢，我应该比你大点儿吧，我1990年的。"她说："我也是1990年的啊。咱俩同岁啊，我12月出生的，你呢？"我说："我4月的，比你大一点儿，要是比你小，那可有点不好意思了，得喊你一声大姐。"她说："我可没那么老，不过我可就不会喊你大哥，肯定会喊你大叔的，哈哈。"我说："是啊，我看起来长得有点老，唉，经常遇到孩子喊我叔叔，我倒是慢慢接受了，毕竟二十多岁了，可有时候遇到十几岁的学生竟然也喊我叔叔，我真的很郁闷。"

我们逛了圈南湖，我给她拍了很多照片，也找人帮我们合了影。在温暖的天气里，我们心情都不错，继续聊着天。桃花和樱花开得很漂亮，她在树底下留影。红色的衣裳，周围是白色的樱花，很是美丽，我跟她说："你跟桃花樱花一样漂亮。"她说："你太夸我了，我哪能跟美丽的花儿比呢，它们可是青春永驻，年年都这么美。像我这样的姑娘，过不了七八年，也会变老的。"我说："慢慢变老没有办法，但是那时候的你又会是另一种美了，容貌和气质会随着岁月不断改变的，你这样喜欢读书的姑娘，不管什么时候都会很美的，至少在我眼里是这样认为的，等几十年后再遇到你，我想跟你聊着天，也会觉得很舒服的。"她说："你说的我都不知道怎么回答才好了，但愿那时候有人还能夸赞我就好。"

　　下午一起坐车回来，路上她跟我说："一会儿你跟我一起到我家坐会儿再回去吧，反正天气很好，也没什么事情。"我说："也好，顺便去你们村子里转转，我那天去的时候天公不作美，下起了雨，本来还想在你们村子逛一圈再回去呢，可刚到村里没多远就下雨了，于是就在你家度过了半天的时光。"

　　下车以后，我们一起往村里走，路上遇到跟她打招呼的人，应该是问起她旁边的我是谁，我注意到她脸红了，大概不知道怎么说才好。

　　到了她家，我看到她的爸妈都在门口，我跟在她后面，显得有点不安，等她介绍说这是她爸妈，我才说："叔叔阿姨你们好。"然后跟她奶奶打了招呼，要不是她，我也就不会认识她的孙女了，每每想到这样的情形，都感觉很温暖。我们坐在桌旁像昨天一样聊天吃东西，他们问我关于我的事情，我也就跟他们说自己的情形。小雅在一旁默不作声，只是听我们在聊天。她妈妈忽然问我："你觉得我们家小雅人怎么样啊？"我也懵住了，我看着小雅，她只是低着头翻看手机，像是刻意避开。我说："她人挺好的，我们挺聊得来。"她接着说："那你和我们家小雅处一处看看怎么样啊，她还没对象呢。"我说："呃嗯，可以啊，只是她在宁波，我在海盐，是有点远啊，去一趟宁波路也挺远的。"她说："没事，你愿意就好，等她毕业了就回来工作了，那时候你们就离得不远了。"

　　我不知道小雅怎么想，不过说心里话，我确实挺喜欢她的，自从昨天遇到她开始，我们两个人单独相处了一个下午。这样的情形说出来显得有些别扭，在大人们的眼中，虽然事情很自然，对于我们来说却需要一个过程，她也不会这样着急。

我晚饭在她家吃的，回来的时候已经很晚了，还好赶上最后一班车，他们要留我住一晚上，我说："不用了，我回去还有点事情呢，明天就上班了。"

小雅送我到车站，路上我跟她说："你爸妈挺直接的，差点吓着我了，不过说实话，我对你印象挺好的，就是觉得你不一定看得上我，要是你愿意的话，那我们多聊聊呗。反正你还没对象，要是有了，我肯定不会跟你说这些了。"她说："你也挺好的，可以多聊聊，如果到时候我能回来工作的话，联系就方便了。等我回宁波，你去的话提前跟我说啊，趁着我还在宁波，带你出去转转也很方便，顺便到我们学校看看，食堂的饭菜也还不错。我刷卡，你随便吃多少。"我说："你这么说我恨不得跟你一块去了，要不是还要工作的话。放心吧，我肯定赶在你毕业前去找你的，你就当我的导游，带我在宁波转转。对了，我记得宁波有一处天主教堂，历史很悠久的，我想去那里看看。"她说："你信耶稣吗？"我说："没有，只是小时候去过几次教堂，大学里学校旁边有个教堂，有个同学有时候拉着我去，我倒是去过几次，后来就不再去了。"她说："那还好。"

不知不觉到了车站，像是没走多远似的，我们还有很多话想说，转眼就要分别。我说："下次不知道什么时候能再见到你了，要是以后你回来工作，我天天去看你。"她说："我回来了也不可能天天看到啊，又不一定在海盐工作的，说不定在嘉兴呢。想天天看我，你可以到嘉兴来上班的。"我说："到时候看吧，现在很多事情都还确定不了呢，一点一点来，反正时间过得很快的，不要太快就行。说不定转眼你就毕业回来了，我在你这个时候才感觉时间过得很快，一转眼四年就过去了，好像昨天才到大学里似的，感觉整个经历过的生活就像做了一场梦一样。"

大概过了半个多月的时间，周末的时候我去了一趟宁波，跟她一起在宁波转了一天，去看了宁波外滩的天主教堂，中午的时候在外面吃了饭，然后跟着她去她的学校转了转，我们在学校里走了一圈，这样一个下午就过去了。其间还有个小插曲，我们走到湖边的时候，我感觉这里的风景很好，而那天她穿着裙子，很是漂亮，于是我想跟小雅在湖边合个影。正担心找不到人帮我们俩照呢，这时候迎面走过来一个姑娘，喊着小雅的名字。我转身看了看她，她这时候有点不好意思，我知道应该是她的同学，看到小雅跟我这样的陌生人一块，肯定会想多的。我们互相介绍了，才知道她叫许叶芝，是小雅的室友。我说："这个名字很好听啊，是一个诗人的名字呢。"她说是她老爸给她起的，她老爸是写诗的。我说："真的啊，你爸还是诗人呢，要是能读到他的诗就好了，我很喜欢诗的。我猜你也是才女一个吧。"她叹了口气说："我可没有我爸那么聪明博学，我写的诗每次都会被我爸批评一通，说这个地方不好，那个地方不好，所以我的自尊心受到严重伤害了，就很少写诗了，现在改写小说了，业余爱好。"我说："那还挺巧，我也写小说呢，就是到目前为止还没有完整地写出一本来，大都是写札记比较多。"

她笑着问小雅说："他是不是你的男朋友啊？长得挺帅嘛，可惜已经跟你在一起了。"她说："不是啦，就是一般朋友，来宁波玩，不熟悉这里，所以我带他到处转转的。你今天话那么多啊，快帮我们合个影吧。"于是我把相机给她，我们站在湖边，一开始的时候站得很近，我们都像个学生似的规矩，她两只手交叉着放在前面，我则手放在后面。叶芝说："你们这样太难看了，来来来，你把手搭在小雅肩上，这样才好看嘛。"我看了看小雅，她没说什么，我才把左臂轻放在她的肩上。

晚上的时候我们在食堂吃了饭，他们的食堂饭菜味道还可以，美中不足的是没有馒头。我们读大学的时候，一日三餐都有馒头供应，对我这个"面食控"来说简直如天堂一般。那时候早晨几个不同馅儿的包子、馅饼和粥，中午有时候米饭或是面条，最好吃的是烩捞面和鸡肉烩面，晚上常常吃两个馒头就菜。如今五年多过去了，在意识深处，仍旧存着关于烩捞面的味道和样子，如果以后有机会的话，我还是想回学校吃一次。

吃完饭以后，我们去图书馆转了一会儿，这是我来宁波之前就和她提过的，一定要到学校的图书馆逛一次。我们去了三楼的外国文学阅览室，我就像这里的学生一样，而不像从未来过的游人。当我站在这里，回想着几年前与此相似的情形，眼前渐渐浮现出自己穿过一排又一排的书架寻找着自己想看的那些书的情景，感觉就像昨天刚刚来过一样。我对小雅说："我感觉就像以前来过很多次一样熟悉，让我想起了以前大学的时候经常晚上一个人在图书馆的书架边流连忘返的情形。现在想起来，感觉日子过得太快了，就像是一直被时间拖着快步向前走一样。"她说："我也是一样啊，过不了多久我也要离开这里，再也不能像现在这样，每天还能到图书馆看看书，让自己安静下来。不知道以后的生活会是什么样的情形呢，现在还不敢去想。"

　　大约七点的时候，我说我差不多该回去了，找个地方住下来。于是她送我到校门口，我们绕过教学楼、花园，快到门口的时候，我们站在树底的小路上，我对她说："我自己过去就好了，你也早点回去休息吧，今天陪我转了那么长时间，也很累了。"她说："那你注意点，找到住处安顿好之后告诉我一声。"就这样我们转身走开，没有说再见的话。那一刻我忽然觉得心底一阵难过，隐隐作痛。于是回头喊了一声"小雅"，她听到声音后转过头来，问我怎么了，我说："没什么，就是感觉有点舍不得，你能让我抱一下吗？"听到我说这样的话时，她感觉局促不安，沉默不语，我便伸开胳膊抱住了她，枕着她的右肩，局促地呼吸着，闻着她的发香。不久感觉到她的双臂轻轻地搂着我，就这样我们拥在一起好一会儿才放开。"她说："现在好点儿了吧？"我说："嗯，是啊，现在好多了。"我看着她的眼睛，不自觉地贴近她的脸庞，轻吻了她的额头，然后才开口说："我走了。"

　　后来的日子里，我们开始通信，我给她写了四封信，而她每封信都回给我。难得我们都愿意用文字表达对彼此的思念，在那些许多不能站在她面前的日子里。后来我渐渐明白，这世间很难有个人可以和你保持一辈子的联系，如果无法形成一种亲密的关系。我们总会在自己的生活里忙碌操劳，即使在心底仍旧希望遇到能互相联系着的人。

　　等到她毕业后，在宁波找到了一个好的工作，她跟我说起过，想在这里工作看看，这份杂志编辑的工作她很喜欢，想试试看。但是家人期望着她能早点回来，大概是因为想让我们两个人有更多的时间接触，这样说不定用不了多久，差不多就能够定下来了。我也很想能早点看到她，但是对于工作，我还是觉得更重要一些，不能因为自己的私心，而让她以为我很想她回来。于是我告诉她，自己很支持她在那里工作，既然自己喜欢，就做做看，说不定最后十几年做的工作不一定是自己喜欢的，所以应该好好珍惜这次机会。就这样，她暂时留在了宁波，我说暂时，大概是因为我和她的家人一样想着，也许不久以后的某个日子里，她就要回到家乡工作，然后在这里生活一辈子。

　　我们对生活，对另外的人，常常怀着一种期许，这也是我们努力生活下去不可或缺的东西，无法确证的事物也注定有几分难以捉摸，因而有时候这样的期待也可能会让自己感到失望。在不断变化的生活中有所坚持是应当的，但我们注定无法确证什么是能顺利坚持到最后的，自己所坚持的，也许看不到结果。这不是多么悲观的想法，我对小雅的爱，就像遇见的其他姑娘一样，从心底是尊重着的，每个人都有各自的选择，最后不一定走着同样的路途，而我也不会将她拉回到我的生活轨迹中来，这样自私并不是我。简单说来，有违本心。

到了年底，她回来过年，本想能见一面，而我那时候已经订好了回家的车票，于是自然地擦肩而过，我也没有太多纠结，毕竟每个人都有自己的归宿。我大约也是很谨慎的个性，没有把握的或是显得出格的事情我轻易不愿做，这些知其不可为的事情对我来说有种天然的恐惧和抵触。我们渐渐地在这样不巧遇的日子里慢慢失去彼此之间那种温柔的、让人心底温暖的感觉，我想她和我一样，许多时候对一个人的喜欢，更多的还是两个人坐在一起，听到对方的声音在耳旁回绕，看着对方熟悉而不厌烦的脸庞，这是简单的、真实的对一个人的感觉，有时候我并不寄望于便捷的、频繁的短信或电话，无法确切地表达此时对她的想念，爱到深处时，只希望能在她面前，紧紧相拥，或是牵着手随处走走就好。这并不难，却也很难。

在往来的通信中，我跟她提到了这样的情形，她说她也如此，只有跟我待在一起的时候感觉更强烈，而不在一起有时候无法依靠其他方式让自己释然，无法寄托对一个人的思念。每个人只是简单地选择了自己喜欢的工作，这是能让一个人生活幸福的重要因素，无法简单将就，我体会到这样的感受，因而从未提过或是旁敲侧击问过她有什么新的打算。我知道，如果有一天她决定辞去那里的工作，回到这里，对我来说是很期待的事情，唯独不愿是因为家人的劝说或是我的因素。我只好顺其自然，有几分期待，直到有一天这种感觉全都消失，或是我们找到了另一个喜欢的或是聊得来的人。

这世上没有无缘无故的等待和对一个人的守候，只有少数的偏执和投入太多的感情。

于是，对小雅的思念和爱，后来都渐渐地藏在我的心底，而不是生活的某个地方。每当我骑着车子出去，路过那里的时候，不知不觉地想起，曾经有个姑娘住在这里，与她度过了一段令人难忘的时光，整个余生没有什么遗憾。

我知道我们在现实里无法再回到过去，这是无法再经历的事实，大约我只是觉得对过往经历过的生活有几分依恋，所有经历的这些全都是我生命里无法割舍、不可或缺的部分，即使往往都显得平淡而琐碎，不像剧本那样带着许多转折的情节，却深深地印在我的心底无法抹去。我的余生情愿带着这些感情走下去，即使许多时候都没有结尾。

往后的日子里，我仍旧还是原来生活中的那个模样，随和、简单地生活着，骑着车子在乡间做短途的旅行，没有特别的目的地，只是欣赏着周围陌生的风景，这一直让我感到内心愉悦，也许哪一天还会遇见一个陌生的人与我聊许多各自的事情，会让我回想起往日里发生的相似情形。而我也努力在未来的年华里，平静而淡然，总会有一天，我的生活里会出现新的事物——婚姻、孩子以及随之而来的诸多琐碎。我试想过这样的情形，即使对此时的我仍旧感到有点陌生和茫然无措。可我也知道，当事情自然而然地来到身边，我总会顺利适应好，就像这些年我遇见过的一样。

记得早些年里，我遇到过跟她有些相似的姑娘，比如大学时候遇见的比我小一届的姑娘孙小蔓，我只见过她三次，却在我心底留下很久的温暖。我想起那个夏天穿着浅绿色裙子和黑色凉鞋的她跟我一起在安静无人的图书馆里聊天，她就坐在我对面，聊天的时候我看着她的脸庞，努力想记住她的样子。那时候没有相机，也没能留下她的照片，当我忘记的时候可以翻出来看看，大概用不了多少年脑海里她的样子会从此消失。这时候的我这么想，应该也是一种难以言喻的偏执，我已知如此，对小雅也是一样，有时候会翻看她的照片，回想起过去的遇见，以及这段平淡的故事：午后阴雨时节里坐在一起聊天的情景，牵着手在教堂门前的合影，湖边我搂着她的拘谨和那个拥抱，以及浅浅的吻。

竹 林 听 雨

自姑苏回来之后，大约是路途奔波的缘故，头越发痛起来，没有精神。

可不管怎样，我脑海里还惦记着前两日发生的一切，如那日下起雨的晚上，当我们在公交车里时，对她描述的那种感觉，就像是在梦境中一般，感觉不像是真的发生在这漫长而平凡的生活里。

那天我想起早一些，或许能提前赶到，起来以后跑到办公室收拾东西，我想当天去当天回就好，或者是下午从苏州坐车到吴江，周日在吴江转一上午，然后转嘉兴回来。我暂时是这样安排的，一个人的日子总会显得自由一些，可以随遇而安，灵活安排行程，我这样想。

骑着电瓶车到海盐的"八分钟"，那时候七点多，路上人还不多，我停下车子，走进店里，发觉许多位置都是空荡荡的，我想吃的丹麦堡和寿司都没有，这多少让我感到失望，最后只得买了红豆吐司，带着路上吃。

我把车子停在图书馆门口的车棚里，假如下雨了还能避免被淋湿。拿着东西走到景区公交站。不久以后一路车停靠，我坐上去，到了车站，这时候不到九点。我径直走到售票处买票，一张去往苏州的车票，十点出发。

我买了一杯红豆粥，洗完手坐在椅子上吃早餐，五片吐司吃下去以后，感觉不那么饿了，于是将袋子扎起来，留着中午的时候吃。还有一个多小时，我坐在那里也没有什么事情，于是想起了这段日子一直在写的短篇还没有写完，而是愈来愈多，情节也稍显杂乱，索性就坐在这里打开手机继续写下去。候车室里有点喧扰，我尽力避免吵闹声对我的影响，专注心思在情节的构思上，最后写好了一个片段，留着下次继续写下去。

到苏州以后，我走出车站，置身于陌生的地方。我走到对面的车站等车，回头望见一条宽阔的河，水缓缓流过，随处泛起涟漪，两旁柳树上满是柳枝随风荡漾着，与身旁的水流相映成趣。我想起苏州博物馆离这里其实并不远，只有两三站的路程，于是便决定走着过去，穿过旁边的一座桥，走在街头，这里的天气热起来，身旁的风吹着树叶，一片片掉落下来，而行人从下面走过，感觉像是下着雨，我停下脚步望着眼前的风景出神。

在旁边的一家饭店点了鱼香肉丝盖饭，坐下来等待，袋子里还有面包没有吃完，但我此时不想吃。周围的人们大都吃着面，让我想起，为何南方这里也和北方那样喜欢吃面，尤其我去过的苏南，比如镇江、扬州之类的地方。

我看见靠近窗边的长发姑娘，和窗外的风景融在一处，那时她托着下巴，认真地望着旁边的另一个姑娘，时而若有所思；窗外一个穿着马甲的小男孩不时朝着里面望来望去，旁边几位上了年纪的人们兀自聊天，笑声不断。

吃完饭后，我走出来，去了趟厕所，在桥尽头下低矮的地方，两个孩子在栏杆旁玩耍，旁边停靠着两个属于他们的自行车。我从厕所出来以后，看到他们手里拿着花枝，原来取的是旁边那棵樱花的树枝，那樱花绽放得很是美丽和丰满，一簇簇紧凑地长在一起，随风飘动。

接着往前走，去往苏州博物馆，走了半个多小时，出来后在拙政园短暂停留，便沿着平江路往苏州大学去，那是我今天这趟来苏州想去的一个地方，大概是我听到的第一个大学，小时候在爸爸的年历本里看到的关于苏州大学的介绍，那时候对于苏州大学产生了某种印象，现在仍旧记忆犹新，不知何故。

平江路也是文化街区，往来的行人很多，我放慢脚步往前走，偶尔停留。这时候我看到一个姑娘，并不是因为长得漂亮，而是我那一瞬间感觉，她很像是我在杭州遇到的那个叫陈孟蝶的姑娘，她坐在长椅上面露难色，一旁的男人在那里一直说着伤着她的话，有点歇斯底里的样子。我在那一刻感觉如此难过，或许是因为眼前的情形，不得而知，即使知道这个姑娘不可能是我遇见过的那个人。但即使是她，我也无法说什么，眼前的这一切最后都像是风景一样，只是看见。

不一会儿我走到一处小桥边，于是坐在那里休息，河里的船儿从桥下穿过，摇船的中年女人唱着南方的小调，虽听不懂，也感觉别有一番味道。我走到河边，到一个店里的厨房洗了个手，坐在墙边的长椅上吃面包。靠近河边的圆桌旁，是两个姑娘坐在那里一边吃东西一边聊天，午后的阳光洒在她们身上，映着水波，宛如一幅画。

我走到人迹稀少的巷子里，望见墙上写着戴望舒的雨巷，我念了一遍，只有我自己听见。转到河边，一侧是青瓦白墙的景色，爬山虎有时铺满墙面，翠绿色的叶子与白墙相互映衬，我坐在无人的船上休息。不久继续前行，这里很是安静，连人们也是如此，老人坐在河边默默地抽着烟，一旁的年纪大的女人戴着老花镜坐在竹椅上织毛衣，而孩子快乐地玩耍。我看见一个驻足在河边的姑娘，不经意间望了一眼，她穿着花色裙子，留着长发，很是美丽，等我折回去时，她已不见。

　　走完平江路，不久便到了苏州大学本部，在十字街那里。我未想好是否在此停留很久，时间已不够，如果我想着今天回去的话。

　　这时远处的阳光渐渐下沉，人们的影子也变长。经过女生宿舍的时候，一个姑娘正在草地上的晾衣处收起今天晾晒的衣服和被子。她个子不高，于是努力地踮起脚尖将被子小心翼翼拿下来，旁边的一个姑娘帮她拿着衣服，此时夕阳的余晖洒落在她侧着的脸庞和肩上，然后从她们之间穿过，碰到我的眼中，看到她们像是模糊了，只有两个影子延伸到我脚旁，让我知道她们的存在。

　　去食堂吃饭，跟旁边的一个姑娘借了饭卡，点了煲仔饭，盛饭的阿姨给我添了许多菜，她说现在应该没人来吃了，你多吃点吧。我还姑娘刚刚打饭的钱，可她不愿意，我怎么说她也不愿收，这让我感到不安。我知道我再也没有机会请她吃饭，这一面大概是我们唯一的一面，人生的路途中常常是这样的情形，我是说，在两个相遇的陌生人之间发生的故事。

　　其实我还想在这里多待一会儿，我一直想来苏州大学看看的，苏州大学是我从小一直印在心底的地方，那是父亲在南方工作时带回来的日历本，上面有一页专门介绍了苏州大学，我还记得那些蓝色的细小的字。眼下我只是刚到这里，还没有多走几步呢，就要走了，等于没有来过一样。

　　在食堂吃了晚饭以后，已经四点半了，我陷入犹豫不决中，是不是现在到车站乘车子回海盐。纠结了不多会儿，我决定回去，于是从学校走出来，在一旁的公交车站等5路车。

　　时间晚了，回去的车没有了，我在车站等了二十多分钟。这时候我之前的许多纠结也放下了，还是随遇而安的好，况且身上也带着足够的钱，不至于会流落街头，只是感觉稍微有点不习惯，在这个陌生的地方，我并没有做留宿的心理准备。不过事已至此，就放开在苏州玩一个晚上了，于是坐地铁去金鸡湖看夜景，然后再做打算。

下车以后，走到艺术文化中心，像是鸟巢的建筑，不远处便是金鸡湖，湖面很开阔，让我想起了西湖和湘湖那样的风景，有几分相似。这时候天色渐渐暗下来，我用手里的相机留住白天的风景：河边的垂钓人、穿着红色礼服的女人，以及来这里玩耍的孩子。我想找个人帮我拍照，却迟迟无法开口，人们大都结伴而来，忙着给对方留影，我也不便打扰。远见对面的摩天轮，此时灯光还未亮起，大概要等到天完全暗下来，那摩天轮才会亮。

我往摩天轮那里走去，虽然路程有点远。沿着湖边的小道走过，这是一家咖啡馆，在湖边放着精致的桌椅，供客人坐在这里观景闲谈。这时候我望见旁边的长椅上坐着一位身穿黑色上衣的姑娘，她背着淡黄色的背包，手里提着袋子，不久站起来往这里走来。我跟她打了声招呼，问道："姑娘你能帮我拍个照吗？"她欣然应允。于是我对着摩天轮为背景留了几张，只是天色暗下来，照片里看不清我的样子，也无可奈何。

我至今还记得那一刻的情形，我曾对她说："如果那时在湖边你帮我拍完照片之后我只是道谢走开，而没有对你说，让我帮你拍一张照片这句话，也许我们之间的寒暄仅仅停留于此，然后各自走开。你回到武汉，而我回到嘉兴，不会有彼此的消息，仿佛没有遇见过。"

事实确是如此，我那一刻只是觉得眼前这个穿着黑色衣服的姑娘感觉挺好的，看起来显得温柔而和善，那一刻心里感觉很是愉悦。于是我主动提出给她拍了几张照片，只是这照片和她刚给我拍的相似，都是看不见面孔。

接着我们便聊起来，她加了我微信，我看到名字是竹林，她说确实是这个名字，这次来苏州看一个创意文化展览，明天是最后一天了，今天没有逛完，因而只是在这附近转了转，因为东西很多：一个背包、一个袋子和一个肩包，所以也不方便走得太远，去观赏苏州的美景。我坐在高凳上跟她聊着天，她说在展览馆那里看中了一个十二生肖的饰品，明天最后一天说不定价格会折让一些，明天想去看看。我说我不知道有展览，早知道我就去了，明天我也跟着去看看。

后来我们边走边聊，我本打算走到摩天轮底下看看清楚，后来觉得太远，于是作罢。我帮她拎着包，两个人一起去了旁边的艺术中心，看看这个很奇特的、有几分像鸟巢的建筑。旁边的美术馆进去过，但是不巧供电系统出了故障，今天还在维修，就无法观赏了。

她跟我说起，今天早晨下了火车时只吃了简单的早餐，到现在一直饿着肚子，我说那我们先找个地方吃点东西吧。

我们聊起，去一个新的城市，想要体会直观的感受，最好要去博物馆或艺术馆。我加了句，还有图书馆。我自己每去一个地方，时间允许的话，我都会去大学或是市级的图书馆转一圈，感受那种读书的氛围。我们在艺术中心里看见电影院，我又想去看看电影，忽然想起我们刚刚遇见，就像是两个相熟的朋友了，感到有些怪怪的样子。想起她还没有吃饭，眼下要紧的还是去吃点东西才好。

我们绕着艺术馆走，侧面有一个很精美的设计，可惜我们无法从另一边下来，竹林以为远处的建筑是一条路，走近一看却是玻璃的长廊。没有下楼的电梯，我们只得走下去，经过剧院的时候，一幅海报上写着林奕华的作品，我记得几年前好像在哪里听过关于他的作品，像是关于爱情的解读比较深刻，只是记忆模糊。

我们走到湖边的时候，天已经暗下来，湖面周围的建筑纷纷亮起了灯火，摩天轮也是，这样的夜景很是美丽。她用手机拍着照片，告诉我说手机最近不小心摔碎了，所幸还能用。我也用相机拍着夜景，时而停下来，望着她的背影以及侧面的样子。

不一会儿我跟她说，今晚我们一起去平江路的古街那里转转吧，那里的夜景很美丽，我只是白天在那里转了一圈，既然没有特别的安排，就跟我一起在苏州好好走走，欣赏江南的美景。平江路那里有许多各种各样的小吃，我白天也没吃，晚上正好可以去吃点儿，虽然我知道我刚刚来的时候在苏州大学食堂里吃了许多，并不太饿。不过她要是一起去的话，还是能再吃一些的。她说好啊，于是我们坐了地铁，到相门站出来，走几步便是平江历史街区了。

往来的人虽然没有白天的多，可也不算少，大概他们也知道这里的夜景不错。我想苏州大学的学生们一定是这里的常客，毕竟离这里很近，走几步就过来了。我们俩买了牛肉馅的烧饼，很大的个儿，吃得津津有味，她肯定是饿坏了，毕竟这么大的饼对一个姑娘来说还是有点多的，结果她吃完了，我们几乎是同时吃完的。然后我们去买了奶茶，我买的是红豆的。

我们去了一家花店，这里的花大多是干花，如果不去触摸，很难看得出是干花。主人家手艺很好，做的花朵栩栩如生，别具美感。我在桌边拾起一颗小的红色花，是一朵干花，我一直放在手里，等到我们逛完花店出来，正要往前走时，我走到她面前，跟她说等一下，便把手里的那颗花插在她的头上，小心翼翼，一点一点，怕不小心碰疼她。花太小，看得不是很清楚，而我记得那颗红色的花在她的长发间。

我们没有手牵着手，于是往来的人潮里常常找不见对方，每次等了好一会儿才看见。当然，我这样说是很奇怪的情形，即使我心底觉得我曾有过这样的想法，而我们只是刚认识，肯定也不会这样子。她对我说："真是担心我们走散了，我的东西还在你这里呢。"我说："我的东西也在你那里啊，包括我的手机，你打电话肯定找不到我的。"

她在衣服店里试了很多改良版的汉服及旗袍，我就在旁边等着，每次她换了身衣裳出来，我都给她拍几张照片留着，她自己也用手机对着镜子自拍。说实话，我陪着一个姑娘逛衣服店还是为数不多的，而我觉得她穿着旗袍与汉服很是美丽，有那样的气质在，大概是因为她工作的原因吧，她告诉我她做的是茶艺方面的工作。

不知不觉我们就逛完了平江路的街区，人们渐渐回到自己的归处，到了休息和沉睡入梦的时候，我们还徘徊在冷清的街头，路灯的灯光暖洋洋的，照亮着前面的路。我说我们找一家宾馆休息吧，天也很晚了，于是我们开始找投宿的地方，连续问了三家酒店，两家人满，一家只有一个房间了。我跟她说，这让我想起了古代的武侠故事情节，去客栈的时候，常常会听到店家说，客官，本店房间已满，请另投他处，或是只有一个棚子之类的还能住。

后来我们沿着一条街继续找，祈祷能够遇见。经过一座桥的时候，在路灯底下，抬头望见桥边的晚樱，在暖黄色灯光的映照下，显得别致而美丽，衬托着黑色的天空，那种感觉，像是在仙境中一般，令人无法相信眼前看到的是真实存在的。我和竹林两个人被这一处美丽的风景迷住了，拍了好些照片才走开。在这个桥的旁边，我们找到了一家宾馆，于是在这里住下来。

这一夜其实并没有睡好，宾馆里的马桶冲水的声响几乎一夜未停，还有门外不远处的像是火车轨道，那种列车与铁轨摩擦的撞击声，让我无法安睡，我是在那种很安静的环境里才能睡着的人，一点声响都让我很难入睡。于是这一夜我只是勉强睡了几个小时后被惊醒，到卫生间亲自修理马桶，结果还是不行，回头继续睡，想四点多起来看看苏州的夜景，但因为太困而作罢，直到六点的时候醒来。

第二天的清晨，我早早地起来，走出宾馆的时候，太阳还没有出来，我想去买点水果吃，也真是巧合，旁边便是菜市场，两家水果店在我手旁，于是走过去跟卖水果的人说买两个苹果，希望能帮忙削一下苹果，我手头没有水果刀之类的东西。我自己吃了一个，剩下的一个没有当时削好，我是想留着等竹林起来的时候我们再一起过来，顺便带走吃。

走过昨晚来时的小桥，远见一个城楼，青砖筑成，两层的阁楼立在上面。右手边是一个大桥，我不知道它的名字，只是带着相机转了一圈，直到太阳一点点升起来，我独自爬到城楼上，后来才知道这里叫娄门，位于苏州东北角。旁边樱花正在绽放，站在城楼上，清晨的风还让人感到有些凉意，我只穿着一件衣服，感觉有点冷。

差不多七点的时候我回到宾馆，收拾好东西，这时候我给竹林发了短信说差不多该起床了，她回我说正在收拾，不一会儿便下来了。她穿起了昨天买的白色长裙和外套，一抹淡红色的唇，加上白皙的肤色，给人一种清爽的感觉。我跟她说，外面的风景很好，还是多看看景色才好。走到不远处，我带她去了那家水果店，店主帮我削好苹果，我拿给了竹林，跟她说我早晨已经吃了一个。

我对她说，那边城楼上的风景不错，可以去那里转转。于是我们穿过马路，我背着她的书包，拎着相机，朝着城楼走去。这时候人不多，四处清幽，只有我们两个人说话的声音，我给她拍了一些照片，并且用计时自拍了我们两个人，只是效果不是很好。

我们先去吃了早餐，她说今天她请客，我也就不客气了。我们买了两个包子，一个很大的煎鸡蛋饼，然后到店里吃了一笼包子，还有两杯红豆粥。这么多的早餐，我们勉强吃完了，当然，主要是我饭量比较大。感到奇怪的是小笼包竟然会是甜的，我一点儿也想不出来怎么回事，即使在嘉兴那边也很少有甜的小笼包，听都没听过。我对竹林说，以后再也不吃甜的小笼包了，是不大好吃。

吃完早餐以后，我们在路边等着公交车，那时候阳光正浓，而我站在她的背后，望着她白色的上衣和长发飘动的样子，心里一阵温暖。

我们坐车到地铁站附近，乘地铁去了展览中心，我们走过天桥，这时候天气变得有点热了，我在天桥上给她拍了两张照片，她总是说正面不好看，所以总会留一张背影的照片。

在博览会上，我们转了很多地方，这里有建筑创意、工业设计、茶艺及丝绸、布艺等诸多方面的展示，刚进去的时候还遇见农业景观的展区，有许多家里常见的工具及茅草垛子，只不过这里的垛子是稻谷秸秆，也让人感到眼睛一亮。来的时候忘记买水，整个上午我们都在里面转来转去，一度找不到对方，还好有展示茶艺的地方，竹林和我坐在那里品茶，一个温婉的、穿着淡绿色古代服饰的姑娘向我们展示茶艺，当然，我身边坐着的这位竹林姑娘也是在茶馆工作的，和眼前的这位姑娘一样。我偷偷地在竹林耳边说，要是她也坐在那里，那可真是很有趣的情形。

我们在这里流连太久，以至于出来的时候已经一点多了，可以说是又渴又饿。接下来要去的是狮子林及拙政园这些典型的苏州景点，竹林还没有去过。我们先是去吃了午饭，点了干锅土豆和皮蛋，黄瓜肉和木耳的那个菜——我忘记叫什么名字了。吃完饭以后在旁边不远处找了家宾馆安顿下来，这次出去轻装上阵，东西很多实在很累。

休息一会儿以后，我们出发，狮子林离这里并不远，我们沿着街走，路两旁种着梧桐树，一片片翠绿的叶子在天空的映衬下显得如此别致，我也跟竹林讲起了这种法国梧桐在我们老家叫作火球树的故事。后来我们经过一个小区，古旧式的门楼显得很有意境，于是我们走过马路，在小区里转了会儿，也许是午后人们忙碌，小区里一片幽静，像是只有我们两个人似的。白色的墙、红色的蔷薇，以及旧式的门饰，别有趣味。她在前面走着，阳光从前面照过来，望见她的影子慢慢移走，一旁的迎春花正在盛开。

我们去了狮子林，却得知已经闭园，感到很是可惜，为何这么早就关门了，有点想不通。于是我们继续往前走，到了拙政园和苏州博物馆，也得到同样的消息，感到有点失望。我们后来又去了虎丘山，仍旧得到令人不悦的消息，本来还想去寒山寺碰碰运气，最终决定不再冒险了。我们两人慢慢往回走，有几分失望，的确如此，可那时候我忽然心里想对她说，其实有她在我身边，就这样没有方向地散步我觉得已足够感到愉悦，即使看不到周围美丽的风景，对我来说，最好的感受还是她的陪伴。有时候更在乎的是有谁陪着，而不是去了哪里，见过多美的风景。那一刻我心里的确这样想着。

所幸的是，我们走过桥，经过一条河，巧遇了游船，于是坐在船上游玩，两旁尽是江南典型的建筑风景，水上人家。这时候天色渐渐暗下来，不久船停下以后，周围灯火开始亮起。我们在那条街上走了很多路。

回到宾馆，我们也很累了，不过她还是陪着我去火车站买了车票，借了宾馆的雨伞。回来的公交车上，我说这好像不是真的一样，像是在做梦似的，感觉不大真实，我是说这好像不是我的正常生活的一部分，但却发生了。

回来的路上，她执意要请我吃饭，否则心里很过意不去，这两天来我陪着她走了许多路。而我却没觉得她有什么歉意的地方，我也是无人陪伴，幸好遇见了跟我一起游玩的人，陪了我走了那么多路，我也很是歉意。而且我说我现在不饿，要是饿的话早就缠着她去吃饭了，不过最后还是没有拗过她，去吃了点东西，扬州炒饭和一碗汤，我们吃着吃着就吃完了。

当我去坐火车的时候，她送我出来，正好旁边一辆出租车过来。于是她说让我路上慢点儿，外面有点儿冷。我说好的。看着她走进去，我也赶向火车站，再过几个小时，我就会坐在办公室里，拖着疲惫的身体。

风不知从何处袭来，仍旧感到寒冷，我只穿着薄薄的外套，雨已经停了。

维西亚的一年
——在灿烂的阳光下活着

寒冷的冬天刚刚过去不久，积雪一天天融化成水，远处的田野里，睡了一个冬天的麦苗开始露出笑脸。这时候的大地被雪水滋润着，黏黏的，如果你走进去，脚会很容易陷进去，即使看起来地里的泥土已经不那么柔软了。

等到柳树发出新芽的时候，人们就开始忙活起来了，许多人家都会在地头留下一片土地当作菜园，秋天往往种上很多白菜和萝卜，还有胡萝卜，在冬天来临的前夕收割回家，留作漫长的冬季中最好的食材。

每样蔬菜都有自己的用处。比如，萝卜可以用来蒸包子，和粉丝、生姜一起；白菜炒粉条是永远吃不腻的一道美味的菜，每次炒上满满的一盆，一家人都能吃得完。胡萝卜则一部分留着，平时让孩子当作零食。自己家地里种出的胡萝卜虽然个头没有买来的大，形状也显得怪异，但很甜，从外面买来的胡萝卜吃起来真是生涩得厉害。另一部分胡萝卜用来蒸包子和包饺子，也用于腌制，腌制起来很简单：放上盐巴和其他调料，放点切好的葱花和姜末，然后放进小坛子里，等四五天以后就可以打开吃了，吃的时候倒上自己家酿制的芝麻油，夹在馒头里吃，味道很好。

等到这些都收割完以后，这片地就空着，度过孤单的冬季，它在休息，也在积累养分。等到冬天过后，就可以种植新的蔬菜了。

雨萱小姑娘很是喜欢跟着妈妈到地里忙活，即使她还不能拿得动锄头与其他的工具，常常只能站在那里看着妈妈一个人在忙，种下种子，浇水，然后等待它们长出来，白菜、卷心菜、番茄、豆角、茄子、黄瓜，还有许多她叫不出名字的蔬菜。对了，还有她最喜欢吃的蚕豆。

慢慢地，随着四季重复地轮回，从编柳条花环、放风筝的暖春，到割草与放牛的炎夏，再从收获柿子和山楂的深秋，走到茫茫白雪、躲在家里看电视或是堆雪人、去湖上滑冰的寒冬，不知不觉间，时光悄然流逝着，她也在一天天长大，渐渐地可以跟着妈妈一起下地干活了，这也是她一直期盼的事情。

于是，在这年的春天，等到地里的雪水渗进土壤深处时，小姑娘便迫不及待地跟着妈妈去地里种下开春的蔬菜。在一个温暖的周末，吃完早饭后，雨萱便和妈妈推着平板车到不远的湖里种菜，车里放着水桶和其他工具，还有几袋蔬菜的种子装在一个塑料袋里挂在工具的木柄上，还有一大袋蚕豆种子，那是提前好几天泡在水里的，要唤醒正在冬眠的它们，等到出芽，没有出芽的就有可能无法生长起来。

妈妈先是将地翻好，弄得平整而又疏松，接着雨萱则用工具翻出一个个小坑，看起来还算整齐的一排排，然后妈妈拿着水桶去湖边打了一桶水拎过来，等到雨萱在每个坑里放进种子，妈妈在后面逐个浇水，埋好。虽然不是多么累，雨萱的额头上还是渗出了一些汗珠，鬓角处的几缕头发和汗水一起紧贴着脸颊。令她欣喜的是，今天的天很暖和，偶尔还有春风徐徐吹过，地头的那棵柳树上发出的柳丝随着春风飘动着。

虽然妈妈把没有发芽的蚕豆挑出来，说这些都不能长出苗儿的，可雨萱觉得这样扔掉太可惜了，说不定也能长出来呢。于是她自己偷偷地将那些被妈妈扔在地上的蚕豆收集起来，放在小袋子里，带了过来。

还好刚刚挖的坑比较多，她得以把原本要扔掉的蚕豆种子放了进去。就这样雨萱和妈妈一起种下了蚕豆及别的蔬菜。

她记得妈妈跟她说过，早春时候种下的蚕豆种子，等到初夏的时候就可以长出来嫩嫩的蚕豆了。她自己无时无刻不惦念着能吃到妈妈亲手做的炒蚕豆。

种好蚕豆以后，她坐在旁边的桥上休息着，拿着水壶倒了杯水，一口喝下去，这时她的脑海里似乎浮现出了那白色的盘子里盛放着青色鲜嫩的蚕豆，还有几点葱花，酱油与植物油凝到一起，在堆着的蚕豆之间来回浮动的情形，让人忍不住拿起勺子舀上三四颗放进嘴里。

而到秋天蚕豆还没有吃完的时候，妈妈会将这些变老的蚕豆留一部分做明年的种子，一部分清洗好，放进油锅中炸兰花豆，然后撒上碎盐及味精之类的调味品，放在盆里待冷凉以后，就可以大口吃了。那种味道很是独特，香脆的感觉回味无穷，她现在还记得那种味道。

从这以后，她一天天等啊，等啊，常常感觉时间过得太慢。有时她会在放学以后，晚霞还未散尽的时候，跑到屋后的田地里，看着蚕豆苗一点点长起来。虽然她无法亲眼看到某一刻生长的情形，但是两三天就能看得出变化，一个星期过去，会变得很多。

在这个春天的一个周末，午后没什么事情，她还是和小伙伴们到田野里去，折柳枝编花环，或是寻找路旁美丽的红色花朵，她会开心地指着地里那片蚕豆，告诉他们关于蚕豆的情形。春风暖洋洋的，吹在他们粉嫩的脸上，还有蚕豆苗随风飘动着，开出了紫色、红色的花朵。

在这数不清的花苞下面，正生长着蚕豆荚，等到花自然凋谢以后，从底部开始长出细小的蚕豆荚——那种淡绿色的小不点儿。她小心翼翼地观察着，不敢用手，怕不小心折断了，那可会是四五颗蚕豆呢。

再过不久，大部分的花儿谢尽，蚕豆开始长起来，一开始是很小很小的豆荚，慢慢地变得大了，表面上也变得毛茸茸的，再到光滑，身子开始鼓起来，这意味着里面的蚕豆长大了。

雨萱告诉同伴们："这些蚕豆是她和妈妈一起种下的，每一个坑里放了一颗，种之前要先把蚕豆放在水里泡上几天，等它们都发芽。当然了，大部分的蚕豆会发出芽来，也有的没发芽，或许是比较慢一些，但我相信最后它们也都能长出来的，就是比其他的晚一些而已。妈妈说这些还没发芽的长不出来苗，可是我没有扔掉，也一起种下去了，你们看，现在它们也长出来并且开花了。"

他们站在旁边观察着蚕豆，那紫色的花朵里黑色的部分仿佛是它们的眼睛，随风飘动的时候好像在望来望去一样，很是灵巧。

过了没多久，蚕豆的花凋谢了，一片片掉落在它们苗壮的母亲身旁，接下来的时间是豆荚里蚕豆们等待成熟，长在一个豆荚里的蚕豆们紧紧依偎在一起，早早地就开始聊着天，悄声细语，只有周围的几个伙伴能听得见。

维西亚便是这万千普通的、看起来相似的蚕豆里的其中一颗，它长在最下面，在它的上方还有三个伙伴，应该说是它的亲人。按理说在上面的个头应该更大一些，然后一个比一个小，豆荚尾部的那颗最小，但维西亚个头着实不小，虽然没有最前面的哥哥那么大，却要比中间的两个个头大一些。在这拥挤狭小的空间里，它们无法伸展开来，紧贴着周围软软的薄壁，有一层白色的膜保护着，和大多数蚕豆们一样，它也迫不及待地等着外层的豆荚裂开来，这样它们就能看到外面五彩缤纷的世界了。

关于蚕豆未来的归宿，它们的母亲很有发言权的，因为它们经历过这些，所以它知道最后它们会面临着怎样的命运。

母亲跟它们说，大多数时候它们只会面临着被摘下清炒吃掉的结局，那一刻也只有很短暂的时光看到外面的世界，几分钟，或是几秒钟，看到天空，人们的手臂或是脸庞。

"而如果你们足够幸运的话，我是说没有在嫩青的时候被摘掉，等你们成熟了以后，他们会把我们剩下的蚕豆们都收集起来，一部分蚕豆可能会被放进油锅里炸成兰花豆，而一部分幸运的也可以留着等待明年继续种植，然后就会长成现在这样茁壮了。"

所以有时候它们也安慰自己，毕竟有一部分蚕豆会在嫩青的时候没有被摘掉，当一个人家的蚕豆种得多，因而来不及在嫩青的时候吃完，或是打算好留一部分当作明年的种子。当这些蚕豆成熟了以后，他们会将它们收集起来，留着明年继续种植，这样到了下一年的春天，又能孕育新的生命，这样便可以多活很久很久，比很多其他昆虫的寿命长很多呢。当然了，有时候它们也十分羡慕昆虫们有脚，或是有一双翅膀，可以走很远的距离，飞更多的地方，看到许多风景。

维西亚是一个既有着几分固执，又常常对未来的命运感到莫名害怕和不安的蚕豆，它不希望自己会面临这样的命运，当它在孢子里听到周围的蚕豆被拔掉的声音时，尤其感到恐惧。每当这个时候，周围的伙伴们都会安慰它："说不定我们能安全躲过这次，等过段时间我们变老了，人们就不会把我们摘掉吃了。"

说实话，总会有一些植物是幸运的，对于它们来说，生命的长久与否，其实很多时候只是一件很随机、很偶然的事情。人们来到地里，面对着许多株蚕豆，有时候看看哪些长得更茂盛，蚕豆荚更鼓一些，就拔掉带回家做菜吃。

这个世界里，总有许多事物没有对自己的存在掌握主动权，没有自由的意志，就像鱼儿无法离开水，或许一辈子就在那很小的一片水域生活，幸运的话能自然离开；如果不幸，可能被别的鱼儿吃掉，或是被聪明的渔人欺骗而成为人们饭桌上的一道美食。假如是动物，还有几分自由，至少可以跑来跑去，尽管它们活动的地方越来越少，也会随时遭遇猎人的捕杀。这样看来世上的确没有绝对的自由，那些平常日子里自由的，往往很难逃脱死亡，而看起来天生就失去自由的植物树木，反而获得很久远的生命。

维西亚似乎天生话很多，准确地说，这颗蚕豆问题很多，总爱问这样或那样的问题，常常搞得其他同伴不知道怎么回答才好。比如，它曾问过，为什么昆虫们有那么多只脚可以跳来跳去的，而它们却没有呢？同伴们说，可能是因为它们天生就是作为食物而存在的，而不是一种能动的生命，证据是它们天生都没有手跟脚，因而无法逃脱。

可维西亚自己坚持认为蚕豆也应当是有手和脚的，平日里它经常尝试着使出力气向四周挣脱，虽然力量不大，但是久了，豆荚渐渐露出了一点微微的缝隙。忽然有一天，它惊喜地感觉到自己身体发生着变化，沿着缝隙的两侧有手和脚的感觉，这让它感到很是惊喜，说不定自己有一天也能像昆虫们一样自由。即使有一天自由了以后，不知道自己要做什么，毕竟它不需要食物，也不需要水，大概的目标就是努力像蒲公英的种子那样找到一个能让自己生长的地方，等待着来年绽放，完成这种轮回的宿命。

就这样好不容易熬到了秋天，豆荚渐渐由青变黑，从前的嫩绿也变得干瘪，露出了缝隙，许多生存下来的蚕豆们得以看到了外面的世界，尽管只能看到一部分。它们看到了飞虫、蓝天和养育它们的土地，羡慕的同时，也觉得外面的世界其实危险重重，不知道什么时候就遭遇死亡。

不知道什么原因，今年夏天尤其热，许多蚕豆都快要干枯了，维西亚向周围的伙伴们抱怨，能不能活下来，它已经干渴得厉害，而身下的大地也变得干裂，表层没有了水分，因而常常感到浑身都被晒得很痛，这时候只盼着能下一阵雨。不久的一天，小姑娘还想吃蚕豆，于是妈妈让她去地里看看有没有青嫩的，可以摘一些回来吃。于是她挎着篮子到地里，失望地看见蚕豆叶子变得又干又黄，像是快要死了似的，她也没有心思去看有没有青嫩的蚕豆，快步跑回家告诉妈妈这个不幸的消息。下午便和妈妈提着水桶来到地里，用舀子舀水给每棵蚕豆浇了水，蚕豆总算是得到了解救，坚强地活了下来。

所以，大家的朴素的愿望便是，希望自己的命运能从此转变，冬眠几个月，等到明年春天就能够成为一颗种子，埋在地里，发芽成长。出去的话可能会面临很多危险，可能被人们的鞋子踩碎，或是被某种食草动物吃掉，或是遇到了黑色的蚂蚁，然后被它们抬进地下当作美食。总之，伙伴们想到了许多可能的结局，每种结局都是让人感到恐惧的。

可是尽管如此，维西亚还是执意想出去看看外面的世界，它说万一遇到善良的昆虫们呢，或许会遇到很多能帮助它的动物。面对未知的未来，我们总不能只往坏处想。

终于有一天，维西亚的豆荚裂开了，它告诉伙伴们，今天就要出发了，多看看外面的世界，说不定能回来跟它们讲起冒险中遇到的事情。

看着维西亚如此固执，坚持要走出去，伙伴们只好妥协，并祝愿它好运，能活着回来，赶在秋收之前回来，说不定还能等到明年当作种子生长起来。

不久后，它和周围的伙伴们告别，努力挤出豆荚，掉落在松软的地上，这是它第一次与土壤接触，那种感觉很是舒服。伙伴们看着它，惊奇地发现，它一点一点伸出了像昆虫一样的手和脚，不对，和蚂蚱它们不一样，维西亚长出的手和脚更像是人类那样的。这时候大家欢呼，同时也知道了原来自己也是有手脚的，如果努力伸展，而不是安逸地待在温暖的豆荚里等待成熟。

当它站在母亲的脚下，将要离开的时候，有些依依不舍，母亲说："你也不要走远，记得在不久以后回来，等到人们收割以后，就可能看不到你们了。"维西亚说："好的，我记住了，我只是想看看外面的世界，溜一圈就赶紧回来。"

于是，维西亚开始走出蚕豆林，还有白菜与萝卜地，它们都好奇地看着这颗奇特的蚕豆，它们问："你要去哪里？"维西亚说："我想去外面看一看，你看我长出了手和脚，终于能和昆虫们一样走来走去了。"

最后的命运是，它看到大树上叶子都落下，地上堆满了树叶。再后来，天气很冷，下了大雪，白色的雪把它盖起来，它觉得疲惫了，于是找到原来的家乡，可是它们都不在了，没有它们的影子。它感到很难受，哭了好久，一切都变了样，它看到那棵熟悉的树，找到那里，玉米也没了，棉花还在，问旁边的棉花它们去哪里了，棉花告诉它，不久前被收割了，带到很远的地方去了。睡了好久好久，当雪融化了变成水及小河流，它又到旁边看，还是没有，等啊等啊，终于看到了女孩的影子，看到了众多熟悉的亲人们。这次它选择了自己的归宿，成为一颗带着希望的种子，它发现自己身上不知何时长出了弯弯的嫩芽儿，一天天变大，它知道自己快要生长了，这一天看到熟悉的面孔，终于和它们一起，藏到了浅浅的泥土里。不久以后，它们长出来一根许多叶子的豆苗，开了花，然后又听到豆花们叽叽喳喳，整天吵闹不停，可是后来什么都听不见。

平湖姑娘

有一段很长的时间里，我常常下班以后，骑着自行车到那个姑娘所在的地方，沿着老街一直往前走，直到街尽头的十字路口，然后往左转去，努力骑过沿塘架桥，下来以后往前走大约一公里的距离，便到了宁村，这时候有两条路可以选择，一条是往前走穿过高高的二号桥，另一条容易一些，从宁村的村北绕过去，穿过狭窄的石子路，转进第二排人家的门口，然后沿着小路一直往前走，便看到高架桥的涵洞，一片漆黑，大约二十多米的距离。

过了桥以后，沿着大路一直往前走，到了三号桥，这里便是两地的分界线了。北面是平湖，骑过三号桥，到第一个十字路口，那里立着一座奔马的雕像，从这里左转走到红色的车站点，看到下一站便是堰家渡，那里是此行的终点。其实到了这里已经不远了，只需要穿过那座观音桥就好，姑娘的家就在田野旁边，独立起来的一栋房子，三层小楼，我常常看到她的奶奶在门口的菜园里忙碌着，于是牵着车子慢慢走过去，她看到我很是开心，忙放下手中的活儿，到了屋子里倒了杯水给我。虽然我听不懂她说的话，却能感受到她的热情。

其实我与她的孙女相识很大程度上也是她的缘故，我只是一次出行经过这里，杯子里的水已经喝完，于是厚着脸皮去讨水喝。那天是周末，姑娘在家练钢琴，我听到钢琴声，便起了兴致，老奶奶带着我走到楼上姑娘弹着钢琴的房间，她沉浸在琴声里，忘却了周围的一切。直到我们走进去，她才停止了弹奏，转过来看见陌生的我。老奶奶和她说了一些我听不懂的话，而我说明了自己的来意，我说听到琴声才想过来看看，她带着一脸羞涩的表情说："我弹得不好，只是刚刚学而已，没事的时候在家练习，让你见笑啦。"我说："哪有啊，弹得比我好多了，我也是最近一段时间刚刚报个班学钢琴，手特别生疏，总是找不到感觉，所以没有信心。"她说："你也学钢琴啊？"我说："是啊，一直以来都放在心底，现在工作了，也有很多时间，所以就鼓起勇气去学钢琴，不过我都不敢让同事朋友知道，怕他们会嘲笑我，因为大家都觉得我不是学乐器的材料。而我有时候也爱说大话，所以现在更是小心翼翼了。对了，这个钢琴好像很新的啊？"她说："是啊，刚买不久的，我也是下了决心要学会它，所以买回来自己在家练习，不过有时候吵得他们睡不好，倒是个问题，所以现在我都是闭着门练习的，你们在楼下也能听见，真是没辙了。"我说："可能是我耳朵比较灵吧，而且对钢琴声更敏感，所以就听到了。"

这时候她奶奶下楼忙了，只有我们两个人在聊天，不一会儿我手有点儿痒了，于是跟她说我想弹一下钢琴，她应允后，我坐在那里，有点紧张地弹了起来。开始的时候很慢很慢，担心有地方出错，不久以后慢慢找到点感觉，于是感觉弹得顺畅很多。她坐在我旁边听，钢琴在靠近窗边的角落处，午后的阳光洒在琴键上，变得光亮，还有她的长发在一侧飘散着，侧脸时瞥见。

弹完后，她对我说："你弹得挺好的啊，感觉比我好一些的。"我笑着说："你这话说得我很不好意思啊，真弹得不怎么样，我是清楚的，我就当你是在鼓励我了。对了，我叫春永，还不知道你的名字呢。"她笑着说："我叫薛凌姗，你叫我凌姗就行。"当我们互相告诉对方年龄时，才发现她比我小一岁，我开玩笑说，她可以叫我"春哥"了，以前大学同学都叫我"春哥"的。她说，那可以啊，春哥这名头听着就有几分霸气呢。后来我说还是别叫这个了，感觉有点别扭，现在还是叫春永比较舒服，只要别喊错叫成"永春"就行。

她的屋子很是整洁，是一个勤快的姑娘。桌子上摆放着几本厚厚的画册，我走过去翻看了，大都是艺术类、西方美术简史、中国山水画图鉴等。我问起她时，才知道她是学景观设计的，桌子上有本绘画本，我拿起来看了，画得很精致。我说我也画画，但只是业余爱好，去年画了一年，慢慢腾腾，常常都是因为出去玩而落下画笔。可能是我喜欢的东西太多吧，而无法专心致志。

我坐下来，不久凌姗也下班回来了，我看着不远处的红色站牌，是否有公交车经过，等车走以后，留下一个扎着辫子的姑娘，不用说，那个姑娘便是凌姗了。她现在在平湖的一家公司上班，每天都住在家里，还好，作息时间轻松一些，不用每天那么累。

今天她穿着灰白色上衣，浅绿色裤子，戴起了那顶我们去溪谷时我送她的帽子，远看过去很是漂亮，我跟她这样说。她回答道："那你的意思，近处的我太难看了吗？"我连忙致歉说："肯定不是这个意思，远近看起来都挺漂亮的。"她笑了笑说："我跟你开玩笑的啦。对了，今天你怎么过来的啊，还是骑车子吗？"我说："是的，现在已经是春末了，下班之后天还亮着，况且还有风，很适合骑车子，顺便还可以欣赏两边的风景，一举两得呢。"她说："你倒是会说，可路上你肯定辛苦的，要是换作我，要吃不消的，你上班的地方离这里少说也有好几公里，最好可以骑电瓶车，比较方便。"我说："我有电瓶车，不过常常忘记充电，所以就一直扔在车棚里了。对了，今天我经过菜市场买了点菜回来，你前段时间不是说要尝尝我做的菜吗，每次到你家你妈妈和奶奶都不让我进厨房的，刚开始我也不好说什么，对吧？现在咱俩那么熟了，我天天到你们家吃饭，觉得太过意不去，弄得好像我啥都不会，只会陪着你聊天、看电视似的。今天我就做几个菜给你们尝尝，如果做得不好吃，你多担待啊，我想口味可能不一定适合。"她说："没事啦，你能做菜已经很不错啦，我倒是会点儿，可很少有机会到厨房做菜，就连我爸都会烧菜，所以基本上没有我的份儿了。今天你要是能说服他们，那我也做个菜给你尝尝，好不好？""可以啊，再好不过了。"

这时候我拉着她到厨房，一起帮忙择菜，我们俩坐在小板凳上，我在她耳边说："你跟奶奶说一下，说我今天烧个菜，她应该会同意的吧？"她说："那我问问。"于是跟她奶奶说了，结果奶奶说可以的。于是我便烧了一道竹笋炒肉和一道番茄炒鸡蛋。凌姗在一旁看着我做菜，快做好的时候我总让她先尝尝味道怎么样。她夹了菜放在嘴里尝了尝，表情怪异地对我说："咸了，太咸了。"我疑惑道："真的假的，我盐放得不多啊，你夹点给我尝尝。"结果味道正好，我说："你又在开我玩笑，吓死我了，我做菜也有几年的经验了，对盐量的控制还是可以的。"

吃完饭后，大概已经七点多了，这时凌姗跟我说："我们出去走走吧。"于是我们走出门去。门外天色暗下来，虫鸣声阵阵，门前的小路通往前面的大道，我们沿着路一边走，一边聊着天，大概我习惯了靠左，于是常向她靠近过去，不经意间碰到她的手臂。不久以后，我忽然想牵着她的手，却又不好意思跟她说，这时有点紧张起来，我便努力装作什么都没发生的样子，不想让她看出有什么不对的地方。

当我们站在路口，风从低矮的树梢吹过来，她的长发被吹得散起，我在一旁，闻见她的淡淡的发香。我们各自无语，沉默着，不久她转过头问我："你在想什么呢？"我说："没有，什么也没想，只不过刚刚想说，我们要是常常能一块走到这里，吹着凉风，就好了。"她想了想说："如果那样，那我们会容易感冒的，即使一个人感冒了，最后还是会传染给另一个人的。"我说，这倒不会，她要是穿得少了，风起了，我会把外套脱下来给她的，不让她轻易感冒，我没事，身体好着呢。

　　不久我们折回，回来的路上，我抬头看着夜空，那里依稀有几颗时亮时暗的星星，我很欣喜，不自觉间拉住她的手，指着夜空说："你看那里有几颗星星在亮着？"她抬头也看见了，说道："啊，真的是星星，感觉像是好久没看到了，平时回到家以后就在屋子里不常出来的，大概是你在这里我才想起还是出来走走。"

　　就这样，我慢慢地握住她的右手往前走，感到她手心的温热与柔软，我是初次牵着一个和我差不多年纪的女孩子的手，因而感觉很特别。晚风拂过，单薄的衣裳显得有些冷了。我问她："你冷了吗？"她说："有点儿，你应该比我冷，穿得这么薄。对了，明天就是周五了，周末你打算去哪里，还是陪我一块练钢琴？"我说："周六上午可能去一趟海盐，然后再回来。那下午陪你练会儿钢琴，傍晚的时候我们去河边写生吧，我把画板之类的东西一块带着。"她说，好啊，从年初就说起过，可是春天都过得差不多了，还是没有成行。

　　晚上我在她家住了下来，住在她隔壁，早晨才回去上班。

　　这样的生活简单、平淡，而我们大概习惯了彼此的存在，我常常这样，在天气晴朗的傍晚，结束工作以后，骑着车子走过这十二公里的路程去看她，和她一起过着家庭的生活。在离开了自己的家庭七八年之后，习惯了一个人的生活，因为对凌姗的感情，开始一点一点地适应和其他人在一起的生活。即使这中间还有许多方面无法完全适应，也渐渐去努力，毕竟从本质上来说，一个人的生活和两个人的生活无法等同。我常常对凌姗说，如果我们在一起了，我身上的许多缺点她还要多包容，我的自以为是、我的贫嘴、我的直性子，还有其他很多东西。但我的心底是好的，努力对她更好，即使我一时半会儿还无法做到为另一个人考虑，把一个人看成自己生命的不可或缺的一部分。

　　她会对我说，她也是有很多缺点的，她比我会使性子，比我更容易生气，而她很少看到我生气，应该是从未对她生过气。她看得出我很喜欢她，她说我常说以前遇到的姑娘总是由于各种莫名其妙的缘由没能走到一块，于是觉得生活里许多人和事情仿佛都不像是真的存在一样，连遇到的幸福也都如此。在我们相处的这二百多天里，她感觉到我对她的好。我会哄着她开心，会带着她在安静的星空下散步，会和她一起去她想要去的地方，而我总是会发现她没有意识到的风景。我也会给她讲很多我自己的故事，好像总也说不完。我也把自己写过的故事讲给她，我说从不想给认识的姑娘看，怕误会，如果我喜欢上了这个姑娘。可是经不住她的好奇，最后还是给她看了。这时候她意识到，我愿意把我内心深处的东西让她看到，她已经感到很知足了。她明白我虽然从没有说起过我喜欢她或是爱她，我自己曾说过这辈子都没有勇气对一个姑娘说出这些话，至今没有改变过。但从我们度过的这些日子，我嘴上不说，她已知道我对她的好。我们在一起，也没有经历过什么波澜，只是巧遇了，然后不知不觉地在一起，直到现在，所以我常常觉得眼前这一切就像是在梦中一样。不知道为何就来到了这里，遇见了这个平湖的姑娘，在不经意的旅程中，渐渐成为你生活里的一部分。

我说起，前面的路还长着呢，而我不知道等待着我的是怎样的一种生活，我一直期待着遇见一个相处起来愉快、简单的姑娘，遇见了喜欢的，却总是莫名其妙匆匆结尾。而凌姗在我心里很重要，我不知道怎么说才好，我常常随性地生活，没有想过有一天要把心停留在一个地方，一个人的身上。我期待感情，却恐惧家庭生活。不管是否是在刻意躲避着终将发生的改变，我都要承认，我还没有足够的责任感，去承担起一个人之外的生活。我也在努力适应着发生的一切，最后怎样，我可能还不清楚，可看到她在我的身旁，手里牵着我温热的手的时候，我会有更多的信心。

第二年的春天，我们出去散步的时候，我对她说："凌姗，那我们就在一起？"她说："是啊，你这样经常辛苦过来见我的时候，我总是开心着呢。"走着走着，我的左手放在她左肩上，将她搂在怀中，在虫鸣声下，停驻着，而我吻过她的脸颊，相拥了许久。

那时，透亮的晚霞染红周围紧裹着的云层，都变成了金色，远远望去，很是美丽。

一切存在或许皆是徒然，但终究会有所得。

我想，我同依舟两个人的故事，说起来并不是那样复杂。

记得后来我去依舟家里的时候，吃完午饭，聊起天来，依舟说她的这个名字就是父母信了耶稣以后才取的，寓意不言自明。我的感觉就是，不想其他的缘由，依舟这个名字挺好听。我也就一直这样喊着她的名字。

我遇见她也是在 5 月 31 日那天，一个雨后的天气。此前沈阿姨告诉我说小姑娘年纪是小了一点儿，十八岁，对我来说，实在感到有点儿惊诧，我在想，我二十四岁的年纪，我们俩可以相处的好吗？十八岁的小姑娘在我眼中是那种很活泼的女孩子，喜欢的事物和我定然有着很多不同的地方，甚至说话也可能说不到一块儿去。也会觉得我这个年纪很老了的样子，所以自然担心很多的。

要说起复杂的一面，便是她的家庭笃信耶稣。她从小便在这种环境下成长，自然与旁人的孩子有所不同，对我的要求，也是希望我能够皈依到这信仰中来。思前想后，终究还是有许多想不明白的地方，然后不知所措。可是这样的问题摆在眼前，总要有待自己去面对与解答。

我们大约见到了两次，第一次见面便是 5 月 31 日那天我去海宁，先去了阿姨家，我记得那时候迷了路，然后在村子里等啊，等啊，好久以后才看到佳妮他们开车过来找到了我。晚上在佳妮家里吃了晚饭以后，几个人开车去了依舟家里，村里路灯不多，雨后的天气弥漫着尘土的气息。后来才找到依舟家。我走进来，看到一个姑娘，穿着深蓝色的衣服，举止礼貌，给人一种平易近人的感觉，我知道这应该是依舟了。真的很难相信她只是十八岁的姑娘，在我的意识里，这个年纪的姑娘大概和我是聊不来的，相互理解不了各自的想法之类，而见到她以后，我开始相信自己的先入为主的判断并不正确，她显得温厚而得体，大约是因为家庭信仰的缘故，我心里大约想到了这一方面的情形。

当时并没有感到什么不安的地方，大致都是相似的情形，从杭州的时候开始，到如今也有许多次这样的经历，若是自由相识，何来如此烦恼，或多或少。然而相遇并非容易之事，我们大都晓得这样的情形。夜色已深，虽在灯光下，仍觉不甚清晰，她在一旁说着话，和佳妮两个人有说有笑的样子，声音很小，也听不清。

后来我们便回去了，留了各自的联系方式，晚上在佳妮家里度过，当时给依舟发了短信，想约她明天出去玩，可是明天是周末，她是要去教堂聚会的，我陷入了困境中。最后还是有些妥协，要不明天去教堂吧，时间差不多了再回去。我为此感到困惑不已，于是和佳妮聊起这件事情，当然有许多想不通的地方了，让我一定像他们一样笃信耶稣，对我来说不是轻易能做到的事情，倒不是因为我自己的原因，而是这种事情实在无法勉强，我无法确信自己能够做到。

第二天上午下了一些小雨，阿姨去上班了，叔叔在楼下做早饭，佳妮他们俩今天早起去厦门度蜜月，就剩下我和叔叔两个人了。我下来吃了早饭，一个很大的粽子，还有许多菜，一大碗粥。不久佳妮的阿姨来了，今天是要一起去教堂聚会的。后来依舟的母亲过来了，我骑着电瓶车带着她一起去了教堂。这是家庭教会，在一个挺大的房子里，并不是很高，分割两边，一边是男人，一边是女人，像小时候家里的教堂那样，有着许多长椅子，给人一种严肃的感觉。我自己倒是显得平静，大概与自己的性格有关。看着周围的人，从小孩到老人，以及许多年轻人，另外一边的女人里也大概如此。他们的手中放着圣经及赞美诗集，唱圣歌、布道及祈祷。我坐在靠后的一个位子上，旁边是一位老人，年纪看起来有六十多岁的样子，不久以后有个年轻人走过来坐到了我的右边，跟我聊起来。实际上我不大喜欢这个时候和这个人说话，不知什么缘故，但是出于礼貌，我还是与他聊了一些。他应该见我是新面孔，所以想了解一些我的情况。于是就这样聊了一会儿，然后大家唱赞美诗，我也跟着唱，可是总是不好意思唱出来，可能是自己没有唱过，以及这种场合有些拘谨的缘故，我担心自己唱走调了不好。旁边有些人看起来有些困倦，后面的一个老人枕着自己的手臂睡着了，旁边一个十几岁的孩子也在那里打盹儿。

对我而言，一上午的时光在教堂里度过，似乎有所感觉，又说不出来。听着前面的人布道，也感到和自己想法有些契合的地方。记得有人说，人世间金钱名利皆是虚空，生不带来死不带去，如此如此，似与佛家的一些观点有相似之处，我总感觉无法把握好基督教的教义所包含的内涵，与俗世不可分割的联结。如果我们生来都有罪，而侍奉主只是为了最后升入天堂，那不是一种天然的庇护所了？原谅和赦免所有今世有罪的人。况且所说的罪，到底指的是什么罪，狂妄自大，这只是作为人的一种特征罢了，许多特征无法归因，只能用俗世的道德去做一种评判。而人有善恶也是世间常有之事，大而化之到人类的罪孽，似有失偏颇。无论如何，心里这样一想，总是有许多困惑难以解开。

中午我们一起吃了饭，我胃口并不好，而且是站着吃饭的，饭前的时候，大家集体祷告，我也低头紧闭着眼睛，沉默不语。饭后我们一起去外面散步，上午的时候我听说是依舟在前面弹钢琴，感到很是欣喜，一时间有种很温暖的感觉，虽然被遮挡着看不清她的样子，只是偶尔瞥见。原来她还会弹钢琴呢，我感到有些意外，她和我说她还会小号之类的乐器，这些都是自学的。后来有一次我们聊起来，我说自己一直有个梦想，就是能买台钢琴，虽然自己不会，但希望自己的孩子学会，大概是我对钢琴怀着某种特别的感情。她说也一直想买，自己可以在家练习。其实我心里感到愉悦，自己曾经不止一次地想要是能遇到一位会弹钢琴的女孩子是多么美妙的事情。

我们边走边聊着，不远处就是一所中学，恰好是依舟的母校，于是两个人走了进去。转了一圈，走进不大的操场里，继续聊着天，感觉很是温馨和平静。我们并没有感觉到因为信仰的缘故引起了什么样的不安，我感到依舟是一位很温雅的姑娘，有着别的女孩子所没有的那种气质，并不是说她没有什么脾气，我后来与她聊天的时候，她说起一些事情时也是带着许多情绪的，这也是常有的事情。

再次的见面是一周以后了，她问我周末是否有时间，到她家里吃个饭。我说可以，如果能早点到，还能下厨房做几个菜给她尝尝。然而第二天我起晚了，肯定是来不及做几个菜了。

到了依舟家以后，依舟在家里，穿着淡黄色的衣服，人显得很精神。我看到她便和她聊起天来。我们俩帮忙擦桌子端菜——只能做这些事情了。中午依舟的父亲不在家，所以就我和依舟、依舟母亲三个人一起吃了午饭。

饭后简单收拾好，我们坐在一起聊天，我意识到阿姨今天有事情和我说，开始的一件事情让我感到意外，她说因为上周聚会的时候，我的无心之失，给依舟带来了不小的烦扰呢。我才知道，因为我上次和坐在旁边的那个年轻人说起我认识前面弹钢琴的那个姑娘，她是我的朋友。而他们直观地觉得我所说的朋友，就是男女朋友的关系，这样大家都以为我和依舟是这样的关系了。这也是我后来问了佳妮，她说在她们这里人的解释中，一个男孩子和一个姑娘之间说朋友关系，便是男女关系了。我苦于这样的无心之失，或多或少给依舟带来了一些不必要的困扰。

　　阿姨还说了另外一件关于我和依舟之间的事情，若是在一起，须有这样一个前提，便是我信仰耶稣，成为这个大家庭里的一部分，依舟自己也说，这是我们在一起的前提，这是很认真的事情。她母亲和我讲述了她自己的经历，如何后来信了耶稣，得到救赎，自己所遭遇的苦难及后来的觉悟。我理解这些，可一时间还是难以接受做出这样的改变，我是说，感到如此无力，因为并不能确信自己可以真心地跟随"主"走自己的人生路。

　　我所关心的问题便是这样的存在，一来，我自己是否能够从心底接受"主"所指引的存在及其意义，这需要时间去验证，而这件事情无关乎信心，只有自己尝试过才会知道。当然了，也有一些自己感到恐惧的事情，若是一生的周末都奉给"主"，这是一件很难做到的事情吧，从心底说，对现在的我而言，无论如何是无法轻易接受的事情。

　　回来以后，我和依舟聊起这件事情，我问了她这样的情形，若是有缘的话会走到一起的，而说心里话，我若是喜欢她，则更多的仅仅是出于感情上的喜欢，然后才是她的信仰；而对于她来说，可能是相反的情形，先是基于我们两个人有着共同的信仰而对我喜欢，对她来说，这是不可抛开的前提，就像一些少数民族中的信仰世界里，轻易不能同外族的人通婚，除非对方能够放弃自己的过去，加入到自己的信仰世界中来，也许才会有几分可能。

　　她说，这是有道理的事情，我们这里就有一个因为婚姻，然后再去聚会，最终他两个方面都得到了，是真正的相信与接受，最终两个人也走到一起了。我倒不是相信这般可能性，而是自己这些年都是靠着自己的生活信念走过来的，也算是很顺利的，并没有太大的坎坷。如果一下子依靠"主"的指引去生活，一时间难以轻易全然接纳得下。我并不是像她这样，从小生活在这样的环境里，自然对这些感到习惯平常，我只有自己先去尝试着接触，才能有一个确切的答案。

依舟说："希望你能够真正地接受，对你的人生，我相信会有好处的。"

当我们坐在一起的时候，依舟的母亲在厨房忙着，我们聊起了花，她说自己养的花总是无缘无故就枯掉了，记得有一次一下子买了很多漂亮的花回来，结果不到一周的时间，那些花儿无一幸免，全都枯萎了。我说你大概是忘记给它们浇水了吧。其实花看起来如此脆弱，大概是因为我们喜欢花，应着自己的喜好，将花搬到了小小的花盆里，不是让它们生长在坚实丰沃的土地上，那才是它们的生命之根，有着它生长所需要的一切。而人的懒惰导致了人不会像照顾自己一样去照顾植物，即便言之凿凿地说着喜欢花。因而我只是找寻与欣赏美丽的花，许多都说不出名字的，我只是在近处观赏，几乎从不会轻易将它们摘下来。它们美的所在，还是因为这般生命，摘掉了花朵，便很快枯萎，并没有什么意义。最近我到处走走，也见到了许多以前没有见过的花儿，有一种雪白的像是云朵一般，一簇一簇的，其中偶夹着几分深红之色的花，我不知道这种花叫什么名字，那一刻忽然想到一个名字，于是后来我便称这种花为霏云。

后来依舟母亲说起，依舟是个好姑娘，你也是个好小子，你们俩很般配。其实我内心多少有些矛盾的地方，如果我们能相互退一步，未必不会是一个好结局，因为信仰的缘故让两个人不能在一起，看起来显得有些荒谬了。信仰的建立也不是一蹴而就的，需要机缘、时间等诸多因素，事情往往不能想得太过容易与平淡，否则只能成为一厢情愿。

大概过了很久以后，有一次阿姨问起我，现在想不想依舟，我怎么说呢，偶尔会想起那个温婉的姑娘，但对她的印象也随着时间渐渐淡化了许多，说起来，我们也只是见了三次面，交流并不多，以及后来她表现出的那种失望与不信任，对我而言，已然无法去解释什么，只是当作偶然擦肩而过的陌生人。各自生命的路程也不会有什么交集的地方，所以忘记了也是一种自然而然的事情，就像过去的日子里所遇见的许多姑娘一样，成了漫长的生活里短暂的插曲，越发平淡如水，不过分欣喜，亦没有太多的悲伤与内疚，对我而言实在是平平常常的情形。

我最初以为只是像我的家乡那样，宗教信仰同我们的俗世生活分得很开，只是日常生活中一段微不足道的插曲而已，对世俗的生活基本上没有什么影响。然而实际上我想得过于简单了。这里的信仰已经同他们的日常生活紧密相连，宗教生活已然渗透和体现在生活的方方面面，对于他们来说，存在的前提是信仰，信仰是所有的意义所在，其次才是世俗生活和自己的空间。我这样形容这些事情，分明也意识到了横亘在我们两个人之间的那一道几乎无法逾越的鸿沟：我生活在自由的世俗世界中，并尊敬、欣赏和理解这种生活的味道，这种感情是很难为外人所形容得清楚的。

反过来说，宗教生活对我来说变成了一种樊笼，假如我没有对于生活的这么多领悟，或只是平凡的一个人，也许会从内心里接受这信仰。然而许多事情就像我们的成长一样，一旦醒悟了，童年时候无忧无虑的心便从此失去，再也找寻不回，许多快乐和幸福，过了特定的时间，不可避免地从生命中消失。

所以，如果有所选择的话，我不大可能会以这种方式去过自己的生活，即使我也以某种方式去思考信仰。简单地说，我是很难走近"主"的身边，沐浴神的恩宠，在某种程度上对现有的生活及存在是一种冲突和牵绊，也会让我面临选择的痛苦与不安。因而即使依舟和她的父母给我做了许多工作，和我谈了很多，希望我能够明白她们所说的道理，或者说证明神迹的存在，我也实在无法全心接受这样的看法。不仅仅是因为我所受的教育，更多的是自身的某种体悟，走过了这些年，自己也有了自己的看法，对这个世界和自己。因而我更希望能够依靠自己微弱的力量而存在并努力前行，即使前面的路还会遇到很多困难，我也会乐观地面对，坚定不移地依着自己的内心往前走。

而对我来说，我不大可能，也无意去说服他们理解和接受我的想法，有些事情我们可以平心静气地坐下来谈论，而有些则是本身无法进行谈论的范畴，但我们往往都无意识地觉得什么问题都能谈得清楚，而一番谈论过后才感到如此困惑，为什么总是谈不到那个点？譬如信仰的问题，大多数时候我都是保持缄默，只因自己知道要尊重其他人的想法与观点，这无关对错。这种情形就像恋爱中的人一样，大都只有适合不适合，而没有谁对谁错。如果喜欢，会相互理解和原谅，各自做出容让；而如果不喜欢，并不是因为对方做错了事情，而是因为没有感觉而已。

我对她们这样说，这些年来，我生活下去，支撑我的是自己内心的良知，来自父母的教导，以及自己善良的天性。加上生活中所经历的许多事情所形成的经验，虽然还有许多不懂和困惑的地方，以后的日子里也会遇到很多困难，但我自己仍旧充满期待和信心。所有的经历最终会让自己有所成就，成为怎样的一个人，过充满未知却又精彩无比的人生。总会有无止境的好奇心与热情去面对自己的生活，从来没有想过自己要依靠什么外在的存在去掌控自己生活的方向。我只是想不断地靠近一个又一个陌生的境地，用眼睛看，用耳朵听，用心去理解和思考，这就足够了。

晓　霏

（一）

　　毕业半年多以后，我便来到杭州工作，一开始在哥哥这里住着，那是一个大约有 10 平方米的小屋子，是房子的主人为了出租给别人而特意盖的，房顶是铁皮做的，每当下雨的时候，淅淅沥沥的雨滴落下来滴滴答答响个不停，怕是晚上难以入睡了。哥哥在这里住了已经有几年了，我的记忆中，母亲也曾在这里住过一段时间。所以在家的时候，母亲和我说起很多关于这一家人的故事。她说这家与周围的人家相比，算是比较穷的，从哪里看出来呢？厨房。尽管有一个新式的厨房，也就是燃气灶，但是他们还是经常在后面老式的厨房里做饭，就像我们小时候家里的土房子一样。在楼的后面，阳光照不进来，常常是昏暗的，每次做饭，母亲说，都是满屋子的烟气，尤其到了夏天，都是大汗淋漓的，别提有多难受了。可是他们还是一直在这里做饭，真是想不通什么原因。

　　这家有三个孩子，大的是女儿，中间是儿子，还有一个小女儿。大女儿已经出嫁，并且有了两个孩子，后来我见过，好像大女儿叫沈玉琪，他们称呼小名琪琪，是个挺可爱，又有点调皮的女孩。她的弟弟二十五六岁，个子不高，方脸，黝黑的皮肤，如今工作有些年头。可是像我母亲所说的，这个儿子只是贪玩，早早就辍学在家，有很长一段时间都没有出去工作，就是在家玩，对家里的事情也漠不关心，不务正业。家里人也不怎么管他，也许是只有这一个儿子的缘故吧。

　　小女儿二十一岁，个子很高，看起来很漂亮，可是患有精神分裂这种被常人称作精神病的疾病，已经有六七年之久，仍旧没有好起来。每天都跟在妈妈后面，好像没有什么意识，只意识到妈妈的存在，不论妈妈做饭还是洗衣服，都会跟着，很少听到她主动说话，大多时候只是僵硬地回答别人的话，看起来很奇怪。尽管我读了很多书，可是这种病听起来还是很陌生，不知道会是什么样子。

刚刚开始，我也只是忙着找工作，没有别的心思关注其他的事情，只不过，从住在那里的时候心里就装着一个困惑，关于那个生病的女孩子，究竟会是什么样子。

工作并不那么顺利，投简历，面试，有好几家，每天都培训到很晚，几乎都赶不上回去的末班车。后来确定了去一家离哥哥的住处很远的公司，幸而公司管住宿，解决了自己租房子的问题。要知道，刚来这里，身上几乎没有多少钱。

（二）

我们来到这个世界，其实并没有太多的目的，无非是为了多看看这个世界，看看它美丽的风景以及许多形形色色的人们。

其实，我在刚来的时候也就见到了她，只是几乎没怎么说话。哥哥告诉我，她一天到晚都不怎么说话，只会和妈妈说几句，并且有的时候会发脾气，很暴躁的。尽管如此，我还是小心翼翼地试着接触她，不是好奇，而是心生怜悯。想弄清楚究竟是怎么回事儿，是不是能够让她恢复正常。

刚开始的时候，对于晓霏的了解，也只是从她刻板的面容，时而说出的话，以及让人感觉有些怪异的行为中，这是一个方面。我们都会觉得，这个女孩子怎么会这样子，变得这样傻傻的。而我感到幸运的是，我能从她所写的文字中了解到了一些"曾经的"真实的一面。简单地说，她是一个失去了时间的人，一个失去了身份和角色的人，从当初的生病，大约13岁的时候，到现在至今已然过去了好几年，在这些年里，她几乎都没有形成新的记忆，对周围的事物没有认知，感觉不到一天天地长大，所以尽管已经离开了学校这么多年，她依旧固执地以为她还是一个学生，只是生了病，在家养病，等到病好了，她就可以去上学了。

我意识到，她对于上学、读书，尤其是文字，有着一种天生的执迷，或者说迷恋的心。也许这些无意的痕迹支撑着她走过这些年，即使这几年里她几乎无法看书，只是经常一个人在本子上写着她的文字。

从这些文字中，我看到的，正是她所失去的对于友谊的那种强烈的感情。

可是恰恰是同学的关系，深深伤害了她极其敏感而娴静的内心，让她失去了对于自我的意识。

我主要是从我与她的母亲的交谈中了解到关于她的一些情形，一个如此清秀而内向的女孩子，那么喜欢学习，喜欢读书，并且用真心对待她的朋友。如果没有遇到后来的意外，那么她会很顺利地考上理想的中学甚至大学。然而，命运常常跟我们开玩笑，我们身边也会有恶魔撒旦似的人，即使看起来没有什么特殊的地方，但往往是这么一些人，改变了一个人原本平静的路途，将她推向了绝望的深渊。

我不知道具体的场景，据说就是住在旁边的这家人的女儿，以前两个人的关系还算挺不错的，经常在一起玩。那个女孩子的学习成绩不好，坐在教室的最后面，而晓霏坐在最前面，我不知道因为什么，她们之间发生了矛盾，这个女生，每天坐在后面不停地骂着坐在前面的晓霏，持续了半个月之久。而晓霏，由于天生如此内向的性格，以至于没有向父母和老师说这件事情，在家里面从没有表露出不安的情绪，可想而知，这些沉重都放在她本来就脆弱的内心，以至于到最后，深深地刺激了她，让她从此陷入了几近崩溃的边缘。

开始的时候，她不停地流泪，情绪不安，很多时候嘴里不停地说着话。后来，她的情绪更加焦躁，以至于不能正常上课，于是，她休学了。她的父母也带着她去医院，看心理医生，单纯的药物治疗，本不会起到太多的作用。而心理医生，则只是简单地问着她的一些情况，结果非但没有效果，反而使得病情更加严重了。

我常常会这么想，这也是我所见过的情形，一家人里面，如果有一个人出了事情，整个气氛会骤然变得冷寂、漠然，让他们难得灿烂的笑脸，似乎某个不可说的原因使他们不容易开心起来，心里总是沉甸甸的感觉。悲伤会传染给周围的人。

后来，他们相信了上帝，每到周末，一家人便带着晓霏去教堂祈祷。心里面以为这不是病，而是魔，她不断地产生幻想，为自己构建了一个封闭的世界，并试图安稳地生活在其中，不管尘世的色彩。至今，她很难回到正常的生活中了，即使我看到的是一个清秀的、沉稳的她，却始终无法接触到她的内心，任何人也不能轻易走进她的世界里去。

我想，心病终需心药医，解铃还须系铃人，虽然我们不可能让她回到多年以前的场景中去，但我想，既然她还停留在她自我认定的角色中——一个学生的角色，那么是不是可以让她继续上学，并且得到特殊的照顾，继续她的高中生涯，等到她顺利毕业了，也许能够承认她的角色，回归到正常的生活中。只是不知道她的学习能力是否还好，如果好的话，那么，我想是可以这么做的。我是这么建议她的母亲，她的母亲也以为然，只是不知道是否会有学校能够接纳她这样一个被同学伤害的人。

我在她的房间看到她写过的文字、她的初中毕业证，那可爱的笑脸给我以深刻的印象。还有那么多的奖状，很多是读书方面的嘉奖，足以见得她对读书的喜爱。在征得她母亲的允许后，我拿走了她很早之前写过的文字（在她的厚厚的一堆书中找到的）。我试图用心去读，以理解这个女孩的内心世界。在我的心里，我真心为她的遭遇感到说不出的痛苦和难过，尽管我无法对任何人表达，只是用我自己的方式，和晓霏一样，用文字来表达我的同情。

尽管我知道，没有任何人能够带走，或者代替她承担这份痛苦。因为这种痛苦是无法被分担的，也只属于她的内心。我们其他人，整日忙碌在自己的世界里，为自己没有挤上过来的一辆公交车而难过，为买到自己喜欢的款式的衣服而喜悦。而唯独有那么一些人，沉浸在自己为自己塑造的封闭世界里，拒绝别人的进入而顾影自怜。

我该怎么办，谁能告诉我有什么办法能够治好她？我试图尽自己的绵薄之力，希望给她带去一些可能的帮助。

过了很久，我想起来，这世上很多的恶，那些做出恶行的人，很多是和我们一样正常不过的，那是一种存在于每个人内心的不好的一部分，嫉妒、自私，这些是我们任何人也无法避免的人格特征。所以，我想，即使有一天见到那个害她生病的人，我也很难去责备什么，一个是因为时间过去了那么久，那个时候小孩子的年纪，辱骂别人是很正常的事情，很多人倒不是特别在意，没过几天就好了。只是她面对着的，是一个内心十分脆弱，但生活中享受很多关怀和照顾的女孩子，脾气倔强得要命，那个年纪的人很容易走上极端。所以我们很多人所做的恶，往往都是在这种心理状态下产生的。

有些话，即使心里不愿去承认，也还是要说出来的，她生病的缘由，很多还是在于自己性格方面的原因，后来我听医生说，生这种病的人一般性格都比较倔强，家里比较宠着，想要什么就一定要得到的那种，往往容易生气，就像个孩子一样，有点自私自利的感觉。做事情都是从自己的角度出发，很难去为别人考虑。这种性格走到极端，便很容易因为突发的事件而崩溃。因为自己的性格无法很好地调整过来，所以越来越糟糕。

（三）

今天，我到了哥哥那儿，带了两张英语卷子，是要给晓霏做的，是想看看她的学习方面的情况，我想法很单纯，是想着她如果还能够有学习能力的话，以后好起来再去上学还是有可能的。可是毕竟过了那么多年，很多东西应该都会很模糊了。虽然她有时候还会在写字，写一些东西，但真正想要去继续上学，还是有很多困难的，对此我早已做好了心理准备。我想，不论结果怎么样，毕竟让她对事物产生兴趣，总要比封闭在自己的世界里好得多，至少她还是愿意去尝试一些东西。即使最后没能进入学校接受系统的学习，那么通过这些方式，能够多少唤起她对于学习的兴趣，对生活的信心，也是一件非常不错的事情。

到了晚上，大概是吃完饭的时候，我告诉她的母亲，我给晓霏带来了一些试卷，看看晚上有没有时间给她做一个简单的测试，通过检查她的英语，来看看她这几年学习能力的状况，以便有针对性地找到问题的关键。见到她的时候，她刚刚洗完头，长长的头发散着，像瀑布一样。我简要地和她交流了一下，把卷子递给她，告诉她这是中考的英语试题，让她做一做，看看能够得多少分。她好像对此感到一丝兴奋和惊喜，于是欣然地接着，拿出笔，认认真真地做着。我坐在她的身边，看着她那么认真的样子，心里感到很高兴。

她的父母也坐在旁边，认真地看着她做卷子，一时间，屋子里安静无比，她认真地思考着，每一道题都会想好几分钟才会写下答案，我们就这样耐心地等待着她做完题。

她现在变得很敏感，我记得我今天刚到她家门口的时候，她正在井边洗碗，于是我和她打了声招呼，她也自然地回应了，我于是简单地和她聊了几句，当我往我哥的屋子走去的时候，听到她又向我回应了几声，很不自然地向我这边转头看着我，然后继续洗碗，好像后面忽然发生了什么事情似的那么敏感。

做完了选择题，我帮她检查，我很欣慰地发现，她做得很不错，正确率很高，当时我很是激动，然后小声告诉坐在她旁边的母亲这个消息。她母亲也露出了笑容，为女儿感到欣喜。等她做完一道阅读理解的时候，我告诉她："你选择题做得很棒。"然后又很细致地给她讲解阅读理解，她听得很认真，看得出来她对学习很认真。

之后，我给她讲了，人生可能的历程，尤其在学习上，我说，你现在是初中，接下来还会有三年的高中，四年的大学，再往上还会有研究生，她说她知道。我接着说，如果你现在能将初中的知识掌握的话，可以继续往下读高中，而高中的目标是考上一个理想的大学。当我说到文理科分科的时候，问了她喜欢文科还是理科，她和我说不喜欢历史，而她的科学成绩不是很理想，据她的母亲和我说。

说实话，我多少有些难过，好像是什么刺痛了我似的。我想帮助她重建对于学习的信心，虽然最后不一定能去继续读书，我是想借此重建她对自己生活的信心，对于自己的人生的希望，理解自己的处境。这一点是非常非常困难的，这也许在别人看来十分不可思议，我究竟在做什么事情，是不是仅仅是多管闲事而已，我跟她又没任何关系，难道仅仅是因为自己的一点同情之心，让我去这么做的吗？说心里话，我自己也说不出来，我在尽我的十分微薄的力量，来试图帮助一个人，仅此而已。

我知道她喜欢写作，于是我给她出了几道作文题，我和她说，我想通过她写的作文来对她有一个基本的了解。我的用意其实不仅仅在此，我给她出的题目是：自己对于生命、生活、人生、友谊、爱情、亲情的看法。她说，对她来说这有点儿难。我说："我的文体不限，字数也不限，你自己随心发挥就行。"最后，我和她约定下次相互交换各自的文字，所以接下来，我得花很多时间来整理我的东西，并且有选择性地写下一些，希望对她能够起到一些帮助。更多的是让她多去了解她自身之外的世界，还有什么东西存在。毕竟她远离这个变化太快的世界已经有些年头了，世界变了很多很多，不知道她是否还能够适应下来。这对她来说需要付出很多精力和努力去重新适应这样的世界。

（四）

其实这几天，我主要还是在为晓霏的事情忙碌着，尽管感到有很多难以克服的事情，我自己的力量确实十分有限，但面对她，我心里总是感到过意不去，说不清楚是什么缘故。我想在这个世界上，也许有很多可以去做的事情，这些还是基于你个人的选择，并没有别人来强迫你，所以还是有着自己的一点选择空间，这件事情对于我来说就是这个样子。我可以做别的很多事情，琐碎的及自己喜欢的，比如，趁着休息的几天到处逛逛。尽管我还需要小心翼翼，不让父亲知道我刚刚丢了工作，否则又有许多唠叨话。

相对来说，我心里更加牵挂的事情还是这些，其实，我感觉她有许多喜欢的事物，只是难以表现出来，你看不到她闲适从容地在一个地方，哪怕是一个瞬间都没有，想必在她心里，随时都感到紧张、拘束，又好像被什么力量控制了一般，哪怕是在椅子上休憩一会儿，都没有见过。她的状况，我一直觉得并没有减轻多少，她的心里有多少痛苦和苦恼，我们是一点儿都无法感同身受的，当她和我说起，她不会做梦，并且很多事情都记不清楚的时候。这让她失去了关于时间的概念，我之前已说起过，在她生病的这几年里，她记不起来发生了什么事情，在家里所做的一切，所想的一切，好像一直在原地打转，想要迈出哪怕一个小小的步子都步履维艰，所以我无法体会这些。

下午，我看到她家里有五子棋，于是问她会不会下棋，她说她会下，于是我们搬了几个板凳，在门口开始下棋，自从她病了之后，再也没有下过棋，看着她脸上若有若无的笑容，我感到在她心里还有一些喜悦。我没有故意让着她，也尽力下棋，不过还是被她赢了两局，第三局平局。我感到欣慰，并没有为自己的败局感到有什么不安的地方，可以说她确实很不错，我没有想象过和她在一块下棋的情形，这样子对我来说还是那么欣喜的场景，至少她在做自己感兴趣的事情，而不是每天没有事情做，总是对着天空或者自己的鞋子发呆。

下午的时候，我带着她去超市买了中国象棋和陆战棋，这些她都比较喜欢，有时间可以好好切磋一下。晚上的时候，我在准备英语课程，准备接下来的试讲课，顺便也给她讲一节课看看，毕竟也有了一个学生，不管怎么样对我的讲课效果会好一些。不过，人的意识终究是没有什么明确的方向的，有点天马行空，就像两个人交流的话题一样，并不是事先准备的，而是随着情境的不断转变而产生的，没有人能够准确预想得到。我开始给晓霏梳理关于她这些年来的一切，关于她的疾病。就像心理医生一样，而对我来说，只是像个朋友一样，帮助她解开一些困惑而已。

我开始给她澄清一些问题，我感到她的问题的一个重要方面是，她并没有意识到究竟是什么原因让她变成现在这个样子，虽然她清楚地知道同学骂了她半个多月，让她受不了这种刺激，所以生了病。但是自从她的父亲带着她相信耶稣以后，事情就那么微妙地出现了变化，经过这些年的熏陶，她开始迷迷糊糊地坚持着自己的生病是因为魔鬼的攻击，而相信耶稣会帮助她捆绑住可怕的魔鬼，让她的病尽快好起来，这些年，若是没有这个模糊的信念支撑，真不知道她会怎样度过来，但是，事情从一开始就注定了这样的悲剧，让她陷入了痛苦的循环。

尽管医生劝她的父亲不要去教堂，但医生能做些什么呢？我们且不论医生可能会尽到的责任的底线，毕竟无论从主观还是客观因素来看，医生也不可能做得太多，这与同情心与良知无关，我们心里都清楚得很。于是，这些年来，尽管她的病情有了一些改善，但是并没有实质性的进展，我以为，无论什么病，这么多年，总应该会好起来的。我很执着于这一点，以前是，现在也还是。

我仔细帮她梳理了她生病的缘由，同学关系处理得不好，学习压力，以及老师的失职，没有尽到责任，我好像在进行缜密的逻辑推理一样，一点一点帮她剥开真相，而她也能够（至少看起来是这样）跟着我的推理一步一步走，直到最后。我给她两个选择，你的病是如何得来的，她说是同学骂她得的，而就在我感到欣喜的时候，她忽然又毫不迟疑地说，是魔鬼攻击她得的。这仿佛给我迎头一击，让我感到她是不是这个样子，一直陷入循环之中，即使有时候会清醒，但没过多久，又会回到意识模糊的状态。就像她的回答一样，看不到确定的因素。

接着，我又给她说起了究竟有没有魔鬼，可是这个问题我该怎么说好呢？她说她病还没有好，是因为耳朵里还有魔鬼的声音，我仔细问她究竟是什么样的声音，她回答道，是叽叽喳喳的声音，分辨不清楚。我说："是不是人的声音，在骂你的声音，即使那些人你有的不认识。"她点点头，那我接着说："你听到的是人的声音，只是声音比较嘈杂，你听不清楚而已。"她又会和我说，王老师，这不是人的声音，这是魔鬼的声音，这句话她说了三四遍才停止。我开始讲起来，魔鬼的声音我们是听不到的，谁能够听得到呢？对，只有主，只有主能够听得到，我们普通人是不可能听得到魔鬼的声音的，还有，魔鬼真的有吗？那么它在哪里呢？不可能会在我们身边，而是被神打入地狱了，被捆绑着无法出来，听到这里她点头会意。我接着说，所以我们听到的不可能是魔鬼的声音，而是平常人的声音。

当我问她你听到的是什么，她说："这个声音在嘲笑她，说你说话不对，做事也不对，不是这样做，而应该那么做才对，试图在控制我。"我对她说："那你就回击他们，他们的话是不对的，而是嫉妒你，嫉妒你学习成绩好，这些你不认识的同学，你也说过，他们的成绩很差，平时做作业都会抄你的，考试都考得很差。"她回过头来，仿佛又回到了最初，说这是魔鬼的声音。这个答案，我不知道是如何得出来的，接着才知道，是她爸爸和教堂里的人们说的。这个时候我才开始意识到，信耶稣给她带来了这么多的困惑与烦扰。没有办法，我觉得不能直接回击这样的问题，只能逐步引导，于是我说："说你被魔鬼攻击的人是一个骗子，他骗你的爸爸和教堂的人，我们平常人听不到魔鬼的声音，并且即使魔鬼从地狱逃出来攻击人，它也没有时间啊，它可能忙着逃脱主的追捕呢，哪还有时间去攻击我们呢？所以这个骗子告诉你爸爸和去教堂的人，说你被魔鬼攻击的。"

至于这个骗子到底是谁，我并没有直接回应这个问题，而是说："我也不知道是谁，但是我知道有这样一个人，他在背后骗了很多去教堂的人。"我说的是耶稣吗？不是，我也是基督徒，我只是说，就我所想到的而言，所谓神圣的事物，到底都被世俗诋毁了，都尽是道听途说，虚言妄语，而不仅仅是像他们说的那个样子，什么东西到中国人的手里都会变味儿，这也只是事物的表面而已。深层的因素，我想，无论是什么特质的民族，对于宗教，总有一种天生的优越感及自大和狂妄的成分，这是任何一个宗教所多少都带有的根深蒂固的东西，尽管这种东西不好，但是起码能够起到一种聚合的作用。

我以为，我并不是在试图挑战什么，至少以我的视野所看到的，感受到的，向来能够促使人们向善的只能是人的直觉、良心与环境，除非我们不要过分想象人类的善究竟是什么样的界限。人没有这样的觉悟，同样，神也没有实现这种觉悟的力量，无论是什么样的神。人的本性是好也罢，是坏也罢，谁都不能去妄断。

我给她放很多音乐听，在这个过程中我渐渐了解到，她对音乐的喜爱，即使过去了那么多年，她还是保留着这一份对于音乐的纯真，看着她唱歌的样子，多少感到了一些欣慰。有的时候我们会一起唱起来，对于她来说，这些都是多么美好的回忆，虽然她现在明显给我的感觉是对于新的歌曲产生不了感觉，不知道是什么原因。是不是对新的事物产生一种不可捉摸的排斥感，要是这样子的话，的确让我担心。

还记得上午的时候，她刚刚起来不久，她姐姐的手摔伤了，没法给她梳头，她的头发那样长，像瀑布一样披在肩上，于是我帮她梳头。这是我第一次给女孩子梳头，我只是觉得长长的轻柔的头发，放在手里感觉如此特别。我认真地帮她梳理着头发，一点一点，小心翼翼，生怕会弄疼了她。

有时候，尤其是现在，我此时的处境，在我看来，也一点算不得什么苦，并不是我刻意去做一种比较，不同人的不同命运，我以为并没有多少可比性，我只是感到，人生的际遇并非残酷到生死这样子，很多微妙的变化就能够掀起波澜，给人喜悦或悲痛，而正因为情绪的变化，才让我们拥有了各种各样的感情冲动（我们的复杂与可爱）。暂时没有工作，也因为生病，难得休息几天，虽然还是不敢对爸爸说起我辞职的事情，不希望他为我的事情操心费神，我还是明白自己的位置在哪里，照顾好自己，这样我以为，他就应该会放心的，不说也好。

（五）

对于晓霏的事情，我一直放在心里，想着找到问题的所在，并试图去解决，即使我对精神分裂症这种病几乎是第一次遇见，很多东西我都不懂。我只是在按照自己所能理解的方式去努力帮助她，不知道能不能起到什么作用。

我能想到的比较适当，但看起来又有点冒险，甚至不知所云的方法，便是从教堂入手。如果他们还没有迷失本性的话，可以理性地谈话，试图说服他们，告知他们事情的严重性，也让她的父亲明白这样的事情，不可把一切托付给任何人，哪怕是神，谁能够承受得起这样莫大的重担？除了自己以外。并不是说远离他，而是一旦到了关乎人命的结点上，很多事情必须慎重对待，世俗的凡人毕竟承担不起这样大的代价。天堂的许诺是那么美好，到处是美食锦衣，黄金铺筑的道路，然而，平心而论，现在的人们，有一个可以大声告诉人们他现在就要去天堂？我想没有吧，其实每个人的心灵深处都有一个脆弱的地方，就在不远处，稍微触及，便会引起人们的反映。我想，大概彼此心照不宣了吧。如果真的是我想的那样，当着如此多的人面前说谎话，不知道心里面会怎么想。

如果她变成了这样的一个人，没有多少对欲望的关注，对过去的无论美好还是痛苦的记忆总是迅速遗忘，昨天做过了的快乐的事情，今天不会想起来，也不会继续这么做，过去见过的人，第二天清醒起来以后，不会再想起来。没有对事物的执着，有时候未尝不是一件可喜的事情。

然而，我从她的眼里分明也看到她对于梦想的执着，只是在很大程度上模糊了梦想和现实之间的界线，她没有去考虑到时间这个重要的因素，她常常说自己的病很快就好了，明年就好了，用不了四五年，而在去年，她或许也是这么说的，事情已经过去了五年之久，对于这样的情形，我也是一点儿办法都没有。她对于上学的坚定的样子，让我感到说不出的难受。而当我试图说服她，去教堂可能会影响病情这样的事实，她一直认为两者并不冲突，而实际上，如果没有去教堂，也许一两年的休养也自然就会好起来了，而随着去教堂，将她的病因幻想充分释放出来，打乱了原本顺利的进程。至今，不论最后她是否真正明白我所说的那些道理时候，她总在迟疑而又坚定，在她的意识里，没有是否这样的问题，即使两者根本冲突，没有中间的界限的时候，也会这样回答。

我也在这个过程中，大致见到了她意识无比紧张和混乱时候的情形，她紧紧地握着她母亲的手，而她的母亲因为说了这么多道理，有耐心地和她说了很久，最后她还是回到了原点。试图松开她的手，她就像落入水中一样，紧紧抓住母亲的手，我已不忍再这样下去，为何要把她逼退到这样的地步呢？我理解不可能在很短的时间里治好她的病，需要时间，需要时间，我一直在提醒自己，后来想想，是不是自己太着急了，希望她很快好起来并不是坏事，但凡事都需要时间，需要过程。

她执着于认为她被魔鬼攻击，这一点很难克服，甚至成为一种习惯，我尝试过，也许是这样的情形，即使能够说服他的父亲不再带着她去教堂，她也会自己去教堂，每周唯一能够做的事情也就是去教堂，别无其他。这样对于她来说，是多么痛苦的情形。

（六）

我在想，究竟宗教的限度在什么地方，而人的生命权，我以为必须是牢牢放置在高于宗教的位置上，不可动摇。人的本能、同情心，需要一个空间保存下来。我还想到，从这件具体的事情上，任何事情，无论是意识形态还是宗教，只有放置在具体的生活情境中，才能显示出存在的意义和价值。

（七）

我曾试图去想，他们的内心世界里究竟是一种什么样的情形，尽管我深知自己永远无法琢磨得清，但这种想法一直在脑海里穿梭。

的确，我们的生活环境和对周遭事物的看法，存在着很大的不同，甚至可以说是截然不同的两个世界结构，是不是有那么一种线将我们联结起来，这种线以什么方式表现出来，我亦是没有概念。今天亲自去了一趟总觉得名字不大好听的、人们不屑于说出口的精神病医院，此前不久我帮同事搬家的时候还听司机说，他说的那个地方是疯人院。我可以理解，但内心无法完全接受这样的方式，尽管这是约定俗成的话语方式，我总是试图排斥，而在构建自己的表达方式。

与我想象的不同，里面的管理还是比常见的影视剧中的严格，一重重坚固冰冷的封闭门，比监狱有过之而无不及。也许是为了给病人一个安全的环境，但我内心有些无法释怀，这是不是太过了。

刚开始，我感觉到的只是平静，大家都沉默着，如果不是看到了异样的举止，你很难相信这是在精神科室，而且旁边就是一个重管病房。她的状况变得很糟糕，尽管没有睡着，但是眼睛始终处于半开半闭的状态，那种似醒非醒的感觉，很难清醒起来，不过我说的话她却可以听得清楚。我感觉到那种内心的挣扎和努力，那种药物带来的巨大的副作用。加上电击的治疗，这种负影响被大大扩大了，我没有权利评论他们的治疗方式，只是期待经历过痛苦的过程以后，会带来新的希望。

我和这里的护士聊得很多，她说，这种病，实际上，往往一辈子就是这样子了，很难痊愈过上正常人的生活，尽管我感到难以接受这样的结论，但在坚硬无比的事实面前，确让人很难燃起希望。我们分析很多得病的缘由，尽管充分缜密，又有什么意义呢？结果就已经是这个样子了。

一眼望去，那么长的走廊，那么多的屋子，应有多少承受痛苦的人，和我们一样，有血有肉，也渴望着幸福的人生。这里，从十几岁的少女到早已为人母亲的女人，都在承受这样的情形，我在此刻这样想，世上还有什么痛苦称得上是痛苦呢？工作的压力，还是我今天丢了自己的钱包和身份证时候的焦虑和失落？丢失了这些，对我来说仅仅是微不足道的事情，没有来这里之前，我也是这样看待这些事情。我理解的自己的真正的痛苦并不是这些情形，但也说不出究竟是以什么样的方式呈现出来。

七八张床组成的病房里，横对着十几个窗，透过那些半开半闭的窗子，你可以模糊地看到外面的世界，对于他们来说，外面的世界究竟是个什么样子，精彩还是平庸？偶有清风吹过，感觉到空气的飘动。而仅仅是这几步远的窗，却横亘了那些遥远的距离，这种距离，也只有他们能真切地感觉出罢，我想。

（八）

没有人能锁住我们的期待，但唯一无法解脱的是自己锁住了自己，不知道自己还能走出家门，晒晒太阳，见见许久未见的人们，连曾经的纯真友谊也早已忘记了。这样的人自然无法感受一处陌生的美景给自己带来的憧憬，无法体会幸福的日子是怎样的一种情形。感受不到青春是一种怎样的味道，从来不会到一个陌生的地方旅行，也不会遇见一个爱她的人，陪着她一直到老，这一生她总要经历孤独与害怕的日子，当有一天她身边的人纷纷离开，她也不会明白世间还有死亡，每天见到的熟悉面孔，终究有那么一天再也看不到。

她能留恋的，只是日渐远去的儿时的记忆，也许过了十几年以后也都全然忘记，然后内心里空荡，装不进新的记忆。不断重复着的，是她没有失去意识之前的那段痛苦的遭遇。而现实的世界里没有奇迹，也没有拯救，更没有忏悔和救赎。犯过的错早已被人抛之脑后，而遭受痛苦的人一生都重复着不安。这也是我永远无法释怀的原因。

这天，当我拖着疲惫的身体，下了车，复又见到了陈家园桥。从桥下流过的仍旧是浑浊的水，往日的桥已不见，在眼前的是修葺后的新桥。这里本来已经没有停下来的缘由，爸妈也不在这里了，对我来说这里应当是陌生的地方，只有去看看她，可一直感到不安，担心周围人们的眼睛。

于是我假装往前走着，快到她家的时候刚好门开着，于是便径直走了进去。我曾经在她家住过许多日子，而今已过了很久。

走进去，隔着窗户看到她坐在那里，这时她转过来也看到了我，露出了微笑。我们几乎有一年多没有再见过，她还能记得我。坐下来我问她有多久没见过，她说有好久了，确实太久了，有时候来了离得不远，却不好去看她，我这样的举动或许很难有人能理解。我们没有亲情、爱情或是友情的关系，怎么能若无其事地去看她呢？我的父母也难以想得明白。我并不感到难过，毕竟像我这样做事情的寥寥无几，心性使然。

她还是想去读书的，想继续读高一，高一还是七八年前她的记忆和生活停止时的那些情形。多年过去了，对她来说，真的没有什么感觉印在心里。我说："今年我 25，你也 21 岁了，我在你这个年纪的时候已经出来工作了。"她不能理解我说的话，还和我认真地说她要读书。桌子上放着一本九年级的数学书，她说有一道题不会，于是我耐心地给她讲解这道题，讲着讲着，我开始感到难以抑制的难过，只是无法在她面前表露出来。

她的生日是 4 月 7 日，比我早一天，我说："在我过生日的时候，就可以给她买一件礼物了，那你想要什么呢？"她说："我还不知道呢。"我明白她很难想起什么东西来，心里面空乏得多，我也不刻意再问什么。这次来给她买了一大盒草莓饼干和一个机器猫的水晶球八音盒，鸣奏的是天空之城，我教她转动底下的发条，然后听着音乐响起，缓慢的节奏，很是动听。

我跟着她到房间里，看到初中毕业证里面她的照片，很是可爱纯真，圆圆的脸庞，还有学生证和读书奖，放在抽屉里许多年了，是否她偶尔会翻看自己的过去，又会有怎样的情绪？想起这些，不禁黯然。过去是属于她的，未来却不再属于她了，我一直担忧，以后谁来照顾她呢？如果有一天，也终究会有这样的一天到来，当她的父母离开这个世界以后，她的余生如何安放，也许这样的问题根本不是我这样毫无关联的人去考虑的。

我知道她喜欢听歌，即使这么多年一直停留在少年时的几首歌曲，对她来说仍是一见如故的感觉。我用手机放给她听。这时候她奶奶进来看到我，跟我说，王老师你真是好人，还常常来看她，给她买好东西，虽然说的是本地话，我听不大懂，却感受到她的一些心境。我从没想过自己做这些事情有什么特别的缘由，不是友情或爱情，更多的像亲情那样的感觉，一个无法让自己不去担心她的幸福的人。而我也从一开始就看到自己的无力，我不能改变这种情形，尽管努力地尝试过许多次。随着我越走越远，更加感到疲惫不已。我们脚步不停地穿过岁月和年轮，却很难改变我们自己。

有时候我想，再过五个或十个年头，我还是无法摆脱。或许我内心没有真正试图做另一种选择，从一开始自己就已经朝着那个方向走去。

　　她听着听着，我看到她的眼睛有点湿润，像是要哭了，没有什么缘故，我知道。我试图安慰她，但知道起不到什么作用。不久她哭了，渐渐哭得厉害，眼泪流下来，眼镜被泪水打湿。她站起来走来走去，还是一直哭着。我知道做什么也无济于事，我只是帮她拿下眼镜，擦去她脸颊的眼泪。

　　她这个样子，我不知道怎么才好，可能是因为我的到来，因为一些细节刺激了她，让她情绪波动。我想我还是走了会好一些，于是我跟她和她的奶奶告别，她一边哭着一边和我作别。我走出院子，在巷子里走远，这时候她哭着走出来，朝着我挥手道别，我心里更加难受。我用力挥手，带着笑容回应她，直到她走回家里，再也看不见。

断面人生

　　我常常想，我所经历过的那些故事，有的看起来似乎完整，但更多的只是像碎片一样散落着，无法再次拾起。童年时候的青梅竹马，漫无边际的原野，青涩年华里的爱恋，一个温暖的港湾，或是无数次的远行，大多数时候，我们只能走一条单行线，经历一些的同时错过另一些，就像我们无法用两种不同的方式踏进同一湾溪流。

　　以前，我常常不自觉地站在自己的角度去写一个故事，现在回想起来，其实我并不是，也不可能是所有故事的主体，许多时候只是扮演着主要或次要的角色，有时候发生的事情，我只是个旁观者或是短暂地、无端地走进了别人的生活里，然后在不经意间走开，没有留下太多的痕迹。

　　时日久了，我也渐渐接受了生活里充满断面的情形，在安静的陌生巷口，在繁忙的码头，在公园的长椅上，或是在开往某个终点的火车上，遇见一个人。在有限的时间里倾听着，释放着无限的情绪，我厌烦与我无关的喧哗，却常常会和对面坐着的人喧嚣不止，当时没有意识。不管是欣喜、绝望，还是孤单、愤懑。

　　对于不断成为昨日的生活，大多的时候我们都记住了幸福的时刻而忘却了经历过的痛苦不安，我也不例外。然而我意识到，有些时候需要选择忘记曾经经历的幸福，当它变得不合时宜。无法选择抛下痛苦，一半是我意识中不愿放手，一半是内心无法谅解。不断感受别人遭遇的痛苦还没有结束的一日，有的痛苦不知疲倦地蔓延在整个人生里推走不开。这样看来，人生有时候像是被虚构着，当我们努力找寻一个人存在的踪迹时，却失望地意识到终于还是一无所获。像曾经喜欢的那个姑娘的发香和尝过的麦芽糖在口中回旋不断的甜味儿一样走远了，再也回想不起，即使我曾试图努力证明这一切存在过。

所有的过往到了最后也不免要随着岁月流逝渐渐遗忘，被不断遇见的新的故事所淹没，遗忘到自己无法确证它是否真的存在过，这不禁让人感到悲伤。人这一生也是如此，只不过像是做梦一般。做过的一场梦尚可知悉其模糊的存在而忘记具体情节，而我们活在当下之时，如果不幸陷入低潮，却常常无法从经历过的真实美好的记忆中获得足够的愉悦。

（一）

不知不觉，又到了一年的夏暑。

燥热的午后，外面的世界一片死气沉沉，路旁的两排杨树舒展着宽阔的叶子，纹丝不动，往来的行人寥寥，偶尔能看到有人走过，坐在椅子上休憩。几个可爱的小孩子在树底下乘凉玩耍，随即被阵阵的知了声引去。

远处的火车站，每隔一段时间，开来一辆火车，如果不是恰巧望着窗外远远看见，很难会知道有一辆火车驶过这里。如今的火车经过改进，已没有早年的轰隆隆的声响，许多城市穿过的火车也尽可能地不吵到周围生活的人们，于是也变得安静下来。只是，我常常会怀念那时候火车发出的声响，像是知道当车子停下，就可以去接一个认识的人。

此时，我一个人在屋里心灰意懒，对什么事情都不感兴趣。大清早被楼下人们的锻炼声和孩子的喧闹声吵醒，好梦也戛然而止。于是起来洗了个澡，穿了衣服。对于一个喜欢简单生活的男人来说，夏天的一个好处在于，不用为穿什么衣服而烦忧，可以每天都穿同一套衣服。晚上简单地洗一洗，搭在晾衣架上晾一夜，第二天清早起来便可以穿了。

我走出门，到不远处的街市里吃了早餐。今天这里的人不多，在平日里，这个路段是附近的学生去往学校的必经之路，往来的大都是穿着蓝白相间的校服的孩子们，三三两两背着书包，或是在这里买点早餐带着前行。我不得不每次起得稍早一些先去买回来，以避开拥挤。

这时候太阳已经高高在上，晒得人想要逃离。回来之后就坐在窗边的书桌旁，看了会儿书——这段时间断断续续看却仍旧没能看完的道格拉斯的《情人》，这本书是萧乾译的，淡黄色的硬质封面。这本书简短至极，萧乾他老人家翻译的时候字斟句酌，因而少有无用之语。可是这个季节里有时候连看书都变得慵懒起来，像是在咀嚼那不合口味的食物一般慢慢吞吞。

我的屋子里没有空调，只有一个很小的风扇，降温效果甚微，于是过了不久，身上就被汗水浸湿。时间一点一点缓慢推移，愈加让人百无聊赖，也因着这样炎热的季节而越发困倦。在这样无趣的周末，我也不会给自己刻意安排什么事情，也没有兴趣看一部电影或是听听音乐，只感到脑袋里一阵倦意，只想着躺在舒服的床上睡上一觉。于是我穿着拖鞋，拿了毛巾去浴室，简单地冲了个温水澡，擦干身体以后，连衣服都懒得穿，就一下子趴到床上，躺下睡觉。

　　午后的睡眠同夜晚一样安静而深沉，也常常引人如梦。以往大都梦见在故乡的某个熟悉的地方，和我认识的伙伴们一起玩耍，而我也不知道梦里面的自己是孩子的身体，还是成年后的样子。

　　在这个梦里，我发现自己在一处陌生的地方，虽然感觉有几分熟悉，但总是说不出在哪里。宽阔的马路上没有车子穿梭，我径直穿过马路，经过几栋房子，便走进一片树林，沿着一条人们常走的路迹往前走，走了半个多小时后，映入眼前的是一片清澈的湖，还有陌生的人们在亭子里休憩。往来的人不多，我感到有点累，于是想找个长椅休息一下。这时候看到一个女子坐在灰色的长椅上休息，起初从后面看她的背影，我只是感觉很像是赵蓉的模样。她留着长长的头发，穿着淡蓝色与白色格子布的连衣裙。我继续往前走，一直走到她的侧面，不知为何有了勇气去看一眼是否真的是她。于是假装到河边散步，从她面前走过，在河边望了一会儿，便回头往长椅边走去，在转身走近的一刻，望见她，竟真的是她。一时间惊喜不已，我已经忘记了多久没有她的音讯，却无法忘记她熟悉的脸庞。我欣喜地喊出她的名字，她看看我，顿时露出了熟悉的笑容，开口说："你怎么也在这里？"我不知道怎么说才好，于是就说："我也在这边走走，竟没想到能在这里碰见你。你这段时间去了哪里？我一直没有你的消息，也不知道去哪里才能找到你。问你的同学，她们都说不知道。"她说："我哪里也没去啊，一直在图书馆看书，也没看到你再来，我以为你不再喜欢读书了，也不愿见到我。"

　　这时我快步地走过来，坐在她旁边，拉起她柔软的手，仍旧是往日那般温暖，感觉像是过了很多没有她存在的日子。我搂着她的左肩，让她躺在我的怀中，唇自然地吻了她的头发，闻着熟悉的发香，呼吸也变得紧张起来，很久才气息均匀。此时的情形，就像许多个日子里，我们坐在校园里的长椅上度过的那段光景。这时候我们都安静着，沉默不言，不久她抬起头来，我没说什么，只有自己的唇触近她，轻吻了她的薄唇。我从没学过怎样和女人接吻，即使后来遇到她，第一次在无人望见的角落，鼓起勇气轻吻了她，也只是吻在她的脸颊与额头。不知因何缘故，一直不大有勇气去吻她的双唇。

（二）

那次的情形我至今还记得清楚，那是一个春天的周末，阳光温暖，我们一起从教堂坐了公交车回来。这天我们两个人的心情特别愉悦，也不知什么缘故。我直接跟她一起回到她所在的学院，回来之后有四点半多。我说："你现在饿不饿，我有点饿了，中午没怎么吃，你也知道我的胃口不小的。"她笑着说："我肯定理解啦，你这么一说我也有点想吃东西了，那我们先去吃饭吧。"

晚饭她吃了芹菜馅的饺子，而我则点了自己喜欢的鱼香肉丝饭。知道我吃这点东西肯定没吃饱，盘子里已经所剩不多，她自己吃了几个便停下来，说："我吃好了，剩下的给你吃吧。"她并没有夹到我的盘子里，而是夹起一个饺子送到我面前，笑着说："张开嘴吃吧。"这还是她第一次夹东西给我吃，以前一起吃饭的时候最多是她把自己的饭用筷子拨到我的碗里，说男孩子饭量大，所以要多吃点。

这时候我点了点头，像个孩子一样张开嘴，吃她夹过来的饺子，一共吃了五个。吃完以后她凑到我耳边说，你也不嫌害臊啊。我说："那你夹给我吃的，我盛情难却啊，总不能让你一直夹着，多累啊。我脸皮也厚，没事儿的，就当周围的人都不存在，反正我不认识他们，他们也不认识我。只要你不被同学撞见了就好，不然回去可有的说了。到时候肯定会流言遍传说赵蓉同学今天在食堂和一个陌生的男生吃饭，还夹了饺子亲自喂那个男生。"她听完以后捂着嘴笑了。

吃完饭后她回了趟宿舍，说想洗个澡再过来。我说那我先去图书馆等你，就在外文阅览室那里，一会儿你过来的时候喊我一下。于是我便直接沿着右手边的路往图书馆走去，打算一边看书，一边等赵蓉。

我沿着楼梯走上去，到三楼右转的阅览室，见管理员在那里吃苹果，还是以前常常能遇到的那个徐丹姐姐。自从上大学以来，我经常跑来这里看书，时间久了也和她聊聊天，算是认识了。于是跟她打了声招呼，她说："你又来了。"我说："是啊，刚刚吃完饭，没什么事情做，所以想来看看书。"她问我：

"上次那个姑娘怎么没跟你一起来呢，我也认识她的，她跟你一样，也经常到我这里借书，就你们俩来我这里借书和看书最频繁了。"

她笑着对我说："我第一次看你们一块儿到这里来的时候，就感觉你们俩站在一起真的很般配，你是个文雅的男孩子，而她娴雅安静，而且你们俩都很有礼貌。阅览室里来来往往的人很多，能给我留下印象的大概也就你们两个人了。有时候我就想，哎呀，真是挺可惜的，要是哪天你们俩恰巧能遇到该多好啊！在满是书香的外文阅览室里邂逅，就像很多小说里那样很美的故事情节。我还以为只是瞎想而已，真想不到你们后来竟然碰到一块儿去了。看到你们两个人一起走进这里，我心里不知道多开心！对了，你们第一次遇见是不是在这里啊？"

我挠了挠头，说道："我们不是在这里遇见的，不过离这里也不远，是在图书馆门口的阶梯上。我记得那天下午我们没课，而我在你这里借的几本书也看完了，于是骑着车子带着书过来还。到了以后我把自行车停在楼下，便带着书往图书馆走。"

"我刚刚走上去，就看到一个穿着裙子的姑娘抱着许多书也往前走。她身体瘦弱，却抱着很多的书，明显有点吃力的样子。我正疑惑的时候只看到她忽然脚下一滑，一些书掉落在地上，有的滚到了几个台阶之下，到了我面前。她忙拾起来，而我也帮着拾起几本，跟她说：'这是你的书，你一个人拿这么多不方便，还是我来帮你拿吧。'她笑着说：'那谢谢你了。'"

"这时我才第一次看到她的样子，一袭长发，和我一样戴着眼镜，脸庞很是好看，尤其是微笑着道谢时，有些不好意思的样子。而这时候我的心跳变得快起来，大概是看到她有些紧张的缘故。于是我们便往上走去，路并不远。"

"我当时也这么想来着，看到你们还完书就各自走开了，也没说什么话，我心里想可能你们还不熟吧。她到远处的书架边找书，随后不久你也走了过去，似乎想要找寻恰当的时候跟她认识吧？"她问道。

我那时候真的很想把握好这样的机会，我一直觉得这样的姑娘并不会很多，能遇到一个就很幸运了，如果错过这次可能我们就再也不会遇见了，而我以后也肯定会为此后悔不已的。于是我也走过去在她的那一排书架里，看着对面的书。那时候我特别紧张，你知道书架的间隙不大，我们两个人便挤过去。其实那时候我就想跟她说话了，又想不起说什么好。过了一会儿，我看她在放着《西蒙斯文集》的书架旁边徘徊，我便也过去，装作对这些书感兴趣的样子，虽然我之前并不知道这位作家，平时没有留意。这时候她察觉到我想拿西蒙斯的文集，于是先开了口，轻声问我："你也喜欢她啊？"

我说："是啊，我是偶然间在学校的图书馆网站上搜到咱们图书馆有她的文集的，我就马不停蹄地从分院骑车子赶过来了。想不到还真的躺在这里！你看这些书的上面都有了一些灰尘，估计应该好久没有人翻过了。"

她说："看起来是啊，上面全是灰呢，是不是没有人来打扫啊？"

我说："应该没有，打扫的阿姨也不会每天给书打扫，这样工作量很大。"

图书馆早期都是手工借阅，每本书的后封面里都粘着一个小袋子，里面有一张不大的白纸做的借阅记录卡，上面会写着借书人的名字、借阅时间和还书时间。于是我拿起其中一本，轻轻地翻到最后一页，果真发现了借书记录卡，上面写着最后一次借阅时间是 1989 年，借阅人：叶佳燕。

我说："你看，这本书的借阅记录显示最后一次借出是一个名叫叶佳燕的姑娘在 1989 年 3 月借的，距离现在差不多已经有 20 年了，从我们出生到现在的几十年里，这些书一直安静地躺在这里。"

她这时也惊叹了一声，像是感到很诧异的样子。对我说："不会吧，30 多年都没人借过，那这些书也太孤独了。还好我来了，这次一定得借出去，让它也见见阳光。"

我开玩笑地说道："是啊，它们也应该出去看看外面的世界了，这几十年外面的世界发生了太多变化。想这些书的作者算不上是名作家，所以关注的人也不多，很难进入人们的视野，但并不代表这些书没有价值，只是没有世界名著那样为人们所熟知而已。我这段日子以来，对这些文学史上着墨不多的作家产生了很浓厚的兴趣，也看了其中一些作品，发现他们中也有很多写得挺好的，不管是在文笔还是内涵方面，都给人留下很深的印象。我在想，他们同样曾经活在这个世界的某个角落，也经历过，思考过整个人生的路途，许多琐碎的日子里他们用心去想，也才有了顿悟。"

她回答我说："我也有过这样的感觉，就跟你说的那样，差不多读完了博尔赫斯的作品以后，对南美的文学产生了更多的兴趣，我便找来一些南美作家的作品，对我来说里面的那些作家大都默默无闻，也许这一生只能读到他们的一篇作品，不是所有的作家都那么幸运，他的作品都能被引入中国。我看的也只是收录在《南美洲作家中短篇小说选集》这本书里，这本书还是20世纪80年代出版的。后来我在图书馆找到了这本书，读了里面的故事，发现有些作品写得挺不错的，虽然写的是异域的故事，但或多或少也能从其中获得一些东西。"

后来我们聊了一些，越聊越感觉有很多话想说，不知不觉天快黑了，而我也要赶回去，于是我便跟她一块儿走了出来。出来的路上我还在想是否应跟她要个联系方式，因为我期望能再遇见她，于是，我便跟她要了电话号码，相互介绍了名字。

（三）

后来我便走过去看书，从书架上拿了一本布鲁斯特的《追忆似水年华》，听着他如流水般述说着过往的琐碎回忆，去感知他的心境，一节两节是很难有所体会的，而且至今仍没读完。

不久后，听见轻轻的脚步声，我想是她，但没回头望去，等她走近，走近，忽而一双白皙的双臂搂住了我的颈部，长发散落在我的肩上、脸颊，散发着清新的女人气味。"你在看什么呢？"我掩了书，将封面呈给她看，她坐在我身旁的椅子上，面对着我，说："这本书我们老师曾推荐给我们看，我读过一点法文原版的，感觉语言很是优美，让人不忍掩卷，能让人感觉到他的文笔很细腻，那种想要将过往美好的时光一点点拾起的过程，感到温暖与幸福的同时也触到那些隐秘的忧伤，一种昨日不复回的感觉。"

我说，我没看完，不过我的感觉和你相似，我不懂法语，但这本翻译得也不错。

这时我把书放回它的位置，两个人在这里走了会儿。这个时间人们大都在宿舍里消磨时光，或是与喜欢的人出去吃饭、散步。因而偌大的阅览室，除了熟悉的管理员便只有我们两个人了。我们轻蹑着脚步，浏览着许许多多外国文学的书，我们学校的图书馆有许多年的历史，有很多古旧的书，拿在手里翻起来闻着尽是书香味，我最喜欢这样的味道。

这时候我们就像是在一个美妙的世界里，两个人轻声言语，无人相扰，有时候她想看的书位置高够不着，便让我帮她拿下来，看着她踮起脚尖努力地够着一本书的样子，觉得特别美，周围尽是她的香味儿，有一种难以言喻的冲动。于是我帮她拿下来，右手拿着书，凑到她耳边，感觉有点紧张不安，怕她有所拒绝，低语跟她说："我亲你一下好吗？"听到这句话，她低下了头，若有所思。我想她应该很紧张了。别人要亲吻一个姑娘的时候，也许不会问这样傻的问题。

这时她抬头看着我，点了点头，我猜想她那时肯定以为我想亲吻的是唇，可是我应该让她有些失望了，我那时候的确没有勇气亲她的唇，加上紧张，我把书放在旁边，抱着她，慢慢地靠近她的脸庞。她闭着眼睛，也有些紧张。最后我的嘴唇接近她的额头，轻轻地吻了下去。这是我第一次吻一个姑娘，也说不出具体怎样的感觉，我的唇在她的额头吻了好一会儿才离开。这时候我似乎因为她的默许而有了更多的勇气，这时我又吻了她的脸颊和耳边。唯独没有吻上她的唇。不过第一次吻她，感觉还是很美妙的，虽然我随后并没有问她感觉怎么样之类的问题，也觉得没有必要。吻过以后，我们都没有再说话，安静地站在书架旁，我的心跳还是很快。于是我轻轻地抱着她，她的双臂搂着我的背，我感觉到她的心跳和我一样快，扑通扑通地跳动着，传到我的身上。也闻到她的发香，这更让我紧张，而不是安静下来。就这样相互拥抱了挺长时间，我才附在她的耳边说："我们走吧。"这才松开了彼此。

当我们走出来时，天已经暗下来，路灯刚刚亮起，随即许多小飞虫儿聚在灯罩周围。我的紧张也慢慢平复下来，手还没有放开，只是伸开后随即感觉她手指的缝隙，从握着变成了十指相扣。我很喜欢此时此刻，真希望这条路走不到尽头，我不会向左拐回到学校，而她也不会往右走去往她的住处。所以我带着她从花园的小径里走，这样路会长一些。这时我们都不知说什么好，沉默的气氛，像只能感觉到彼此的呼吸声，虽然这并不算是尴尬的情景。后来她打破了沉默，说："你还不回去啊，你看天就要黑了，宿舍要关门了。"我说："哪有啊，等会儿回去也不晚的，天黑了，路上有路灯，宿舍11点才关门呢，再等会儿。"

可是也不知道现在要做什么好，两个人都有点手足无措。我们坐在长椅上，我对她说："你靠到我肩上吧。"就这样，她靠着我的右肩，而我自然地搂着她，手挽着她白皙的手臂，轻轻地抚摸着，感觉很滑，不像我的手臂汗毛很多，摸起来全是跟草一样刷刷的感觉。有时候头靠在她的头上，吻下她的头发，那属于她的独特味道，让我不忍离开，于是轻轻地呼吸，闻着她的发香。

平日里，我们常常一起骑着车子随处转转，学校附近并没有太多可以去的地方，稍远一点的街市还可以看看，尤其是有些历史的十字街，有一处有着百年历史的教堂，虽然我们周末并不在这里，而是走很远到市里的另一处，去那里的大都是外国人。她喜欢去那里，于是后来我才跟着一起去。我们俩语言水平都过得去，我略差一些，勉强能听得懂，不过也喜欢在英文的环境里活动。

在十字街，还有家不大但布置得精致舒适的咖啡店，那是我常与同学一起去的地方，大多数时候都是和班里的女同学一起去的，下午没课的时候，一边喝茶一边聊天。后来我也和蓉去那里坐过，里面的咖啡味道确实不错，如果你的心思在喝咖啡上。很多时候我的注意力放在和姑娘聊天上以至感觉不到咖啡的味道。喝完咖啡就到旁边的树林散散步，两个人手牵着手，走在安静的小石路上，春夏时分，树林一片青绿，遮住了天空，令人愉悦。

（四）

暑假时候，我从杭州到丽水去看她，五个多小时的路程，我坐在火车上，心里感到紧张不安，却又说不出什么缘故。

蓉和她的父母一起来车站接我，见到他们以后，我连忙说了声："叔叔阿姨你们好。"便看见了站在一旁的满脸微笑的蓉，她走过来对我说："把包放在后备厢里吧，背在身上太重了。"于是我便把包放下来，放进了白色车子的后备厢里，然后一起回到蓉的家里。

起初我一直想象着蓉的家到底是什么样子，对于一个陌生的地方总会怀着很多期待和想象，这时候也是如此。一路上蓉和我聊着天，问我这段日子里的际遇，她的父母也不时问起我的情况，我的年纪、家住在哪里之类的问题。过了一个多小时，才到了她家所在的小区，蓉跟我说："我家在42栋。"走出车来，看见了，那是一栋三层的白色楼，和周围小区里的房子一样。她说："这三层都是我们家的，周围的人都一样，村子拆迁以后，我们就到了这里生活。所以这里的人其实以前都是一个村里的，相互都很熟悉。"

蓉住在三层，而她的父母住在二层，厨房和客厅也在二层。当我们走到二楼，是她的奶奶开的门，见到我们回来，她很是开心。蓉跟我说："这是我奶奶。"我说了声奶奶您好，她说了些话，我没听懂。我把包放在沙发上，我们便坐下来休息。奶奶给我们倒了茶，我说了声谢谢。奶奶又从一个房间里拿出许多零食，有瓜子、南瓜子之类的，放在桌子上，撕开一包瓜子，递给我吃。蓉坐在我旁边，叔叔和阿姨坐在对面，而奶奶坐在中间的桌子旁，我们继续聊着天，不知不觉时间就到了四点半了，蓉忽然问我午饭吃了没有，我说没吃呢。这时候阿姨说："你俩上楼去吧，我们做好饭喊你们一声，很快的。"于是我和蓉一起去了三楼。"这里装饰得很漂亮。"我对蓉说。她说："是不是很小清新的感觉啊，这是春节时候我在家里帮忙弄的。"我笑着说："没看出来你还有这方面的才能啊，佩服佩服，如果是我，我肯定留着白墙，做一个大书架，然后上面都放上书，下面有沙发，想看书就拿一本坐在沙发上惬意地读着，在清晨或者午后。"

她说："我也这么想过啊，只不过还是有颜色的好看，墙上挂的画是我自己买的，看起来很不错吧，如果有一天我自己画得足够好了，我就可以挂上自己的作品了。这样给我的感觉会更好。"

我坐在沙发上对蓉诉苦道："我今天挺累的，也没有在火车上吃午饭，我只带了两个苹果，早晨吃了一个，十点多的时候吃了另一个，之后就一直没有吃过东西。"

蓉说："没事的，你不是坚持到现在了吗，你看吧，一会儿我奶奶和妈妈肯定会做一大桌子的菜，到时候你别说吃不下就行了。"

我说："难不成你告诉了他们我很能吃？不会吧？"

"我真的说了，你知道我在家这么久，他们不可能不问我关于你的事情，我就和盘托出了，他们特地问过我你吃得怎么样，我妈说北方人饭量可能比南方大一些，我点点头说，是啊，在学校的时候他吃很多的，平时我们一起吃饭的时候我总要把自己的饭分给你吃。我真的吃不完的，但对你来说又有点不够吃。"

我感叹道，这下子他们知道我是个饭桶了。顿时有种被揭穿之后的无地自容感。

晚饭果真做了很多，正如蓉所说的那样，满桌子都是菜。吃饭的时候她的家人一直跟我说，你多吃点，我说好的好的。其实我真的很喜欢吃这些菜，尤其是红烧肉和糖醋鱼，加上我的确有点饿了，于是感觉这顿饭吃了很多。饭桌上也在聊天，问起这个或那个，不知不觉，已经吃得很饱了。他们还担心我没吃饱，坐在一旁的蓉对我说："你真的吃饱了？"我说："我真的吃饱了，我从不骗你的。"

饭后我也帮忙收拾饭桌，尽管他们不想劳烦我，让我跟蓉去小区散散步或是去楼上看电视。于是稍微忙了一下，蓉问我去哪里，我说要不出去散会儿步吧，我真的是吃得有点多了。当时我没有顾虑到的是，小区里都是很熟悉的人，看到蓉跟一个年龄相仿的陌生男孩子一起，肯定以为我是他男友了。我没意识到蓉那时候会不会介意这些，只记得她跟我说，我带你去一个地方吧，于是拉着我走出了小区，沿着小路往前走去，远处有绵延的山，但不是那种很高的，算是山丘吧。蓉跟我说："这里还不错吧，我老家原来在离这里不远的地方，但现在那里都不复存在了，所有人家的房子、熟悉的道路和我的小学，都不在了。后来搬到这里，慢慢才习惯，周围的风景还算不错。我们爬上去吧，不过你要拉我一把，这里的路不好走，并且我还穿着裙子，更不好走了。"我说没问题的，往前不远，有一条小路延伸到山上，大概就是从这条路上去了。

　　来的路上我们基本上肩并着肩走，而现在则是我在前面，拉着在后面的蓉，其实路还算好，不是很陡，只是蓉穿着淡绿色的长裙和黑色的凉鞋，所以走起来不方便。就这样我牵着她的手，往前走着，直到山顶。我们找了块平滑的石头坐下，欣赏着远处山脚下的风景。"是不是很美啊？"蓉说道。我说："是啊，你看山下的各种房子，看起来很小很小，许多白色的屋子从这看去很是漂亮，远望过去确实很美。我要是一辈子都能在这里该多好，可以望着这样美丽的风景，等待着日落，然后还有你在身边。"蓉靠着我的肩膀休息，跟我说道："如果你真的喜欢这里也可以的，等你毕业了来南方工作，最好来丽水，这样就可以经常跑到这里了。"

（五）

　　这个季节里，外面天气实在很热，我才知道下雨的时候好，而不下雨了，这里也是很热的。晚上我们在三楼的阳台上看满天的繁星，夜里有凉风吹来，顿时感到凉快很多，我跟蓉搬出椅子坐在那里聊着天，不知不觉已经九点多，差不多要睡下了。洗完澡换上衣服后，我躺在床上看电视，不一会儿听到敲门声，我走过去开门，看到是蓉在门口。她说："我现在睡不着呢，你再陪我聊天吧。"我说："那也好，在学校这个点，又是在夏天，不到十一二点基本上都是不会睡的，那你来我这儿还是我去你房间？要不还是到你房间吧。"她说："那也行，快点快点。"

我没有见过和我同龄的姑娘的房间是什么样子，这算是第一次到姑娘的房间里去，和我想象的差不多，房间的布置很清新，给人一种清爽的感觉，枕头、床单和被子都是淡粉偏白的颜色，旁边的桌子上放着电脑、书和镜子，墙面白色，不过布置得很不错，看起来蓉并不是很懒的姑娘。蓉跑到床上去，躺下来盖好被子，我说："那你是让我坐在这里跟你聊天啊？坐在椅子上不舒服的，要不我趴在床上吧，侧躺着跟你聊天，讲讲我前段时间遇到的故事。"她说："那你上来吧，但不要压到我，我往里点儿。"

　　于是我就这样躺在右侧，右手撑着头，和蓉聊天，累的时候就仰面躺着，电视虽然在放着，但更像是背景一样，我们专注地聊着天，像以前那样。大概过了很久的时间，我也有些困倦了，动也不想动，我说："要不就睡吧，我也很困了。对了，其实说起来，我挺想睡在这样的屋子里的。"我这样对蓉说道。蓉说："不大好吧，这可是在我家诶，我爸妈要是知道了，肯定会吓坏的，尤其是知道你脾气这么温和内敛的男孩子，没有结婚就在一个姑娘的屋子里睡觉，多奇怪的事情。"我说："你说的也对，那我回去了。"于是我从床上起来，正要穿上鞋子的时候，蓉又说："不过也没事儿，如果你早晨早一点回到你的房间里去，就没事了。"我说："真的啊，那肯定没事的，我醒得很早，你忘了我几乎从不睡懒觉，在学校里都是四五点就起来的。"

　　我慢慢躺在一旁，掀开被子盖在身上，被子很轻，也很柔软，而且有种特别的属于女孩子物品独有的那种气味，那一刻我觉得睡在这里很舒服。不知道我有没有打呼噜，第二天吃早饭的时候，我偷偷地问了蓉，她说："秘密。"

　　有一次我们都在家休息，坐在沙发上看电视，我注意到电视旁边的相册，一个小女孩和她的父母三个人的合影，我忽然想起之前曾跟蓉说过想看她小时候的照片。于是我转头问蓉的母亲说："阿姨，蓉小时候的照片还有吗？"她说她小时候很难看的，我跟她说肯定很好看的。她的母亲跟我说："有的，在房间桌子里，我去拿过来给你瞧瞧，蓉小时候确实挺难看的。"蓉马上抢过话说："妈妈，连你也这么损我，都没脸了。"

　　我们在沙发上翻看着相册，从刚出生不久的婴儿照片，到童年时她穿着裙子的照片，还有参加演出时候的留影。我说："你小时候还会舞蹈呢，也没听你说起过。"她说："都是老早之前的事情了，好多年没练过舞蹈，早就忘得一干二净了。怎么样，小时候超级难看吧？"我说："哪有你是我见过最漂亮的小姑娘了，不仅小时候漂亮，长大了变得更漂亮了，说的都是实话。"她听到这些笑个不停，说太感动了。"妈妈你看，他都夸我小时候长得漂亮呢！"蓉的母亲说："那是因为他喜欢你，不是有句话叫'情人眼里出西施'吗？这个你都不懂的。你爸年轻的时候也常常夸我漂亮，把我哄得晕头转向，所以最后就嫁给你爸了。"

（六）

我在蓉家里的最后一个周末，外面的天气很热，预报说是三十度，我觉得应该更高一些。我和蓉都没有出去，于是两个人就在家看看电视，尽管平时并不怎么看，大概是因为在我的心里，两个人在家看电视这样的情形应该是结婚之后才会出现的，那时候我能让自己适应琐碎的家庭生活，包括用电视来消磨时间，听起来有点乏味，未必每个人都要这样过日子。不过话说回来，和蓉在一边看电视，一边聊天，聊学校的事情以及室友的琐事，这样也挺让人心情愉悦的。

快到中午的时候，我跟她说："中午吃点什么呢，我刚刚看了看冰箱，里面好像没什么菜了。我们去下面菜园里找点吃的吧？"

她说："对啊，奶奶也不在家，去姑姑家了，爸妈也要下午才回来，那可怎么办呢？这下午饭都没有着落了。"

我安慰她说："没事的，这不还有我在吗，肯定不会让你饿肚子的。冰箱里有肉，还有一个番茄，估计菜地里还有豆角和青菜，这样我们可以做好几道菜了。我们也几乎坐了一上午，下去走走吧，对了，把伞带上，外面太热了。"

于是蓉起来换了鞋子，回屋子里拿了把伞，我拿了一个大点儿的塑料袋，两个人便下楼了，锁上门后，从门口往左走，沿着山脚下那条狭窄的小路。头顶着炽烈的太阳，让人抬不起头来，不一会儿我就流汗了，蓉拿出纸巾帮我擦了擦额头上不停流下的汗水，对我说："我发现你真的很容易流汗。"我说："是啊，特别容易流汗的，估计是因为体质问题吧。"

走了几分钟才到她家的菜地里。我们惊喜地发现架子上的豆角结了很多，于是走了过去，一人在豆角架的一边开始摘，我在对面一边摘豆角，一边瞥着她隐约闪现的身影，透过层层绿叶间。不经意间我们看到了对方，于是蓉对我说："你干吗盯着我看啊？"我说："哪有，只是不小心看到了而已。"

摘了豆角，然后拔了一些青菜，放进袋子里后，两个人往回走。路上我对蓉说："天这么热，我估计山上的石头应该也都是很烫的吧。那天要是天气凉下来，我们往山里面走，那里的风景应该很不错的，说不定以后有一天我会背着包沿着你家前面的这条路一直往山里走，把这里都看一遍呢，我知道这个路程走下来肯定会很累的。"她说："那肯定会很累，从这里一直往里走，还有很长很长的路，你走不到尽头的。"

　　回到家里，我们便开始做午饭了，她淘米时问我要吃多少，我说两碗应该够了。

　　"可我担心不够你吃的啊，你平时饭量不小的，今天就多煮点饭，反正爸妈他们都不在家，我就想知道你到底能吃几碗。"

　　"不用啦，我最近胃口不太好，所以吃的不是很多，当然，在你们家人看来，我的饭量已经让人感到惊讶了。"

　　"是不是不大习惯我们这边的饮食口味啊？我记得在学校里你吃得挺多。"

　　"也许吧，可能是一下子吃得清淡，有点不适应，这也很正常的。"

　　"那今天你烧菜，就烧符合你口味的不就好了，我反正吃得惯的。"

　　"你是一时半会儿吃着觉得新鲜，还好只是吃一段时间，要是一辈子吃这样的口味，估计你会受不了的吧。我做菜是不大可能做得这样清淡的。"

　　"谁说的，吃一辈子我也能吃得习惯，又不是川菜那样辣的我实在吃不下。"

　　"是啊，记得上次我们在重庆的时候，晚上逛夜市吃小吃，你被辣得都流眼泪了，我还记得你那时候的样子，真的是很喜感啊！"

　　电饭锅里正在煮着米饭，蓉在旁边摘菜洗菜，我把番茄洗了，切好，便去冰箱里拿了四个鸡蛋。第一道菜是番茄炒鸡蛋，蓉跟我说她会做这个菜，我说："那你做做看好不好吃。"于是我把鸡蛋打好，用筷子轻轻搅拌开，然后走过去跟她说："该你大显身手了。"

　　于是她到客厅穿上围裙，有模有样地走到厨房来，点火，倒油，先炒鸡蛋，后放番茄。我站在她身后看着她认真地烧菜的样子，长头发没扎好，后面的头发从两旁垂落到前面，而我帮她重新放到后面。

　　不一会儿，这道菜就出锅了，好不好吃暂时不知道，不过应该也不会太差，毕竟这道菜的做法大同小异。

我炒完菜以后，蓉盛好了米饭，我们两个人洗好手，坐下来开始吃饭。

蓉对我说："你还不错嘛，能做几个菜，这样不会饿着自己了。"

"是啊，我稍微会做一点，我打算毕业工作以后自己烧饭吃，这样厨艺会越来越好，以前我担心以后遇到的姑娘要是不会做菜，那可是件很麻烦的事情，毕竟现在很多女孩子不会做饭，所以我自己还是会点厨艺，免得遇到这样的情况。"我说。

"这么想很正常的，你看我就不怎么会，以后结婚了估计没什么信心下厨房做菜，所以我妈跟我说要找个能烧菜的男人过日子。"

"我烧的菜可不一定好吃，不知道别人会怎么感觉，我自己觉得还是挺符合我的口味的，每个人的口味都有点不一样，你尝尝看怎么样，应该还凑合吧？"

她夹了菜尝了尝，然后点点头说："嗯，味道还行，还挺好吃的，对于初级阶段的下厨的人来说已经合格了。"

我们一边聊天，一边吃饭，最后把菜全都吃完了。然后刷盘子洗碗，一切忙好以后，差不多十二点半了。

整个下午，我们都在午睡，天气愈热，人似乎显得愈是困倦，于是睡得越久，越是困意绵绵。不知道睡了多久，隐约感觉有人走到我床前轻声说起床了，我慢慢睁开眼睛，看到蓉蹲在床边跟我说话，我问她几点了，她说："四点半多了，我爸妈一会儿就回来了。"

到了傍晚时候，外面阳光变得不那么炽烈了，但我知道仍旧很热。在蓉的催促下，我起来洗了洗脸，慢慢清醒。于是两个人到客厅看电视，我忽然感到，这样的生活真的像小时候那样无忧无虑，令人愉悦。于是跟一旁的蓉说："我发觉这样的日子感觉很惬意，你看，我们一天下来看看电视，做做饭，聊聊天，多么舒服啊，要是一辈子都能这样该多好，我肯定愿意过这样的日子。"蓉回应道："是啊，就像小时候那样无忧无虑，什么事情也不用操心，自己怎么开心就怎么样，我觉得还是现在这样的好，有漫长的暑假可以过自己想过的生活，忙的时候可以忙一些。我打算毕业以后回来当英语老师，这样就有暑假可以过了。"

（七）

秋季开学，我们都回到学校，开始继续读书的日子。

有段时间，她常常跟我说她身体不大舒服，头疼得厉害，我想大概是那段时间天气多变的原因，入秋以后的天气常常是这个样子，夏季的余热还未完全消散，而瑟瑟秋风裹挟着寒冷降临，尤其是下了一场秋雨之后，还没有暖气的屋子里显得分外冷，让人们不得不穿起原本为深秋与初冬准备的衣物。

　　这也是小疾病多发的时节，喉咙干燥不适、感冒、咳嗽等很普遍。校园里的生活一如往常，并没有太多的故事发生，我开始避开不喜欢的课程，似乎变得愈加厌恶那些没用处的课，对知识接受的能力越来越差，更喜欢一个人在图书馆带着一本英文字典，带着英文原著试着阅读，遇到不熟悉的单词就翻一下旁边的词典，虽然读的速度很慢，不过总算还是喜欢和享受这样缓慢的过程。许多个午后，阳光从西侧照进来，映得浅橙色书桌更加明亮，有些刺眼，并不在意。

　　图书馆里往往很是安宁，少有人迹，逃课的人大都出去玩耍，或是忙着其他的事情，不大可能来到图书馆消磨时光。除了那些即将参加研究生入学考试的大四学生每天努力复习着，他们似乎又回到高三时代，考试的压力在这个阶段显得更加沉重，大约是因为年纪的缘故，面对的情形有所不同。看着桌子上堆满的英文与政治，以及数学之类的大尺寸的厚书，每每感到遗憾，如今的年纪已不再适应严肃认真的备考生活了，闲散的生活一旦习惯，难以按部就班地做一件事情，尤其是压力很大的时候。

　　关于蓉，我们还是经常联系着，我常常四点多的时候在学校门口乘坐公交车去她所在的学院，五点多的时候一起去食堂吃饭，然后在校园里散步，花园里的银杏树，叶儿枯黄，纷纷凋落，尤其一阵风吹过，唰唰往下落，地上堆起了厚厚的银杏叶，别是一番景致。蓉走到那里时，轻踩着脚步，她说："踩上去的感觉很柔软，就像在落叶林里常年落叶堆积的那种感觉。"说着跳了一下，欢喜不已。于是我也走到她身旁，感受脚站在柔软落叶上的情形。这时候忽然想起小时候这样的季节里，杨树也开始落叶，尤其是细小的树，常常会用力摇动着，为的是看到树叶像雨水那样纷纷飘落的情景，夏天阵雨过后，经常会趁同伴不注意的时候快速摇晃他身边缀满雨水的小树，感觉就像是再次下了一场雨。如今我不会这样做了，大概是更加尊重大自然里的另一种生命。蓉跟我说，南方有很多银杏树林，尤其在湖州，所以有心的人们在银杏叶上作画，尤其以蝴蝶为名，因为本身银杏叶的形状与蝴蝶相似，叶柄小心分开两半，恰似蝴蝶的触角，所以看起来很是相似。我捡起一片叶子，观察着，发现果真如此，不禁感到自然的奇妙。多年以后，我到了南方生活，遇到一位专门画银杏叶画的老人，纯白色背景装裱后，很有艺术感。那一刻我忽然想起了她，曾经在秋天的校园银杏树下聊天的情景，不觉时光易逝。我仔细询问了如何画，用什么颜料等问题，从中了解了树叶作画的美妙，于是捡回许多种叶子，只是回来时候已经干枯。

（八）

第二年的时候，假期里我没去别处，而是坐了 27 个小时的火车直接到丽水，时间漫长，陆续有人下车，到了第二天的黎明时分，车里的乘客已经不多，此时都在以各种有趣的姿态睡着，这是最困倦的时间点了。火车以往常的速度不停疾驰着，窗外的房子、河流、树林和田园，以及自己头顶斜着的电线不停后退着，仿佛过往所有的一切都随之消失。

下车以后，我仍旧沿着小路走到她的家里，穿过熟悉的涵洞，旁边村口小店里的涵涵仍旧穿着那件漂亮的红色连衣裙，在路边和小伙伴一起玩耍，看到我时向我喊了声："大哥哥你去哪里了，好长时间没有陪我们一起玩了呢。"我说："我去了很远的地方读书，放假了我就赶紧回来了，过两天再陪你们玩，现在我要回家去了。"于是跟他们告别，迈着步子径直往前走去。

我站在这里，望着眼前熟悉的风景，感觉像是一切都未曾变过，而蓉也还在家里等着我，或许她会站在阳台上，远远看着我走过来。当我走到村口远远看到桥边的树底下有一个身影，穿着白色的裙子，我脑海里闪现着她的模样，当我进入她的视野，望见她朝着我挥动手臂，我很疲惫，但尽可能跑起来，这些日子里无时无刻不在思念着她，终于见到了，心里有种如释重负的感觉。我说："你怎么不在家里啊，天气这么热。"她说："我躲在树底下，不怎么热的，你坐了一天的火车，大老远来看我，难道我睡在床上等着你敲门啊？你在车上估计也没睡好，现在看起来太疲惫了，赶快跟我回去洗个澡休息一下吧。对了，吃点早饭，你肯定还没吃呢。"

我确实很累，路上她拉着我的手往前走，遇到村里的人们，当他们跟我打招呼时，我也跟他们打了招呼，尽管并不熟识。不多会儿便走到蓉的家里，叔叔跟阿姨在门口等着我，看到我很是欣喜，对我说："你怎么也不提前说一下，让我们去车站接你。"我说："路也不远的，我走走就过来了。"

到楼上，我放下背包，感觉肩膀一下子轻了很多。蓉帮我倒了一杯水，我接过来一口气喝完，便又接了杯水喝下去。蓉跟我说："你是真的渴了，慢点儿喝，喝得太快不好的。"不久，叔叔跟阿姨两个人去上班了，我去浴室冲了个澡，换上带来的衣服，感觉好多了，不过因为缺少睡眠的缘故，还是很困倦。于是就到屋子里趴在床上。外面阳光炽烈，拉上窗帘以后稍稍好了一些。蓉进来，侧躺着跟我聊天，开始的时候我还说着，不知不觉就睡着了。等我醒来的时候，已经11点半多了，睡了快4个小时。蓉喊醒我，说午饭做好了，快起来吃吧。

蓉和她的奶奶，我们三个人吃的午饭，奶奶见到我仍像上次那样开心，虽然说话我还是听不懂，只能让蓉帮我"翻译"，然后我才回应。我是很饿了，这两天坐火车基本没怎么吃，我没有在车上吃饭的习惯，所以只带了一些零食和水果，真的不禁饿。我这样对蓉说起自己"不幸"的遭遇，蓉安慰我说："奶奶做了很多菜，你就尽管吃吧，弥补这两天空虚的胃。"我对她说："还是你理解我。"我努力吃着，不一会儿三碗饭吃完了，蓉又帮我去盛第四碗，青椒肉丝、红烧鱼、红烧肉，这些普通的菜对我来说都是无上美味。

接下来的时日里，我们在丽水的一家公司实习，工作内容并不多，所以很轻松。上班的地方离家里其实并不远，要是有自行车，骑车来去也很方便，每天两个人走几步坐公交车去上班。下班后有时候不直接回家，而是在市区吃晚饭、逛街，享受着属于两个人的时光。

丽水是个静默的小城市，并不大，四周环山，群山之间绵延着小路，连着许多村庄。市区里也就那几条主路，一目了然，我们去得比较多的是丽阳街和花园路以及中东路那里。中东路并不宽阔，但晚上时候分外热闹，两旁的店家都亮起灯，忙碌一天的人们下班后纷纷出来逛街、吃夜宵或是看看衣服，因而看起来有几分灯火璀璨的味道。蓉经常带着我到这边逛街，夜幕慢慢降临。我们晚饭不怎么吃，留着吃各种好吃的食物，烧饼、蛋挞之类的，雨后的地上残留着水迹，橘黄色的灯火映照下，像是明珠点点，缀在地上。我们牵着手漫步在并不宽阔的街道上，转上几圈就晚上了。

公交车将近十点才停运，所以我们一点也不用担心回不去，况且实际上市区离她家也就十多里的路程，天早的时候我们就乘公交车沿着解放街到万象山公园转一圈，然后沿着括苍路穿过小水门大桥，从南环路一直走过来，沿着环城河散步，然后坐公交车。丽水学院也是我们经常去的地方，她对我说过，她如果考得一般般，极有可能在丽水学院读书，最多去杭州，家里人并不希望她出省的，担心女孩子在外面不安全，还好最后考得不错。

　　在丽水生活了许多个日子，渐渐适应了这里的生活，似乎我是个随遇而安的人。

（九）

　　回来不久后，蓉生了病，回到丽水的医院医治。我忙于课业与工作，常常与她往来信件鼓励她努力康复，跟她聊天，有时候会到图书馆借书寄给她看。生活一如往常，自然也不会意识到事情是否比我所预想的严重几分，那时候我并没有意识到可能从此再也看不见她熟悉的面孔。我就像个平常的孩子一样，以自己的方式深爱着她，却并不是爱得死去活来，尤其是面对可能永世相隔的结局。

　　后来她的母亲打电话给我，说起蓉的病情可能会严重，拖了很长时间，并不那么乐观。让我过去看看她，多陪她一段日子，这让我隐约感觉到害怕，害怕又会像当初外婆去世的时候那样匆匆忙忙，没有任何心理准备，直面这样的情形。我开始意识到我的生活里再也无法缺少蓉的存在，如果再看不见她的面孔，我会感到很不安，即使我仍旧未想过结束学业之后无比漫长的生活要如何去过。

　　于是，这一年我第一次没有回家，而是去了丽水。

　　那时候她还在医院，我到车站以后，像半年前那样，去到蓉的家里，只是这次并没有望见村口桥边树底下她的身影，当我走到那里，忽觉恍然如梦，我所经历的这一切都不像是真实存在的生活，更像是许许多多零碎片断无序地堆积起来的生活，大概是因为这所有的事件不是按照规整的时间排序，校园的课业、偶然回去的故乡、蓉的言语及面孔，连在灰白色房子与青色群山之间，不断变换着，自然也感受不到时间的移动。

　　我走到蓉的家，敲了门，开门的是她的奶奶。我走上楼去，发觉这一切都如过去一样没什么变化，唯独不见蓉的面孔，她的母亲在家里，中午的时候我们在一起吃饭。其间她说起蓉的病情，说是可以治好，但是需要漫长的时间。

只是不知道人们是否都有足够的勇气和耐心坚持到最后，并且保持一种乐观的心态去面对，毕竟时日长久往往会让人感到绝望，而人们已习惯了可以一眼看到事情的结果。

她跟我说："我曾经问过蓉对你的感觉，她说很喜欢你，想跟你生活在一起。如今她生了病，什么时候恢复健康都成了问题，我们也不知道怎么办才好，现在她连顺利毕业都成了问题。她说好一点儿要回学校，一直等到毕业再回来。但我们很担心她的身体是否允许，学校那么远，我们也不能亲自过去照顾她。如果她执意要回去，希望你能帮忙好好照顾她。"我说："生病应该都会好的，如今我也越发觉得我的生命中没有她的存在会感到难过。我想过以后要是有可能，希望两个人能走到一起，虽然我还不知道怎样才能过好日子，但我相信两个人努力相互理解，应该会过得好。如果她好一点儿，回到学校，我会照顾好她，顺利地带她一起回来。"

吃完早饭以后我在蓉的房间休息，这段时间她一直在医院住着，我坐在窗边，隐约感受到那种空旷无人的情形，她的衣柜中放满了衣服，大都见她穿过，夏天时候的淡绿色和白色连衣裙，还有那件印着卡通形象的上衣。自从去了北方读书，她购置了一些厚衣服，那些厚衣服应该还在学校没带回来。

我在蓉的床上睡了几个小时，渐渐除去了这两天的疲惫，于是午后便去医院看她。

市中心医院其实我来过一次，那次我们俩逛街，走到医院附近，我忽然想去厕所，于是跑进医院的急诊部一楼，可是找了好久都没找到厕所，还是问了一个护士才找到。走廊里好多抱着孩子的女人安抚着因疼痛或是害怕而哭泣的孩童，一时间我的耳边全都是孩子的哭声。在某种程度上，我也似乎被传染了这样的恐惧，仿佛意识深处蕴含着莫名的痛楚。

那段时间，我便住在她的家中，每天清早吃好饭，坐公交车去医院，陪着她聊天，讨论毕业论文的事情，好像什么也没发生过一样。她的父母忙着工作，下了班或是周末的时候也来到医院看她。如今我常常想起自己往来于医院和她的家之间的路上，一个人坐在公交车上靠近窗户的座位里，思绪纷纷，回想起过去和她度过的难忘时光，以及想象以后可能出现的情形，心里满是期待，又怀有几分担忧。像我们这样的年纪生病应该都会好起来的，又不是像癌症之类的疾病很难治好，大概是因为我身体好得很，身边的亲人朋友也都身体不错，甚至都没有听到过癌症之类的字眼。

我在想，等她身体好了以后，还有很多事情要做呢，我们这样的年纪，生活还没有开始，至少要等到我们毕业工作了，真正的生活才会到来。那时候人们会安稳工作，成家，有个新的家庭，可能很快就会有个可爱的孩子，我只是这样想象着以后的日子里可能会出现的大致情形。

应该都会是这样的吧？我心底这样想着。

几乎每天都坐这趟公交车，时间久了，我也熟悉起来，从她的家出来，走一段路到水东村然后坐上 13 路公交车，坐到商城，从这里直接坐 6 路车，大概七八站的路程便可以到医院了。有时候我从商城站下车以后，会走上一段路，其实距离并不远，沿着中东路一直走下去，走到尽头时左转到大众路，便能看到医院了，算起来也就不到四公里的路。

当我跟她说起这件事的时候，蓉觉得我走这么多的路太累了，明明有公交车还不坐，她对我说："你这样走太远了，换作我肯定要走很久的，而且我也不会那么笨，有车不坐。"每次我都会对她说："那是你们的脚步，我走起路来很快的，你记不记得刚认识你的时候我们一起走路，我总是走得很快，全然不顾你的步调，直到后来还是经你提醒，我才注意到这个问题，逐渐放慢了脚步。"

我想我并不是不急切地想早点看到蓉熟悉的面孔，事实上，我很想每时每刻都陪在她身边，只是有时候自己想放慢一些，一边看看沿途的风景，一边想一些事情，尽管大多数时候还是想不出所以然来。

（十）

生病住院真的是一件折磨人的事情，不管我怎样去想，最后都会得出这样的结论。我看到她有些憔悴，没有往日那样的光彩，身体被疾病折磨得瘦了很多，我想这也可能是跟吃饭不好以及没法锻炼有关系。本来也不重的她，如今瘦得我可以轻轻将她抱起来，我还跟她开玩笑说："去年从山上下来我背着你觉得特别累，现在终于瘦下来了，我可以抱着你走了。"

我常常坐在床边，两个人对望着，相视无言，有时候我也不知说什么好，于是用手抚着她的头和脸庞。我知道可以说一些鼓励她的话，这样能给她更多的信心去面对。我说："等你好了以后可以带你去很多你想去的地方，等到毕业了，我想我会跟你一起回来，在同一个地方工作和生活，这样我们就可以形影不离了。"

她说："你这么说对我是一个很大的惊喜，我也希望以后能像你所说的那样生活，而且我知道跟你一起生活会很有趣，不会轻易就厌倦漫长的琐碎生活。可是我们都没遇到过这样生病的时候，所以意识不到究竟是什么样子，有多少分恐惧，是否远不是我们所能平心静气去接受的。我现在感觉身体挺不舒服的，很久没有打羽毛球或游泳了，最糟糕的时候感觉像是一点儿力气都没有。我也不敢保证以后会好起来，不好的事可能我们都无法接受，但有时候却可能真的发生。"

"这些我都知道，所以不管怎样，首先我们要尽最大的努力去争取，剩下的就交给所谓的命运，如果努力了还没有看到应有的结局，那至少我们问心无愧；也说不定会得到上帝的眷顾，会好起来，重新回到原来的生活里去，余下的人生还有很多年月呢，我已经迫不及待地去想象以后我们可能过的日子了。"我这样对她说。

"无能为力"，有时我的脑海里会浮现这个词，我知道如今只有医生可以治好她的病，能让她好起来，如果他们都做不到，剩下的或许只有祈祷或是绝望了。面对这些不确定，有时候我的心情也变得沉重起来，这些年里很少有过那样的感受，它不再是精神上的一种感觉，而是延伸到身体上的某个地方隐约疼痛，却不是那种身体被划伤引起的伤痛，大约是这样糟糕的情绪所引起的症状。

我不知道怎么释怀才好，站在山顶对着无人的旷野大声喊叫？坐在无人往来的地方哭泣？如果是自然而然的情形，我倒能理解。而我许多年没有再流过泪，似乎都忘记了怎么才能哭泣，毕竟早年里绝大多数的哭泣都是因为身体上遭受疼痛。而面对可能失去的生命里重要的人，我却默默不语，无法自然而然地流出泪水，只是最后她哭泣的那一刻，我不知不觉地也像个孩子一样哭了起来，全然不顾周围严肃的场合。

时间慢慢流逝着，尽管每日大都是相似的，我也愿意这样下去。

她跟我说，如果最后真的好不了，还是得做好离开这个世界的准备，平静地面对可能到来的死亡对于每个人来说都是一次心理上的考验，大多数人面对这样的情形往往都会表现得歇斯底里，不愿接受事实。

这一点无可厚非，毕竟所谓的奇迹常常只在故事里出现，出于打动观众或读者的需要而想象过度。死亡也是人生的一个过程，即使看起来让人恐惧和不安。虽然我们都能看到身旁各种植物萌芽到生长，再到枯萎的过程，从这里明白事物的过程总会有始有终，但转换到我们自己身上，便很难去坦然接受这样的事实了。我们从不觉得自己在这个世界上已活得足够，即使是耄耋之年的老人也常常如此。更别说年轻人了，还没有意气风发，挥洒青春，还没有一场动心的爱情，没有一场五味杂陈的婚姻和家庭，这些来到世上的人所应当享有的一切，这些组成了人生的内容。如果没经历过这些大多会感到十分遗憾吧，有时候我也这么觉得，是不是上帝对我们有些人不大公平？

不过我想，所有的生命中都会有意外发生，并不是按着某种恒定不变的秩序运行的，所以人也会遭遇到意外，有时候是好的，有时候是糟糕的。我们总不能只要好的而抛掉糟糕的，毕竟我们无法选择遇见什么样的意外情况。所以还是接受一切，即使知道一切都可能是上帝的安排，他藏着的秘密我们是无法窥见的，就当成是秘密的安排也好。

（十一）

三月份的时候，她的身体恢复很多，于是回到学校。这段时期，我们都没有忙工作的事情，而是在北京到处游走，体验那些赏心悦目的风景与美食。大概心里都意识到以后很少会再来到这座城市了，于是想在这最后的日子里多看一些。

所有的故事最后也都有某种结局，如我们的人生一样。无论这几年怎样的精彩和难忘，最后也不免曲终人散，所幸我们大都会有自己的归宿，即使难免辗转奔波，受尽疲惫。我带着蓉回了趟杭州，见了我的母亲，这一切她多少知道一些，前两年里我常常往丽水去，她也猜得到我不可能无缘无故去那里，当然，我也经常跟母亲沟通这些事情。

回到丽水工作以后，生活渐渐进入平稳的轨迹，我们仍旧像前年那样，工作以后一起回家，或是在市里吃晚饭，周末骑车去山里转悠，深秋时节山里的风景很是美丽。不久之后蓉身体不舒服，像是旧病复发，于是我们便去医院做了检查，医生给她开了很多药。当我们去拿药的时候，我忽然想起外婆生前也是一直吃药，出远门都要带着足够剂量的药，治疗冠心病和头痛之类的药物，我意识到这种情形并不那么好。

年前我们去接杭州的母亲一块来丽水过年，这是蓉的母亲提议的。母亲对这个提议欣然答应，不知是否是她们事先沟通好的缘故。蓉的母亲带着我母亲逛了很多地方，而我和蓉倒是不怎么出去，她的身体不大好，所以很多时候都是在家休息，我下班后陪着她聊天。有一天晚上我们吃饭的时侯，蓉的母亲对我们俩说："跟你们说个事情啊？"我说："什么事情？"她说："我和你母亲商量好了，想给你们办个婚礼，你们觉得怎么样？"

　　一时间我们俩都懵住了，我在想，这样的事情恐怕还没有认真考虑过，但如今已和她生活在一起，结婚的事情也应该考虑，只是以前没人提起过这些事情。蓉在旁边低着头吃饭，一言不发，我只得开口回应："婚礼这个过程挺麻烦的，要张罗很多东西，会是很累的一件事情，恐怕会让你们忙活很多。"

　　蓉的母亲说："这个就不用你们考虑了，我们大人就可以弄得周全，你们只要拿出自己的决定就好。"我说："我没什么意见，只是没什么心理准备，没想过这么早就结婚，不知道现在自己能不能过好结婚以后的日子，我以为是以后的几年里才会谈到这件事情。"而蓉则像刚刚听到似的，抬头说没什么意见。

　　晚上的时候我们在一块聊天，谈的大都是这件事情。

　　蓉跟我说，或许她的母亲考虑她的身体不是太好，所以想早点定下来，这样才会心安；自己其实很期待结婚这件事情，尽管总觉得像是在遥远的某个日子里无法触及的。结婚应是一生中很期待的事情，是能够和自己爱的那个人确立起一种亲密的关系。而自己身体现在并没有完全好起来，有着太多的不确定性，着实令人感到担忧。

　　"我想你也许是为了满足我心底没有实现的愿望，毕竟我们在这样的情形下结婚，似乎有点为时过早，我们才刚毕业不久，还没有成熟到可以结婚生活的地步。可能在大家眼里看起来更像是过家家，假如，假如有一天我病情不受控制了，大家都束手无策。我们再也见不到对方了，这段记忆被未来和你走到一起的那个姑娘知道以后，她会不会心存芥蒂呢？我想如果换作我，心里多少会感觉有点别扭。身边的这个男人曾和别人结过婚，而他从未对自己提起，至少这样显得不够真诚。"

　　我对她说："这倒没有什么可担心的，当下的事情已经够我们烦忧的，谁还有心思顾虑到未来可能出现的糟糕情形呢？我觉得过去经历过的事情，其实对当下的人并没有什么不好的影响，因而很多时候我会选择保持沉默。毕竟在我看来，不说出来对两个人的关系会更好，谁会无缘无故老是拿过去的事情缠绕此时的生活？这并不是什么好事情。就像我也小心翼翼地避免提起过往的一些事情，当然了，我的很多不为别人知晓的故事都曾对你说过，因为我们互相知晓各自的性格，心里都有一种难以言说的默契。你听了自然也不会心生芥蒂，应该说你是心胸豁达的姑娘吧。但我也知道，可不是所有的女人都这样，对另一个人过去发生的一切都不计较，可能大多数女人难免心里都有点计较她的男人过去遇见的女人。"

"我不知道怎么说才好，你知道我在表达对一个人的感情时常常都是沉默，即使说了也看起来显得有点不着边际。可我真的喜欢你，虽然坦诚地跟你说，我真的没想过结婚这件事情，似乎也没在你耳边说起过。不过，既然她们说了，我是百分百愿意的。"

如我所想的那样，当我问起她的时候，她点了点头。

这件事情我几乎从未对别人说起过，即使过了这些年，向来藏不住秘密的我也唯独对这段记忆守口如瓶，当然不是基于特定的缘由，只是觉得说出来并没有什么意义，毕竟这段经历只与我自己有关。尽管这样藏着一个秘密并不容易，我写下关于那记忆的文字，我们两个人的留影，以及她给我的物品。后来辗转别处，经历了很多事情，而这些我都尽可能小心翼翼地收藏好，不让别人看到，每当有朋友问起，我只是含糊其辞，幸好大家都无意深究。毕竟那段往事对我而言有许多意义。

当然，我确实对别人说过。那是一个孩子，我知道她只是想知道照片里穿着婚纱的阿姨是谁，并不会问得过多，而旁边的人不用说一下子就能看出来是我。于是她问我："叔叔，照片里的阿姨和你结婚了啊？"我说："是啊，照片里的阿姨是不是很漂亮？"她似乎很坚定的样子，说："阿姨好漂亮啊！"我说："是啊，她是一个很漂亮又很有礼貌的阿姨，经常给叔叔做好吃的。"她问："那她为什么不和你一块儿呢？就像我们家那样，我爸妈结婚以后，就住在一起了。"我说："叔叔也想和阿姨生活在一起，但是阿姨在很远的地方，所以就不住在一起了。"

我向来很会哄孩子，尽管勾起了让我感到难过的记忆，而我并不在意，就像讲一个故事一样说起这些事情。因为不管如今提起还是回想，心里都感到欣喜，在往日的生活里曾遇到那样好的姑娘，带给我的都是令人愉悦的回忆。

（十二）

　　"我不知道应该怎么跟你说才好，我们都习惯了在熟悉的地方时常看见对方的面孔，似乎理所当然地觉得不会失去与另一个人的联系，在这个日益密切的世界，隔开我们的无非是生死。即使往来隔着许多陌生人，如果有了电话也总是会联系到；即使没有，你也可以很容易去那个人经常待的地方找到他，很多时候我也是一样，可是也会再也寻不到一个人消息，就像一场梦一样，醒来完全找不到相同的实际存在的一个人。"

　　说心里话，虽然关于爱情，总会有很多赞美，海誓山盟或是此生难忘，但在我这些年的生活里，我发觉其实忘记一个人也是渐渐习惯的事情，当那个人不再出现于你的生活里，日子久了，记忆也逐渐淡化。可能起初觉得难过，为这样的失去而感到无比悲伤，所幸生活不断往前走，于是我们总能遇见新的面孔，相识，结缘。平凡生活里仍旧有许多故事去温暖内心，就这样不断积累着，湮没过往。

　　我承认有时候只是说得轻松，实际上还是有很多不安的情绪，对蓉的离开，我的确有许多愤懑与悲伤。我想，为何我一直厌恶的那些爱情剧里出现的满是虚假的悲伤桥段，竟然也会以某种方式发生到现实里，出现在我们的身边。如果没有发生，我或许只是轻描淡写，当作闲时的话题，而当它真的发生了，我没能做到足够豁达，去看开这一切。我明白，人总有留恋的事物，打动内心的存在，让你无比在乎，于是失去时会感到悲伤。

　　当她走后，我有很长一段时间无法接受这样的情形，努力混淆着现实，以为她并没有走。不久以后，一切愈加显得冰冷起来，雨季到来，一切都潮湿不堪，除了绵延不断的雨声，再无其他，这不免让人感到孤独与沉重。我住在那里，身边仍旧熟悉的一切，恍然间会变得陌生，像是置于梦境中。古旧的书桌、彩色的发卡日渐褪色，堆放的书籍再无人翻看，房间里曾经无比熟悉的她的气味也随着岁月变得清淡，似乎都在向我证明她已经不在。我在她的抽屉里看见那本精致的圣经，还有夹着的密密麻麻的便贴条，写着主说过的极有哲理的话，她的字如此精致漂亮，可我印象中并没有夸过她的字迹；淡蓝色笔记本里放着银白色项链，镶着十字架，我拿起来放在手中，想起这是她戴了十多年的唯一的饰物，不由得感到难过，紧紧攥着它，仿佛抱紧了她的身体。

抽屉里放着许多信，这些都是我写给她的。翻看着我潦草的字，仍旧感到不安，这时我的眼睛被泪水湿润，只是她没看到，不然又要说我是个多愁善感的人了。当我在生活的许多间隙中，忽然意识到终有一天我也会离开这个世界时，一种莫名的压抑感随之而来。以后，我不再有感觉，不再有意识，不会做奇怪无比的幻梦，失去五感，这让我对周遭的一切产生了陌生感，不再觉得它们有多么不可或缺，这样不断经历着失去的人生，每一处当下都如浮云一般。

我是个内向的、很念旧的人，怀念着过往岁月里的一切事物，而她留给了我所有的带着她存在痕迹的事物。记得那时候她跟我说想把自己的东西都付之一炬，或是葬在一起。我对她说想留着她所有的东西，如果这一辈子再也看不见她。而她对我说不希望我对她还这般思念，停留在过去的生活里走不出来，并不是什么好事情，如果后来的姑娘看到我还留着那么多过往姑娘的物品，也会不由得吃醋，这样影响更不好了。我知道她的好意，于是告诉她，我会把握好以后的生活，让她放心。

如今除了故乡以外，我很难留恋一个地方，甚至分离久了，对故乡的感情也变得淡了，在我身上，对周遭的人与事物都不大容易形成稳固的感情，并没有让我感到有什么无法缺失的东西，似乎对一切都显得淡漠不已。相信这样有时候也并不是件坏事，至少不会沉湎在不断消失的事物上。虽然偶尔会回想、怀念，但终究会不断遇见新的人与风景，然后将感情投入这一处，继续沿着生活所设定的轨迹，慢慢往前走。

（十三）

我还记得她对我的评价，她对我说："你是个有趣的人，可与此同时，我也能感受到你其实心底藏着很多悲伤，只是你不大愿意说起，于是很少人会懂得；你如此珍惜一切而又看淡一切，知道生命中很多事物无法挽留，于是很珍惜此时。"

这一切对我来说就像是一段平淡的故事戛然而止，想去挽留却又似乎没有足够的理由。那种感觉就像做了一个温暖的梦，然后忽然醒来，所有的欣喜与失落交织成一片，有很多想法想向人倾诉，却不知道谁能理解，也许只有梦里面的她能明白这所有的心境。过了许多年，我也变了模样，而她却逃离了岁月，仍旧停留在那个年纪里没有走出来。

蓉，那个我深爱着的姑娘，可能也是这样的情形，感觉我们就像在梦里遇见，而当我醒来以后即刻杳无踪影，仿佛我们从没有在同一个世界里遇到过。

我想，到了最后，我们仍旧会跟着岁月的脚步前行，就像植物一样经历整个过程。而我后来也会找一个适宜相处的人一起生活，从此不再感到孤单。起初我是不情愿失去眼前所留恋着的一切事物，皆因无法从心底释怀。这几年过去，我也渐渐明白一些从前不理解的情形，那些经历过和憧憬过的幸福，与时间和生命一样，都只是短暂的造访，像个巧遇的过路人一般。终究不会长久，我也自然不需太多牵忧，当幸福来临时，珍惜这一切，离去了也并不过于感怀。

当近处的教堂敲响六点的钟声，我方才醒来，仍是倦意不断，不愿起来，直到电话响起，一个姑娘跟我说半个小时后到一个地方等她，一起吃个饭，我躺在铺着薄被单的凉席上，脑海里不断回忆着刚刚梦见的一切，内心百转千回。

不久后我穿好衣服，穿过喧闹燥热的街市，寻见那个约我出来的姑娘。

我去车棚停放我的车子，走到底下，碰见有个姑娘也在那里，我无意望了她一眼，这时她自然地抬起头，看见我在看她。我说："你怎么也在这里？"她说："来这里正好有点事情，现在要回去了，路程有点远，你要出去吗？"我点了点头。"那我们一块儿走吧，两个人一起走得快一些。"

后来的一个周末她打电话和我说要到我这里，那天天气晴朗，不久她来了，而我正好有点事情出去会儿。等我回来以后，看到院子里晾衣绳上都是我的鞋子，刚刚刷好，还在滴着水。十多双鞋子随风晃动着，在午后阳光的映照下慢慢变干。这时她从屋里走出来，额头上渗着汗珠，几缕长发紧贴在上面，她说："我看你鞋子脏了点，就帮你把它们都洗了，留了两双鞋子给你换。"

我怔住了，看着眼前的一切，觉得不像是真实存在的情景。

（十四）

蓉在我的生命中，在那些短暂的年月里，留下了许多清晰的回忆，我们两个人没有距离感，就像是一个人一样默契。我一直感觉到余下的生命中再也不可能找到另一个人替代她在我心底的位置，我对她来说也是一样。

我们似乎从没分离过，毕竟离得那么近，我知道不用走多远的路，就能在那个熟悉的地方远远看见她站在那里朝我挥动手臂，我知道那个人是蓉。许多个日子里，我们一直这样重复着简单的幸福日子。直到有一天，我向往常一样走过去，那里不再有她的身影，于是心里无比惆怅与失落，我努力回想，却一无所获。

　　记得夏天的一个夜晚，睡梦中又见她的身影，在她的家乡，我走过去，并没有从桥上穿过，而是沿着往山里的那条小路。两旁仍旧种植着番薯与南瓜之类的蔬菜，不久穿过了路边灰色的小房子，远处的山峦一览无余，溪水细石也变得清晰可见。这时候我看见她穿着那件熟悉的淡绿色连衣裙，站在流淌的溪流边，两手放在前面，对着近处的山林凝望，像是努力想要记住它的样子，不知为何，我心里知道眼前的姑娘是她，于是我喊了她的名字，过了会儿，她转头看看我，便朝我走来。我问她："你在这里做什么？"她说："没什么，只是忽然想看看这边的风景，就一个人从家里跑过来了，小时候经常和伙伴们结伴到这里来玩，捡好看的石头，溪水很浅，所以大人并不担心，只是鞋子会湿。"她问我："怎么来到这里了？"我说："不知道，不知不觉就到了这里，然后就看到你了。""那，我们一起回家吧，我要你做几个菜给我吃，我觉得你做菜挺好吃的。"然后我们牵着手穿过树林，从村里的小路走了回去。

　　当我醒来的时候，意识到那是梦境。

　　我这样不停地对她思念，难以忘却，也许是因为在我的心底仍有不安，意识到我们两个人之间的故事在现实生活里显得如此不完整，源于我内心的苛求。我以为我们相爱着，会有一段长久的岁月一起度过，尽管会是怎样的情形我未去想象，但我总觉得这是很值得期待的。因而后来她的骤然离去，我才会感到如此难过，内心的忧伤无法抹去，即使许多次试图去想通这样的事情，也往往难以真正与自己和解，或许就像外婆去世后那样相似的情形，我允诺给自己的那些愿望都没有来得及实现，比如带她出一趟远门，或许是因为留下了太多遗憾而难以原谅自己以及造成这一切的命运。

　　岁月的针脚稳步有序地前行，沿着所有那些平凡的生活应有的轨迹。我们所失去的美好最终还会回到身边，虽然会以不同的方式和面貌，而诠释着相同的被我们定义为简单的幸福。和大多数人一样，我也有一个温暖的家庭，年复一年，生活细碎而平凡。

我是个容易满足的人，珍惜当下的日子，也如从前一样，惦念过往的岁月，在许多不经意的时刻想起已不在的人们，我努力藏在心底，不愿表露在现实的生活里，因为自己知道这些已无处安放。如果后来渐渐淡忘了，我知道这也是自然而然的事情，不会刻意去挽留这些美好的记忆。毕竟生活是一个漫长的过程，而关于幸福的记忆会慢慢堆积。如果能够留下某种片断的痕迹，已令人感到无比幸运。在许多个夜晚，我梦见的是两种情形，一种是关于故乡，关于我生活的那片土地，以及曾经和我一起生活在那里的人们——我的外公与外婆和儿时的众多伙伴；另一种则是关于那年夏天在蓉的故乡生活的情景，大概是因为在那里待得够久，对周围的山水草木以及村前屋后如此熟悉，梦里只有蓉和我两个人，只是像从前那样随处游走，关于青色的山峦、林木、夜晚、溪流、孤灯。这两种情形在我的前半生留下很深的痕迹，因而常常梦到。

　　有时候想起蓉，想起我们曾经度过的时光，就像不久前发生的一样。

　　时光易逝，送走了许多美好的人与事物，而逝去的时光终究会在我们心底留下痕迹，我还经常想念着她的面容和言语，想见她冬季时穿着的那件浅绿色毛衣，想着和她在午后阳光透亮的屋子里愉快聊天的情形，想念那远在丽水的东面群山脚下遥远的灰白色房子，这所有过往的惦念，关乎着爱，更关乎灵魂。